PONDEROSA

Michael Sieben, geboren 1977, studierte Wirtschaftswissenschaften in Mainz, Köln und Paris und lebt mit seiner Familie in Berlin. 2011 war er einer der Open-Mike-Finalisten. Für sein Debüt »Ponderosa« erhielt er u.a. das Kranichsteiner Jugendliteratur-Stipendium.

MICHAEL SIEBEN

PONDEROSA

CARLSEN

Außerdem von Michael Sieben im Carlsen Verlag:
Das Jahr in der Box

MIX
Papier aus verantwortungsvollen Quellen
FSC® C083411

Veröffentlicht im Carlsen Verlag
April 2020

Umschlaggestaltung: formlabor
Umschlagfotos: plainpicture.com © DEEPOL / Johannes Caspersen;
shutterstock.com © Ollyy / Dinga
Corporate Design Taschenbuch: bell étage
ISBN 978-3-551-31862-6

Für meine Familie

Things change. And friends leave.
Life doesn't stop for anybody.

Stephen Chbosky, *The Perks of Being a Wallflower*

1 +++ Sonntag, der 3. Mai +++

Mein T-Shirt ist voller Flecken. Am Kragen sieht es besonders übel aus, der ist richtig verkrustet. Geht Blut wieder raus? Ich weiß, das sollte mir jetzt egal sein. Aber es ist mein Lieblings-T-Shirt. Olivgrün, mit einem schwarzen Stern vorne drauf. Ein Geburtstagsgeschenk von Josie. Und jetzt ist es voll mit Blut. Dunkelrote Flecken, beinahe schwarz. Vielleicht kann man es auf sechzig Grad waschen, aber dann geht es bestimmt ein und passt nicht mehr. Besser, man nimmt Fleckensalz. Mit Fleckensalz bekommst du alles raus, sagt meine Mutter. Sie hat bestimmt welches zu Hause. Meine Jeans hat sie ja auch sauber gekriegt, letzten Monat, als ich damit in der Fahrradkette hängengeblieben bin. Blut ist sicher nicht schlimmer als Öl. Wo bleiben meine Eltern überhaupt? Frau May ist schon längst da. Ob Josie ihr schon alles erzählt hat? Vorhin hat sie kein Wort rausbekommen, ich habe es genau beobachtet. Aber so wie mich Frau May jetzt ansieht, weiß sie Bescheid. Ich gucke weg und zähle die Flecken auf meinem T-Shirt. Keine Ahnung, warum. Ich bin einfach ein Idiot. Keiner weiß, ob es der Krankenwagen noch rechtzeitig in die Klinik schafft, und ich mache mir Sorgen, ob mein T-Shirt im Arsch ist.

Der Streifenwagen ist nicht mehr der neueste. Das Sitzleder ist abgewetzt und die Rückenlehnen sind voller Striemen und Kratzer. Wer hier hinten schon alles gesessen hat? Schläger.

Mörder. Besoffskis. Und jetzt ich. Aber ich warte ja nur, ich bin nicht verhaftet. Oder doch? Die Wagentür steht jedenfalls offen und Handschellen haben sie mir auch keine angelegt. Also bin ich auch nicht festgenommen. Außerdem hätten die mir sonst meine Rechte vorlesen müssen. Oder gibt es das nur in Amerika?

Frau May redet mit dem Polizisten mit der Zahnlücke. Ich frage mich, ob sie wieder eine Fahne hat. Dann hätte sie nämlich nicht Auto fahren dürfen. Manchmal riechst du es schon, wenn sie zur Tür reinkommt. Josie sagt, das würde nicht oft vorkommen, aber ich habe es ja letzte Woche erst wieder erlebt. Heute drückt der Polizist bestimmt ein Auge zu. Wenn er das darf. Oder er bringt Josie und ihre Mutter mit dem Einsatzwagen nach Hause. Die Lücke zwischen seinen Schneidezähnen ist so breit, dass man locker einen Cent durchschieben könnte. Wie bei einem Spielautomaten. Ich muss grinsen. Hoffentlich sieht niemand her. Ich kann doch jetzt nicht grinsen, nach allem, was passiert ist. Ob das am Alkohol liegt? Ich fühle mich gar nicht mehr betrunken, kein bisschen. Vorhin in Göbels Keller war ich total dicht. So richtig, mit Sachen doppelt sehen und allem. Aber spätestens seit ich den Schlag auf die Nase bekommen habe, bin ich wieder nüchtern.

Man hört immer noch das Grollen von der Autobahnbrücke, selbst um diese Zeit. Da fahren ständig Autos, auch jetzt, sonntags früh um drei. Das hörst du bis rüber zu Göbels. Die haben zwar eine fette Villa, aber du kannst da nie draußen sitzen. Oder du gewöhnst dich an den Lärm, kann auch sein. Der gelbe Honda Civic macht so schnell jedenfalls keinen Krach mehr. Er liegt auf dem Dach, im Dickicht zwischen Wald und Straße, und sieht aus wie ein Käfer, der nicht mehr auf die Beine kommt. Totalschaden, schätze ich. So wie sich der Aufprall angehört hat, würde es mich nicht wundern. Aus dem Auspuff qualmt es ein bisschen, aber die Feuerwehr hat schon Entwarnung gegeben. Autos fliegen irgendwie nur im Fernsehen in die Luft.

Eine junge Polizistin hat das Loch in der Leitplanke mit Flatterband abgesperrt. Als ob das eine gefährliche Stelle wäre, nur weil jetzt keine Leitplanke mehr da ist. Dem Civic hat die ja auch nicht geholfen, der ist durchgerast, als wäre sie aus Pappe. Vielleicht soll das Band die Gaffer fernhalten, damit die Polizei in Ruhe Spuren sichern kann. Welche Spuren auch immer. Der Unfall ist ja ganz woanders passiert. Mitten auf der Straße nämlich, dort, wo das Blut auf dem Asphalt schon getrocknet ist. Vorhin, als noch kein Blaulicht da war, hat sich der Mond drin gespiegelt und ich habe gedacht, es wäre Öl. Erst als die Sanitäter mit ihren Taschenlampen gekommen sind, habe ich es gecheckt. Inzwischen spiegelt sich nichts mehr auf der Straße. Trotzdem kannst du noch genau erkennen, wo Juri gelegen hat, weil der Asphalt hier dunkler ist. Außerdem sind da noch die Scherben vom Scheinwerfer. Eine hat mich am Oberschenkel getroffen. Nur ein kleiner Schnitt, nichts Wildes.

Josie steht drüben auf der anderen Straßenseite, bei Göbel und dem Rest. Ihr Gesicht ist kreidebleich, die Schminke verschmiert. Sonst benutzt sie nie Schminke. Heute hat sie sich mit Kajal einen schwarzen Strich unter die Augen gemalt, extra für Göbels Party. Hat ihr echt gut gestanden. Ein bisschen Lippenstift hatte sie auch drauf. Der ist allerdings längst weg. Jetzt zieht sie ihre Jacke bis zum Kinn und nimmt den Reißverschlussschieber in den Mund. Sie zittert. Mir ist überhaupt nicht kalt, obwohl ich nur mein Stern-T-Shirt anhabe. Meine Jacke muss noch bei Göbel im Keller liegen. Ich habe sie nicht angezogen, als ich zur Ponderosa gegangen bin. Es war ja noch warm, vierzehn, fünfzehn Grad bestimmt. Inzwischen ist es natürlich kälter geworden, aber ich friere trotzdem nicht. Im Fernsehen bekommen sie am Ende immer so eine Aludecke umgelegt, die golden glänzt. Schwer vorstellbar, dass so ein Ding warm hält.

Vorhin war einer der Sanitäter bei mir und wollte sich meine Nase ansehen, aber ich habe ihn weggeschickt. Ich weiß auch so, dass sie gebrochen ist, ich hab es gleich gewusst. So was spürst du. Hat richtig geknirscht, als ich den Ellenbogen ins Gesicht gekriegt habe, wie wenn man auf einen morschen Zweig tritt. Inzwischen tut es nicht mehr weh. Nur wenn ich meine Nase anfasse, dann schon. Sie ist ganz schön geschwollen, ich kann sie sehen, ohne zu schielen, so dick ist sie. Das nervt, weil ich ständig hingucken muss.

Jetzt kommt noch ein Blaulicht. Ich hätte Verstärkung für die Feuerwehr erwartet, aber es ist ein Polizeiwagen, der dritte. Die scheinen den Brand im Griff zu haben. Ging ja schnell. Also dafür, dass die zu Fuß durch den Wald mussten und schwere Feuerlöscher auf dem Rücken hatten. Mit dem Auto kommst du ja nicht durch. Für was brauchen die denn noch mehr Polizisten? Wegen Münze? Das können die vergessen. Wenn der abgehauen ist, sollten sie Suchhunde auftreiben und einen Hubschrauber mit Scheinwerfer. Sonst kriegen die Münze nie. Der kennt sich aus im Wald. Und er hat genug Zeit gehabt, ein Versteck zu finden. Oder sich ganz aus dem Staub zu machen.

Die Pistole haben sie längst sichergestellt. Eine Ceska CZ 75. Ich habe ihnen gezeigt, wo sie liegt. Vorne an der Straße, im Graben. Einer von der Spurensicherung hat sie in eine durchsichtige Plastiktüte gesteckt und mitgenommen. Der hätte sie gar nicht so vorsichtig anfassen müssen, nur mit zwei Fingern und Handschuhen und so. Ich hätte ihm auch gleich sagen können, dass da überall meine Fingerabdrücke drauf sind.

Auf der Autobahnbrücke rauscht der Verkehr, als ob nichts

gewesen wäre. Inzwischen gibt es bestimmt Neues von Juri. Ich könnte rüber zu den anderen und sie fragen. Hat ja keiner gesagt, dass ich im Auto bleiben soll. Aber die reden sowieso nicht mit mir. Josie schon gar nicht. Die denkt, dass ich an allem schuld bin. Dass Juri wegen mir in Lebensgefahr schwebt. Aber das stimmt nicht. Also, nicht ganz. Wieso brauchen meine Eltern so lange? Mit dem Auto sind es gerade mal zwanzig Minuten von uns zu Hause. Ich kann kaum durch die Nase atmen, weil sie so geschwollen ist. Wie viel Blut habe ich wohl verloren? So viel kann es nicht gewesen sein, einen halben Liter höchstens, sonst wäre ich längst ohnmächtig geworden.

Frau May legt den Arm um Josies Schultern und zieht sie langsam weg von den anderen. Josie windet sich aus der Umklammerung und fällt Nele um den Hals. Die beiden bleiben bestimmt eine halbe Minute so stehen, dann erst lassen sie sich los. Nele hat jetzt von Josies Make-up einen schwarzen Fleck im Gesicht. Sieht ein bisschen emomäßig aus, so wie bei Tonne. Josie verabschiedet sich von ihr, dann gehen sie und ihre Mutter über die Straße und an mir vorbei. Ich warte darauf, dass Josie hochguckt und mich ansieht, aber sie starrt nur auf den Boden, auf ihre Vans und die Glasscherben, die unter ihren Füßen knacken. Auf einmal wird mir doch kalt. Ich reibe mir mit den Händen über die nackten Arme. Sie fühlen sich irgendwie taub an. Ich muss mit Josie reden. Soll sie mir lieber Vorwürfe machen oder mich beschimpfen, aber sie darf nicht einfach so gehen. Als ich aussteige, fährt mir ein stechender Schmerz durchs Bein. Die Wunde an meinem Oberschenkel. Komisch, dass die jetzt plötzlich anfängt wehzutun. Die ganze Zeit habe ich nichts gespürt.

Göbel kommt auf mich zu. Vorhin war der rotzbesoffen und hat ins Rosenbeet seiner Mutter gepinkelt. Kein Wunder, er hat mindestens eine halbe Flasche Berentzen getrunken. Und dauernd Sambuca-Shots. Das mit dem Rosenbeet haben alle saulustig gefunden. Schneider hat es ihm gleich nachgemacht. Schneider macht ihm immer alles nach. Ich glaube, Göbel will mich über den Haufen rennen. Aber er bleibt stehen, ganz nah vor mir. Sein Atem stinkt nach Rauch und saurem Apfel, ich rieche es durch meine verstopfte Nase.

– Lass Josie in Ruhe, sagt er.

Was willst du denn, Göbel, du hast mir gar nichts zu sagen. Mir gehen viele Antworten durch den Kopf, aber ich bringe keinen Ton raus.

Im Hintergrund tut sich was. Ich kann es nicht genau erkennen, Göbel verstellt mir die Sicht. Ein Schatten hat sich aus der Gruppe gelöst und kommt auf uns zu. Göbels Verstärkung. Als ob er die bräuchte. Göbel ist fett und er hat Kraft. Gegen den hätte ich keine Chance. Außer weglaufen, aber das mache ich nicht. Der Typ mit dem Kapuzenpulli baut sich neben ihm auf. Den fand ich vorhin schon scheiße, weil er die ganze Zeit mit der Kapuze auf dem Kopf rumläuft und sich supercool dabei vorkommt.

Der Polizist mit der Zahnlücke mischt sich ein. Er schiebt sich an Göbel und dem Kapuzentyp vorbei und sagt ihnen, dass sie nach Hause gehen sollen. Aber sie gehen nicht, sie machen nur ein paar Schritte rückwärts und lassen mich nicht aus den Augen. Es ist mir peinlich, dass mich ein Polizist beschützen muss. Ich hätte mir lieber von Göbel eine reinhauen lassen. Das hätte mir jetzt auch nichts mehr ausgemacht.

Der Polizist führt mich wieder zum Auto. Er heißt Koslowski und will mit mir reden. Wir setzen uns auf die Rückbank, Koslowski macht die Tür zu. Ich kriege es nicht hin, ihn nach Juri zu fragen. Weiß nicht, wieso. Ich bekomme meinen Mund einfach nicht auf. Vielleicht, weil ich Schiss vor der Antwort habe. Wenn es etwas Neues gäbe, hätte es Koslowski schon gesagt. Er dreht sich jetzt zu mir, legt seinen Arm auf die Kopfstütze und fragt, wie das alles passiert ist. Dabei weiß er doch längst Bescheid. Warum soll ich es ihm noch mal erzählen? Darf der mich überhaupt einfach so ausfragen? Wenn mein Vater bloß schon da wäre. Der ist Anwalt, der weiß, was die dürfen und was nicht. Ich schaue über Koslowskis Schulter nach draußen. Göbel und Kapuze haben aufgegeben und stehen wieder bei den anderen. Von Josie und ihrer Mutter ist nichts mehr zu sehen. Sie haben sie also fahren lassen. Dabei hatte Frau May mit Sicherheit was intus. Wenn Koslowski das nicht gemerkt hat, ist er echt ein Anfänger.

– Kris, sagt er. – So heißt du doch, oder?

Ein bisschen erinnert er mich an meinen Vater, der hat auch so eine Lücke zwischen den Schneidezähnen. Nur nicht ganz so groß. Mein Vater hat mich allerdings noch nie Kris genannt, glaube ich. Manchmal sagt er Kristian, aber nur ganz selten. Wenn wir zu Hause am Tisch sitzen, sagt er einfach *du*. Wenn er mich ruft, ruft er *hey. Hey,* wo bleibst du? *Hey,* mach dies, *hey,* mach das. Meine Eltern hätten mich *Hey* taufen sollen.

Warum hat Koslowski die Tür zugemacht? Wenn zu ist, riecht es im Auto krass nach Wunderbaum. Grüner Apfel. Mir wird ein bisschen schlecht, weil mich der Geruch an den Berentzen erinnert. Ich hätte nicht so viel davon trinken sollen. Bin ich jetzt doch verhaftet? Nehmen die mich mit auf die Wache? Ich muss Koslowski sagen, dass es nicht meine Schuld war. Dass alles so schnell ging, dass ich plötzlich die Pistole in der Hand hatte und … mir wird ganz flau im Magen, wenn ich daran denke.

– Kris, hörst du mir zu? Ist alles okay?

Koslowski nimmt den Arm von der Kopfstütze. Er trägt eine Pistole, Handschellen und einen Schlagstock am Gürtel. Um mich abzulenken, frage ich ihn, ob er schon mal auf jemanden geschossen hat. Mein Hals fühlt sich rau an und tut ein bisschen weh beim Sprechen. Ich habe ja seit Ewigkeiten kein Wort gesagt. Koslowski sieht mich lange an. Dann schüttelt er den Kopf und reibt über das schwarze Holster, in dem seine Waffe steckt. Er ist noch nicht lange Polizist, sagt er, drei Jahre, und in dieser Zeit hat er sie erst ein Mal gezogen.

– Was ist mit dir, Kris? Wolltest du heute auf jemanden schießen?

Koslowski guckt, als ob er mich gerade nach meiner Lieblingssorte Eis gefragt hätte. Ich bin so perplex, dass ich ihm nicht mal das hätte sagen können.

Ein Auto kommt. Noch bevor ich den Wagen sehe, weiß ich, dass es der grüne VW-Passat meiner Eltern ist. Wer soll es sonst sein? Josie und ihre Mutter sind längst zu Hause. Die anderen pennen bei Göbel, wahrscheinlich wissen ihre Eltern nicht mal Bescheid. Mein Vater guckt ernst, als er aus dem Auto steigt, aber so guckt er eigentlich immer. Meine Mutter hat verheulte Augen und fummelt an dem Kreuz, das um ihren Hals baumelt. Ich fahre mit den Fingern über die Flecken auf meinem Shirt. Jetzt sind sie trocken. Vielleicht hätte man was machen können, solange sie feucht waren. Salz drauf oder so. Bei Rotwein macht man das, fällt mir ein, aber jetzt ist es sowieso zu spät.

2 +++ Dienstag, der 14. April. Drei Wochen vorher. +++

Es ist ein warmer Apriltag. Wir haben die Matratze aus der Hütte geholt und den Hügel hinauf zu der Stelle geschleppt, von der man den besten Blick über den Stadtwald und die Siedlung hat. Die Sonne versinkt allmählich hinter der Knochenhausfassade und taucht die Wohnblöcke in oranges Licht. Der Feierabendverkehr rauscht über die Autobahnbrücke, die sich auf vier Betonpfeilern über das Tal spannt. In den Büros im Gewerbegebiet gehen die ersten Lichter an, eine Baumarktreklame blinkt neongelb.

Die Matratze ist eins sechzig breit, wir haben alle drei darauf Platz. Josie hat ihre Jacke zusammengeknüllt und unter den Kopf gesteckt. Sie liegt in der Mitte zwischen Juri und mir, die Augen geschlossen, eine Zigarette in den Fingern. Die Asche wird gleich auf ihren Kapuzenpulli bröseln, wenn sie nicht aufpasst. Sie trägt ihre Vans, die dunkelblauen, die schon so durchgelaufen sind, dass sich rechts ihr großer Fußzeh durch die Kappe bohrt. Meine Lieblingsschuhe, sagt sie manchmal, und zeigt uns dann stolz, dass sich die Sohlen schon ablösen. *Arctic Monkeys* steht auf dem weißen Streifen an der Seite, in Kugelschreiberblau und von zwei Blitzen eingerahmt. Ich bin mir nicht sicher, ob sie die wirklich mag, eigentlich steht sie auf *Pharrell* und so, aber die *Monkeys* und die Blitze kommen natürlich hundertmal cooler.

Juri kaut auf dem Lederband, das er seit Fuerte um den Hals hat. Der Anhänger – ein J für Juri – ist ihm auf den Nacken gerutscht. Aus irgendeinem Grund macht er ein Riesengeheimnis darum, wo er das Ding herhat. So als ob in seinem Urlaub was gelaufen wäre und er den Anhänger von einem Mädchen bekommen hätte. Wir müssten ja nicht immer alles wissen, hat er vorhin gesagt und gegrinst. Ich schätze, er hat sich den Anhänger selbst gekauft.

– Achtundvierzig Stunden, sagt Juri durch die Zähne.

– So lange? Das kann nicht sein, antwortet Josie und zieht die rechte Augenbraue hoch, ohne einen Millimeter mit der linken zu zucken.

Keine Ahnung, wie sie das hinkriegt, ich kann nur beide Brauen gleichzeitig.

– Doch, sagt Juri. – Achtundvierzig Stunden, da bin ich mir ziemlich sicher. Vorher rührt die Polizei keinen Finger.

– Und was war mit dem Jungen aus der Kolpingstraße?

– Mongo-Andi?

– Eh, Mongo sagt man nicht, das ist diskriminierend.

– Was denn sonst?

– Down-Syndrom.

– Down-Syndrom-Andi?

– Sag doch einfach Andi.

– Bei dem war es auf jeden Fall was anderes.

– Wieso?

– Weil er ein Mongo ist.

– Idiot, sagt Josie und betrachtet die Spitze ihrer Zigarette.

Seit ein paar Wochen raucht sie. Allerdings nicht auf Lunge. Josie zieht immer nur kurz und hektisch an ihrer Kippe, so als ob sie Schiss hätte, sich die Lippe zu verbrennen. Benson & Hedges, die mit den weißen Filtern. Ich habe nur einmal geraucht, zusammen mit Göbel. Ist schon ein bisschen her. Er hat sich eine angezündet und so getan, als ob er der krasseste Kettenraucher in der Siedlung wäre (die Kippe beim Reden im Mundwinkel und so). Und dann hat er noch schlimmer husten müssen als ich.

Die Verpackung von meinem Wassereis flattert über das Gras. Ich habe sie vorhin so halb unter die Matratze gestopft, anscheinend nicht tief genug. Mit der Ferse versuche ich sie zu erwischen, aber ich bin zu langsam. Das Teil segelt den Abhang zur Ponderosa runter.

Die Hütte so zu nennen war Josies Vorschlag. Gleich als wir sie das erste Mal mitgenommen hatten, kam sie mit der Idee. Sie hat uns dieses Foto von sich und ihrem Vater gezeigt, das sie in ihrem Portemonnaie mit sich rumträgt: Herr May kniet vor einer Schrebergartenlaube im Gras und hat seinen Arm um die lachende, etwa zehn Jahre alte Josie gelegt. Über dem Eingang hängt ein Holzschild, auf dem in Großbuchstaben *Ponderosa* steht. So heißt die Ranch aus *Bonanza*, hat Josie uns erklärt, kennt ihr doch, oder? Juri und ich haben genickt, klaro, kennt doch jeder. Zu Hause haben wir dann erst mal gegoogelt, was bitte schön eine *Bonanza* sein soll. Eine Westernserie, aus den Sechzigern? Ernsthaft? Also ich fand den Namen am Anfang gar nicht cool. Juri auch nicht. Aber wenn Josie mit ihrem toten Vater kommt, kannst du natürlich nichts sagen. Das Argument zieht immer, da gibt es nicht viel zu diskutieren.

Die Ponderosa ist kaum größer als die Häuschen in der Kolonie hinter dem Bahndamm. Es gibt nur einen Raum mit zwei Fenstern, bei einem ist die Scheibe zerbrochen, wir haben es mit Plastikfolie und Kreppband zugeklebt. Über dem Eingang beginnt das Flachdach zu bröckeln, an einer Stelle ragt die Spitze eines rostigen Stahlgitters aus dem Beton. Unter dem Dachvorsprung glänzen feuchte Spinnweben. *Rambo was here* steht mit Edding an der Außenwand, daneben *FICKEN*, knallrot. Untendrunter ein Gesicht im Profil: Hakennase, Riesenkinn, Iro. Vom Hinterkopf fehlt ein Teil, da ist der Putz abgeblättert und die braune Ziegelsteinwand lugt hervor. Ansonsten gibt es noch ein paar unleserliche Tags, ein Anarchozeichen, Schlangenlinien, Buchstaben, schwarz und schief. Der Drahtzaun um das Grundstück ist hinter der Hütte niedergetrampelt, vorne und an den Seiten stehen sowieso nur noch die Pfosten. Im Gestrüpp liegen faulige Pressspanplatten und eine Kabelspule, die vor sich hin rostet.

Drin hat sich in den letzten zwei Jahren viel Zeug angesammelt: ein mit gelbem Filz überzogener, platter Hallenfußball, den Juri im Herbst aus der Turnhalle gezockt hat, ein Campingtisch, ein Bürostuhl, ein Hocker mit aufgeplatztem Bezug, aus dem der Schaumstoff quillt, ein uraltes Radio mit Kassettendeck, das noch nie an war, weil wir es nicht auf die Kette kriegen, passende Batterien zu kaufen, eine Petroleumlampe, ein Super-Soaker NERF 33596 BOTTLE BLITZ, ein Karton mit Flyern gegen Tierversuche, den Josie angeschleppt hat, ein UNO-Kartenset, eine volle Flasche Sprudel und drei angefangene, ein zusammengerolltes *Borat*-Poster von Juri, das nicht an der Wand kleben bleiben wollte (zum Glück), ein paar alte *X-Men*-Comics. An der fensterlosen Wand lehnt normalerweise die Matratze. Jemand hat sie letzten Sommer im Wald entsorgt, ganz in der Nähe des Grillplatzes. Muss ein Zugezogener gewesen sein. In der Regel wirft die Siedlung ihren Schrott unter die Brücke, da kommst du nämlich gut mit dem Auto hin.

– Damals war die Polizei sofort da, sagt Josie, nachdem sie eine Weile nachgedacht hat. – Das weiß ich genau. Dabei war der Kleine gerade mal eine Stunde weg. Wenn überhaupt.

– Logo waren die sofort da, sagt Juri. – Weil der behindert ist und allein nicht klarkommt.

– Das hat doch damit nichts zu tun. Der Andi kennt den Heimweg vom Neuen Spielplatz genauso gut wie alle anderen. Vielleicht sogar noch besser.

– Keine Ahnung. Ich hab nie was mit dem zu tun gehabt. Googel doch mal. Also das mit den achtundvierzig Stunden. Vielleicht gilt das auch nur für Erwachsene.

– Ich hab hier kein Netz, weißt du doch. Mach du mal.

– Mein Akku ist gleich leer. Kris? Hey Kris, pennst du?

Juri beugt sich über Josie und will mir einen Zock auf die Schulter geben, aber ich habe aufgepasst und drehe mich weg.

– Du warst auch schon mal schneller, Renner, sage ich.

– Dein Glück, Prosniak.

Es ist das erste Mal in diesem Jahr, dass wir uns bei der Ponderosa treffen. Wurde auch Zeit. Erst war es zu kalt, dann hat es ständig geregnet und dann, als das Wetter endlich besser geworden ist, waren Osterferien. Zwei Wochen, Josie bei ihrer Tante in Stuttgart, Juri mit seinen Eltern auf den Kanaren. Auf Fuerteventura, zum Windsurfen. Juri macht immer supercoole Sachen in den Ferien. Über Weihnachten, zum Beispiel, da war er snowboarden, zehn Tage lang. Sein Vater hat halt Kohle. Dem gehört das Autohaus im Gewerbegebiet und er macht irgendwas mit Immobilien. Meine Eltern hatten keine Zeit wegzufahren, oder keine Lust. Mein Vater arbeitet sowieso lieber, als Urlaub zu machen, das war schon immer so. Die Kanzlei ist klein, sagt er, da kann nicht einfach jemand einspringen, wenn du weg bist. Deswegen ist er auch nie krank. Wenn er sagt, er muss arbeiten, dann muss er arbeiten, da gibt es gar keine Diskussion. Jedenfalls nicht mit meiner Mutter, die hat sich noch nie beschwert. Seit mein Bruder den Unfall auf Korfu hatte, will die sowieso nicht mehr ins Ausland. *Wenn was passiert, dann stehst du da und es versteht dich kein Mensch.* Mein Bruder war neun, als er vor das Motorrad gerannt ist, und hat seitdem ein steifes Bein. Ich bin zweieinhalb Jahre jünger als er und kann mich kaum noch daran erinnern. Meine Mutter schon. Die macht sich heute noch Vorwürfe, dabei konnte sie überhaupt nichts machen, sagt mein Vater.

Josie und Juri waren also zwei Wochen weg. Die ersten Tage habe ich mich so hardcore gelangweilt, dass mir nichts anderes übriggeblieben ist, als mich mit Göbel zum *Wastelands 3*-Zocken zu treffen. Am Anfang war ich fast jeden Tag bei ihm im Hobbykeller, vier, fünf Stunden am Stück mindestens, bis mir die Daumen wehtaten. Eigentlich sind Göbel und ich nicht so wahnsinnig dicke, aber zum Daddeln brauchst du auch nicht *best friends* zu sein. Die Zeit ist auf jeden Fall schnell rumgegangen – bis er irgendwann die Pornohefte von seinem Vater rausgeholt hat. Pornohefte, wirklich wahr. Keine Ahnung, was der mit ein paar Hochglanzbildchen will, wenn er sich ganze Filme im Netz angucken kann. Gut, Papa Göbel ist halt eine andere Generation. Generation Sexheft, sozusagen. Außerdem waren das keine normalen Pornohefte, sondern so Fetischkram. Für Leute, die auf, na ja, *Schamhaare* stehen. Richtig viele Schamhaare, um genau zu sein, bei manchen Frauen gingen die bis zum Bauchnabel. Ich fand das eklig. Aber wie das so ist, dann musst du ja erst recht hinschauen.

– Gefällt dir, was?, hat Göbel gesagt und dämlich gegrinst. – Aber nur gucken, dein Ding bleibt in der Hose.

Das fand der sauwitzig. Als ob mir auf so was einer abgehen würde. Als ob ich es so dringend nötig hätte, nur weil ich keine Freundin habe. Bei Göbel musst du aufpassen, der erzählt sonst überall rum, dass du voll auf Schamhaare abfährst. Danach bin ich nicht mehr hin. Keine Lust mehr auf *Waste-*

lands 3 und keine Lust mehr auf Göbel und seine Sexheftchen. Außerdem war Nessa wieder da und Göbel hatte sowieso keine Zeit mehr. Sorry, aber sie hätten ein bisschen was nachzuholen, sie hätten sich ja eine Woche lang nicht gesehen, zwinker zwinker.

Die nächsten Tage habe ich zu Hause rumgesessen, gelesen, ferngesehen und mir auf Facebook die Urlaubsfotos meiner Schulfreunde angeguckt. Das waren mal richtig miese Ferien. Mein Bruder war ständig unterwegs, Fußballspielen auf dem Bolzplatz beim S-Bahnhof. Ich geh ins Tor, hat er gesagt, als ich gefragt habe, wie er das macht mit seinem Bein. So richtig gecheckt habe ich das nicht, weil, du musst doch auch als Torwart schnell sein und den Ball abspielen und so, aber ich habe nicht weitergefragt.

Kurz vor Schulanfang ist eine Postkarte aus Stuttgart gekommen. *Supernett hier, viele neue Leute kennengelernt, Samstag geht's leider schon zurück, nächste Woche treffen? LG Jo*. Warum sie aus *Josie*, was sowieso schon kurz für Josephine ist, immer *Jo* machen muss, geht mir nicht in den Kopf. Als ob die eine Silbe so viel Zeit kosten würde. Warum schreibt sie nicht gleich J Punkt? Und dann die *neuen Leute*. Was will sie ständig mit neuen Leuten? Ich habe keine Lust auf neue Leute, neue Leute sind in der Regel bescheuert, jedenfalls die, die Josie manchmal anschleppt. Weil, das sind meistens Typen, die scharf auf sie sind. Zum Glück haben die sich noch alle die Zähne an ihr ausgebissen.

Samstagnachmittag hat sie dann angerufen, um mir die Stuttgart-Storys zu erzählen. Ich habe das alles gar nicht wissen wollen. Ist mir doch egal, was Kittel beruflich macht und was Robi für ein Auto fährt. Trotzdem habe ich brav zugehört. Anderthalb Stunden lang. Dafür habe ich eigentlich die goldene Ohrmuschel verdient.

Mit Juri habe ich erst Montag in der Schule gesprochen. Er hat ausgesehen, als ob er gerade vom Strand kommt, mit einem *I-Love-Fuerte*-Shirt und Sonnenbrille, dabei war es draußen grau und bewölkt, von Sonne keine Spur. Das Surfen fand er cool, aber am Anfang reibst du dir am Brett brutal die Plauze auf, hat er gesagt und mir dann ungefähr hundert Strandfotos auf seinem Handy gezeigt, die im Prinzip alle das gleiche Motiv hatten (Meer, Sand, Palmen, Wellen, Meer). Ob er hier was verpasst hätte, wollte er wissen. Nichts, habe ich geantwortet, absolut gar nichts. Außer, dass ich jetzt unschlagbar wäre bei *Wastelands 3*.

Juri hat die Brille abgenommen und gegrinst.

– Also das werden wir noch sehen, Prosniak.

Auf dem Hang verschwinden nach und nach die letzten Sonnenflecken, gleich liegt der ganze Hügel im Schatten. Ein Windstoß schüttelt die Baumkronen, das Blätterrauschen übertönt für einen kurzen Moment den Lärm von der Autobahn. Eine Fliege mit grünem Hinterteil krabbelt über meinen Arm. Sie reibt die Vorderbeine gegeneinander und spaziert dann meinen Handrücken runter. Es gibt wahnsinnig viele Fliegen im Stadtwald. Ich glaube, das kommt vom Grillplatz, weil da immer Pappteller und Essensreste und Bierflaschen aus den Mülleimern quellen, und die nie geleert werden.

– Wie kommst du auf die Sache mit … Andi, frage ich Josie.

– Hast du nicht zugehört? Wegen Münze.

– Münze? Dein durchgeknallter Nachbar? Was ist mit ihm?

– Der ist nicht durchgeknallt, sagt Josie und macht eine Pause. – Na ja, ein kleines bisschen vielleicht. Exzentrisch halt. Jedenfalls ist er seit Sonntag nicht mehr in seiner Wohnung gewesen. Du merkst ja sofort, ob er da ist oder nicht. Das Haus ist total hellhörig. Und bei Münze läuft normalerweise vierundzwanzig Stunden am Tag das Radio, oder der Fernseher, leise ist es da nie. Meine Mutter war schon ein paarmal nachts drüben, weil die Musik so laut war, dass wir nicht einschlafen konnten. Und seit drei Tagen: Totenstille nebenan.

Sie steht auf, nimmt einen Zweig vom Boden und lässt ihn durch die Luft kreisen. Josie ist immer ein bisschen zappelig, die kann nicht lange auf ihrem Hintern hocken bleiben. Liegt vielleicht daran, dass sie so dünn ist. Dicke Leute haben es bestimmt bequemer, weil die auf einem Fettpolster sitzen. Josie hat ungefähr null Polster. Kein Wunder, dass sie nicht stillhalten kann. Also sie sieht jetzt auch nicht krank aus, als ob sie sich nach dem Essen die Zahnbürste in den Hals schieben würde oder so. Josie ist einfach naturdünn.

Samstagabend habe ich ihn noch streiten gehört. Das muss so gegen zehn gewesen sein. Ich war allein zu Hause, meine Mutter hat sich mit ihrem neuen Typen getroffen. Sie geht mit Renate essen, hat sie gesagt, aber ich bin ja nicht blöd. Das wäre das erste Mal gewesen, dass sie sich für Renate so aufmotzt. Ich hocke also vor dem Laptop und gucke *Kill Bill*, als es drüben losgeht. Erst stecke ich mir die Kopfhörer in die Ohren und versuche mich auf den Film zu konzentrieren, ich habe den ja noch nie gesehen. Dann werde ich doch ein bisschen neugierig und höre zu. *Das werd ich niemals machen*, schreit Münze, und: *Du bist völlig verrückt geworden, hau ab aus meiner Wohnung.* Oder so ähnlich. Dann eine andere Stimme, aber ganz leise und nicht zu verstehen. Die Tür knallt, Schritte auf dem Flur. Münze flucht. Kurze Zeit später geht er dann selbst raus.

Josie drischt mit dem Ast auf einen Brennnesselbusch ein. Grüne Blattfetzen fliegen herum, die sie in der Luft zu erwischen versucht.

– Aber das Beste kommt noch. Mitten in der Nacht, ich war schon längst im Bett, rüttelt und kratzt es an der Wohnungstür.

Als ob jemand versucht aufzuschließen und das Schloss nicht trifft. Als ich auf den Flur komme, hat meine Mutter schon aufgemacht. Vor uns steht Münze und ist sturzbetrunken. Erst als er mich sieht und unsere Möbel und alles, kapiert er, dass er sich in der Tür geirrt hat.

Josie wirft den Stock ins Gras und klatscht ihre Hände ab. Meine Nase fängt an zu laufen. Das habe ich manchmal, das kommt ganz plötzlich, richtig viel Rotz, dünn wie Wasser, ich weiß auch nicht, woran das liegt. Diesmal sind vielleicht die Brennnesselpollen dran schuld, keine Ahnung. Josie tastet ihre Hosentaschen ab und hält mir ein Taschentuch hin.

– Und was ist dann passiert?, frage ich und putze mir die Nase.

– Na, er hat sich entschuldigt. Er hätte einen über den Durst getrunken, es täte ihm leid und so weiter. Aber meine Mutter wollte das nicht hören und hat, ohne was zu sagen, die Tür zugeschlagen. Die kennt da nichts. Das war das letzte Mal, dass ich Münze gesehen habe.

Juri tippt mit der Ferse nachdenklich ins Gras. Er hat die blauen Shorts an, die ihm knapp über die braun gebrannten Knie gehen. Juri ist immer der Erste, der in kurzen Hosen zur Schule kommt. Okay, heute ist es tatsächlich warm genug, aber er hat sie auch schon Ende März getragen und da waren es gerade mal elf, zwölf Grad.

– Weißt du, was mich an der Sache wirklich wundert?, fragt er Josie.

– Nein, was?

– Dass du *Kill Bill* noch nicht gesehen hast. Jetzt guck nicht so, war doch nur ein Spaß. Also, lass mich mal überlegen, was ist mit Münze? Vielleicht ist sein Besucher in der Nacht zurückgekommen und hat ihn umgebracht.

– Juri, sag doch so was nicht.

Josie nimmt eine Zigarette aus der Packung und sucht in ihren Taschen nach Feuer.

– Stellt euch mal vor, fährt Juri fort. – Münze kommt nach Hause. Er macht das Licht an und da sitzt einer, da sitzt ein Typ am Küchentisch und hat eine Knarre in der Hand. Bevor Münze was machen kann, drückt er ab, bäm bäm, zwei Schuss. Einer in den Bauch, ein zweiter in die Brust, um sicherzugehen. Mit Schalldämpfer natürlich, damit die Kleine von nebenan und ihre Mutter nichts hören. Münze fällt um wie ein Brett und ist sofort tot. Der Mörder verwischt seine Spuren und verschwindet.

Josie hat das Feuerzeug gefunden. Es kommen aber nur Funken raus. Sie schüttelt es kräftig und versucht es dann noch einmal. Eine kleine blaue Flamme bleibt stehen, die aber sofort ausgeht, als sie die Zigarette dranhält.

– Das ist doch dummes Zeug, sagt sie, die unangezündete Kippe zwischen den Lippen. – Wenn da seit Tagen eine Leiche liegen würde, dann würde man das riechen, das würde bis auf den Flur stinken. Tut es aber nicht.

– Vielleicht waren es mehrere, sage ich. – Und die haben Münzes Leiche mitgenommen.

– Und sie mit Gewichten im See versenkt, sagt Juri. – Oder hier im Wald vergraben.

Er tippt noch einmal mit der Ferse auf den Boden.

– Oder sie haben die Leiche auf einer Müllkippe abgeladen, sage ich.

– Oder in Säure aufgelöst, sagt Juri.

– Wie bei *Breaking Bad*.

– Ja, genau, wie bei *Breaking Bad*.

– Ihr seid echt Idioten, sagt Josie. – Kann man sich auch mal ernsthaft mit euch unterhalten?

– Könnte schwierig werden, sagt Juri und grinst.

– Mach dir keine Sorgen, sage ich. – Münze wird im Urlaub sein. Oder Familie besuchen, Bekannte. Oder er ist ausgezogen. Es gibt tausend Erklärungen.

Ich muss niesen, dreimal kurz hintereinander. Mein Hals ist plötzlich ganz trocken und kratzt. Entweder sind das die Pollen oder ich kriege eine Erkältung.

– Ich weiß nicht, sagt Josie. – Tatsache ist, dass Münze mit jemandem Ärger hatte und seitdem verschwunden ist. Wenn er in den nächsten Tagen nicht auftaucht, geh ich zur Polizei.

– Tu das, sagt Juri und steht auf. – Kris, was für ein Buch stellst du nächste Woche in Deutsch vor?

– Weiß noch nicht genau. *Das also ist mein Leben*, vielleicht? Was ist mit dir?

– Keine Ahnung. Sind Comics erlaubt?

– Das kannste vergessen.

Auf der Brücke ist es ruhiger geworden, es fahren nur noch vereinzelt Autos über die Trasse. Im Gewerbegebiet sind viele Bürofenster schon wieder dunkel. Die Ponderosa liegt jetzt ganz im Schatten. Die Schmierereien an der Wand kann man nur noch lesen, wenn man die Augen zusammenkneift. Wird Zeit, dass wir aufbrechen. Wenn Josie nicht pünktlich zu Hause ist, kriegt sie Stress mit ihrer Mutter. Aber das scheint sie im Moment nicht zu interessieren. Sie steckt Zigarette und Feuerzeug zurück in die Packung und schiebt sich einen Kaugummi in den Mund. Dann lässt sie sich seufzend nach hinten auf die Matratze fallen. Juri schlurft mit den Händen in der Hosentasche durch das knöchelhohe Gras. Er findet Josies Stock, hebt ihn auf und bricht ihn in zwei Teile, die er nacheinander den Hügel hinunterwirft.

3 +++ Montag, der 20. April +++

Er ist immer noch nicht zurück, Kris-Kris.

Ich sitze gerade über Mathe, als Josie anruft, und muss erst mal meine Gedanken sortieren. Wir haben uns seit dem Aussichtspunkt nicht gesprochen, weil ich den Rest der Woche krank war, und heute in der Schule haben wir uns auch nicht gesehen. Also sie hätte ruhig mal fragen können, wie es mir geht.

– Meinst du Münze?, sage ich und ziehe laut die Nase hoch. – Der wird noch im Urlaub sein. Mach dir keine Gedanken.

Josie steigert sich gern in Sachen rein, das darf man nicht immer superernst nehmen. Wie damals, als sie Veganerin werden wollte und sich auf einmal alles um Massentierhaltung gedreht hat. Als es plötzlich nur noch darum ging, wie grausam Rinder und Schweine gehalten werden und wie wenig Platz Legehennen in ihrem Käfig haben. Dass Juri und ich trotzdem jeden Tag mit *totem Tier* auf unseren Pausenbroten in die Schule gekommen sind, darüber hat sich Josie megamäßig aufgeregt. Allein vom Geruch würde sie das Kotzen kriegen, hat sie behauptet und ist nicht in unsere Nähe gekommen, solange wir die Brote in der Hand hatten. Juri hat das nichts ausgemacht. Der hat manchmal extra gewartet, bis sie zu uns rüberguckt, hat dann den Kopf in den Nacken gelegt und sich genüsslich eine Scheibe Schinken in den Mund geschoben.

Um ehrlich zu sein: Mich hätte sie beinahe gekriegt. Als sie mir erzählt hat, dass jedes Jahr Millionen Küken geschreddert oder vergast werden, einfach so, weil man sie nicht braucht, da sind ihre großen grünen Augen ganz glasig geworden, und das bringt mich immer total ins Schleudern. Aber erstens hätte sich Juri bis in alle Ewigkeit über mich lustig gemacht, wenn ich wegen Josie nur noch Tofu gegessen hätte, und zweitens war das Thema schon wieder durch, bevor ich mich ernsthaft dazu hätte entschließen können. Immerhin, eine Woche lang hat sie es durchgezogen: kein Fleisch, kein Käse, keine Milch, keine Eier, kein Fisch, noch nicht mal Gummibärchen, weil da gemahlene Schweineköpfe drin sind oder so was Ähnliches. Dann war der Spuk vorbei. Einfach so, ohne Begründung. Alles war wieder erlaubt, alles durfte gegessen werden, ausnahmslos, auch Wurstbrote. Die Küken waren ihr zwar immer noch nicht egal, aber hey, du kannst halt nicht die ganze Welt retten. Das war 'ne Phase, hat sie später mal gesagt. Josie hat ständig irgendwelche Phasen.

Mit Münze läuft es genauso, habe ich gedacht. Ein paar Tage lang redet sie über nichts anderes, dann hat sich das auch wieder erledigt, weil sie ein neues Thema hat oder Münze zurück ist. Wenn wir ihn dann das nächste Mal im Knochenhaus oder in der Siedlung sehen, werden wir Josie ein bisschen aufziehen, *der ist doch tot, das muss ein Zombie sein*, und damit ist die Sache abgehakt. Habe ich gedacht.

– Sein Briefkasten quillt über, sagt Josie. – Briefe, Werbung und das ganze Zeug. Ich meine, wieso hat er nicht gefragt, ob wir uns drum kümmern können, oder Frau K.? Das macht man doch so, wenn man wegfährt.

– Er wird es vergessen haben, Josie.

– Kann sein. Aber ich mache mir halt Gedanken. Ich wünschte, wir hätten ihn in der Nacht nicht weggeschickt. Irgendwas hat nicht gestimmt mit ihm. Wir hätten ihn darauf ansprechen sollen, vielleicht hätte er ja mit uns geredet.

Ich weiß nicht, was ich noch sagen soll, es scheint sie sowieso nichts zu beruhigen. Für einen Moment schweigen wir.

– Vielleicht weiß Schellack ja was, sagt Josie schließlich. – Der kriegt doch immer alles mit, was hier im Haus passiert. Wir könnten ihn fragen.

– Wolltest du nicht zur Polizei gehen?, sage ich, weil ich keine große Lust habe, mit Schellack zu sprechen.

– Ja, schon. Aber wir könnten auch erst mal selbst versuchen mehr über Münze rauszukriegen. Wenn das nicht klappt, sehen wir weiter.

– Na, meinetwegen. Aber dann lass uns als Allererstes bei Münze klingeln. Am Ende ist er doch zu Hause und du hast es nicht gemerkt.

– Ist er nicht, aber gut. Hast du Zeit? Bist du wieder richtig fit?

– Ja, klar, sage ich. – Geht schon.

– Dann komm doch vorbei. Ich schreib auch Juri.

Nachdem wir aufgelegt haben, stecke ich Handy, Schlüssel und Portemonnaie ein und mache mich auf den Weg. Weit ist es nicht, eine Viertelstunde zu Fuß. Du siehst das Knochenhaus schon von der Hauptstraße aus, achtzehn Stockwerke, das höchste Gebäude in der Siedlung. Jeder, der hier aufgewachsen ist, weiß, woher das Knochenhaus seinen Namen hat, die Geschichte kriegst du schon als Kind erzählt: Irgendwann in den Siebzigern, als das Haus gebaut wurde, ist ein Bauarbeiter aus der dritten Etage in den Fahrstuhlschacht gefallen und hat sich das Genick gebrochen. Das Krasse ist, dass der trotzdem überlebt hat. Wirklich wahr, das geht, du bist nicht automatisch tot, wenn du dir das Genick brichst. Musst halt Glück haben. Es hat ein Gerichtsverfahren gegen die Baufirma gegeben, weil die den Schacht angeblich nicht richtig gesichert hatten. Allerdings hatte der Typ fast zwei Promille, und mit zwei Promille hält dich keine Absperrung der Welt davon ab, in einen Fahrstuhlschacht zu stürzen. So hat jedenfalls die Baufirma argumentiert. Noch während das Verfahren lief, ist ein Aufzugtechniker in den gleichen Schacht gefallen. Aus dem sechzehnten Stock. Keine Ahnung, ob der genauso dicht war wie der andere, auf jeden Fall hat der sich so ziemlich jeden Knochen gebrochen, den du dir brechen kannst, und das waren definitiv zu viele, um mit dem Leben davonzukommen. Irgendjemand ist dann auf die Idee mit dem *Knochenhaus* gekommen, und der Name hat sich bis heute gehalten.

Durch die Fensterscheiben fällt fusseliges Licht in den Flur. Eine staubige Palme steckt in einem mit Tongranulat gefüllten Kübel und lässt die Wedel hängen. Vor den Wohnungen liegen abgetretene Fußmatten auf dem Linoleum, nur vor Münzes Tür ist keine. Auf seiner Klingel steht kein Name.

Juri kommt zu Josie und mir auf den Flur. Er fummelt an seinem Gürtel herum, hakt die Schnalle ein und zieht sein T-Shirt drüber. Es ist weiß mit V-Ausschnitt, der J-Anhänger baumelt auf seiner Brust. Er versucht sich eine Haarsträhne hinters Ohr zu schieben, aber sie ist zu kurz und fällt ihm zurück in die Stirn. Ein Tick von früher, als er noch eine richtige Matte hatte.

– Du hast dich hingesetzt, oder?, fragt Josie.

– Ich? Wieso? Das hättest du vorher sagen sollen.

– Man setzt sich hin beim Pinkeln, das muss man doch nicht dazusagen.

– Du bist doch nur neidisch, weil du nicht im Stehen kannst.

– Nein, ich bin nicht neidisch. Ich bin die, die das Bad putzen muss.

Juri guckt zu mir und grinst. *Penisneid*, sagt er tonlos, aber so, dass Josie es sehen kann. Die rollt die Augen und wendet sich Münzes Tür zu.

– Also, soll ich?

– Mach, sagt Juri.

Josie drückt die Klingel, verschränkt die Arme und geht einen Schritt zurück. Wir warten. Auf dem Flur ist es totenstill. Josies Mutter ist in der Spedition und die anderen Nachbarn sind praktisch nie da. Ganz hinten, am Ende des Flurs, wohnen die Meinolfs. Die sind in Rente und ständig auf Reisen, im Moment drei Wochen Burma, glaubt Josie, oder Birma, gibt's da einen Unterschied? In der Wohnung daneben Frau K. aus Polen (den Namen kannst du nicht aussprechen, weil so viele Zezetts drin vorkommen). Frau K. arbeitet bei einer Reinigungsfirma, die sich auf Bürohäuser spezialisiert hat. Die ist den ganzen Tag weg und manchmal auch nachts.

Bei Münze tut sich nichts. Kein Stühlerücken, keine quietschenden Couchfedern, kein Türknarren, nichts. Josie klingelt noch einmal, länger als vorhin.

– Keiner da. Hab ich doch gesagt.

Im Fernsehen würde jetzt einer seine Kreditkarte rausholen, sie in den Spalt neben dem Schloss schieben, bisschen rumfummeln, und klick, die Tür wäre auf. Ehrlich gesagt bin ich froh, dass wir keine Kreditkarten haben. Weil, Juri hätte das jetzt bestimmt ausprobieren wollen.

– Hast du mal mit deiner Mutter gesprochen?, frage ich.

Bei Frau K. klingelt das Telefon, aber niemand geht ran. Josie winkt ab.

– Hab gerade keine Lust, mit der zu reden. Wenn die einen Neuen hat, nervt sie wie Hölle. Dabei behauptet sie immer noch, es würde niemanden geben. Bestimmt ist der Typ verheiratet, deswegen die Geheimnistuerei. Meine Mutter weiß ja, dass ich das scheiße finde. Verheiratete Typen wollen immer nur Affären, nichts Festes, aber das kapiert sie irgendwie nicht. Na ja, Hauptsache, es zieht nicht schon wieder so ein Versager wie Rolf bei uns ein.

Sie seufzt und stemmt ihre Arme in die Hüften.

– So, und was jetzt? Sollen wir runter zu Schellack ins Büro?

– Warte mal, sagt Juri. – Kann man von eurem Balkon aus in Münzes Wohnung gucken?

– Na, wenn du dich über das Geländer lehnst, kannst du auf seinen Balkon schauen. Was Besonderes gibt's da aber nicht.

– Lass mal nachsehen, sagt Juri.

Ich weiß zwar nicht, was er sich davon erwartet, aber mir ist es ganz recht, dass wir reingehen. Nicht dass Münze nach Hause kommt und uns vor seiner Tür rumlungern sieht. Mit Münze willst du definitiv keinen Ärger haben. Ein komischer Typ ist das. Einer, nach dem sich die Leute auf der Straße umdrehen, weil er aussieht wie ein Freak. Meistens trägt er einen alten Cordanzug, manchmal auch Jeans und Lederjacke, dazu knallbunte Hemden, Sneakers und Sonnenbrille. Er ist groß, ziemlich dünn und müsste so Mitte fünfzig sein, schätze ich.

Ich kann ihn nicht leiden. Mir gegenüber ist der immer megaabweisend. Wenn ich ihn grüße, zum Beispiel, reagiert er nicht, guckt mich nicht mal an. Deshalb habe ich es irgendwann sein lassen. Bin ja nicht bescheuert. Es ist noch nicht lange her, da war ich mit ihm allein im Aufzug. Ich fahre im Knochenhaus nie Aufzug, bis auf das eine Mal, da stand die Tür gerade offen und ich bin einfach rein, ohne groß nachzudenken. Kurz bevor die Tür zuging, kam Münze dazu. Ich habe nichts gesagt, er hat nichts gesagt, also sind wir schweigend in den vierten Stock gefahren. Megaunangenehme Situation. Weil Münze ausnahmsweise keine Sonnenbrille aufhatte, ist mir da zum ersten Mal aufgefallen, dass er einen nervösen Tick hat. Seine Pupillen zittern und flackern die ganze Zeit hin und her, so als ob er wahnsinnig gestresst oder gehetzt wäre. Wie bei einem Roboter, der einen Kurzschluss hat. Ich habe es nur heimlich aus den Augenwinkeln beobachten können, aber es hat ziemlich schräg ausgesehen.

Die meisten denken, Münze hat einen Knall. Es heißt, dass er Alki ist und sich die Birne weich gesoffen hat. Ob das stimmt, weiß ich nicht. Josie findet ihn jedenfalls cool. Vor allem weil er ihre Bilder mag.

Josie hockt oft auf der Bank vor dem Knochenhaus und zeichnet. Bleistiftzeichnungen, immer nur Bleistift, keine Farben. Sagt sie jedenfalls, ich habe noch nie ein Bild von ihr gesehen. Die zeigt sie uns nicht, da ist sie ganz eigen. Ich finde das ein bisschen albern, aber bitte. Es war irgendwann Ende Februar oder Anfang März, da hat Münze plötzlich hinter ihr gestanden. Er muss sie schon eine Weile beobachtet haben, ohne dass sie was gemerkt hat. Für ihr Alter könne sie sehr gut zeichnen, hat er gesagt. Josie war zu überrascht, um ihre Bilder verschwinden zu lassen, wie sie es sonst immer tut, wenn jemand guckt, jedenfalls hat sich Münze neben sie gesetzt und ihr ein paar Tipps gegeben. So was kann Josie normalerweise überhaupt nicht ab, gut gemeinte Ratschläge von Erwachsenen, und dann auch noch zu ihren Bildern. Ich habe keinen Schimmer, wieso, aber bei Münze war das aus irgendeinem Grund okay. Er hat sogar was in ihren Block gezeichnet. Nicht mal das hat sie uns gezeigt. Sie hat nur gesagt, dass sie es richtig, richtig gut findet. Seitdem ist Münze der Einzige, der ihre *Sachen* begutachten darf (sie sagt immer *Sachen*, nie Bilder oder Zeichnungen). Keine Ahnung, was sie in ihm sieht. So eine Art Vorbild, vielleicht. Wenn Frau K. auf einmal verschwinden würde, wäre das Josie jedenfalls ziemlich egal, glaube ich.

Draußen auf dem Balkon stützt Josie die Ellenbogen auf die Brüstung, schließt die Augen und hält ihr Gesicht in die Sonne. Sie erinnert mich an diese Aida-Werbung, ein Model, das an einer Schiffsreling lehnt und in den wolkenlosen, azurblauen Himmel schaut. Mit dem kleinen Unterschied, dass Josie auch ohne Photoshop super aussieht. In einer der Wohnungen über uns läuft ein Schlager im Radio. *Weißer Sand und ein verlorenes Land.* Geschirr scheppert, es riecht nach Essen. Unten das Häuschen, in dem die Mülltonnen stehen, und der schmale Grünstreifen, der sich um das Knochenhaus schlängelt. Frisch gemähter Rasen mit braunen Schneisen, wo die Leute eine Abkürzung zur Kolonie nehmen. An der Straßenlaterne steht Juris neues Rad, ein weißes Fixie, superteuer. Ist sein zweites, neben dem Mountain-Bike. Die Rother-Brüder, Lonsdale und Everlast, zwei Assis aus der Siedlung, werfen sich auf der Grünfläche einen Tennisball zu. Ihr Terrier hechelt dem Ball hinterher und versucht ihn mit dem Maul in der Luft zu fangen. Aus der Kolonie steigt Rauch auf, um den die Luft flimmert. Der alte Babic aus dem dritten Stock verbrennt seine Gartenabfälle.

Wenn man sich weit über die Brüstung beugt, sieht man rechts einen der Brückenpfeiler aus dem Wald ragen. Irgendwo zwischen Knochenhaus und Autobahnbrücke liegt die Ponderosa. Ich könnte nicht genau sagen, wo. Auf der linken Seite, nur durch eine dünne Wand von uns getrennt, ist Münzes Balkon. Es gibt nichts Spektakuläres zu sehen, wie Josie gesagt hat. Ein Blumenkasten, aus dem Unkraut wuchert. Ein paar Gummistiefel. Eine Figur aus Draht und Metall, wahrscheinlich zum Kleideraufhängen, es hängen aber keine dran. Stattdessen hat das Ding eine Plastiktüte über dem Kopf und sieht damit aus, als ob es vor einem Erschießungskommando stehen würde.

Juri klopft mit den Fingerknöcheln gegen die Trennwand, eine Metallplatte, orange lackiert, die sich nach oben hin wie ein Segel verjüngt. Alle Balkone auf der Südseite sehen so aus. Weiß verputzt, mit einem Zackenmuster drauf, orange Trennwände. Auf der Nordseite das Gleiche, nur sind die Wände da grün. Juri rüttelt an der Platte und murmelt etwas vor sich hin. Er rüttelt noch mal, schaut nach oben, dann stellt er sich mit einem Fuß auf die Brüstung.

– Was machst du da?, fragt Josie.

Juri antwortet nicht. Er hält sich an der Wand fest, zieht den anderen Fuß nach und steigt rüber auf Münzes Balkon.

– Juri, spinnst du, zischt Josie und reckt ihren Kopf über die Wand. – Ich krieg Riesenärger mit meiner Mutter. Wenn dich jemand sieht. Ohne Scheiß, komm wieder rüber.

– Gleich. Ich will nur mal kurz durch das Fenster gucken.

War ja klar, dass Juri wieder einen Alleingang machen muss. Keine Lust auf Diskussionen. Einfach machen. Und wie stehe ich jetzt da? Ich schaue nach unten. Schellack hat vor kurzem Taubenspikes auf das Dach des Mülltonnenhäuschens geklebt, diese langen spitzen Plastikzacken. Aus der Kolonie qualmt es immer noch, ein bisschen weniger als eben. Im Radio läuft Werbung für Autoreifen.

– Ich gehe auch rüber, sage ich zu Josie.

Irgendwie habe ich damit gerechnet, dass sie *Nein* sagt, *mach das nicht, das ist viel zu gefährlich*, aber sie sagt nichts. Schaut mich nur an und fährt sich nervös mit der Hand durch die Haare. Jetzt kann ich natürlich keinen Rückzieher mehr machen, also steige ich hoch auf die Brüstung und klammere mich an der Trennwand fest, die echt heiß ist von der Sonne und mir ziemlich wackelig vorkommt. Unten die Taubenspikes und die Rother-Brüder und der Köter. Ich stelle mir vor, wie ich abrutsche und von den Zacken aufgespießt werde. *Knochenhaus fordert nächstes Opfer* wird in der Zeitung stehen. *Kristian P. (15) wollte seine Freundin beeindrucken.*

Juri streckt mir den Arm entgegen. Ich zögere seine Hand zu nehmen, weil es mir peinlich ist und weil ich die Wand dafür loslassen muss, aber dann greife ich doch zu und springe.

– Das ging ja fix, Spiderman.

– Du kannst mich mal, Renner.

– Hättest du wohl gerne.

– Macht keinen Quatsch und beeilt euch, sagt Josie gepresst. – Ich gehe vorne an die Tür und passe auf.

Ich will Juri einen Spruch drücken, *musst du vor Josie wieder auf den Dicken machen* oder so, aber ich denke ein bisschen zu lange darüber nach und dann ist es irgendwie zu spät. Er kniet sich vor die Balkontür und formt mit den Händen ein Guckloch vor den Augen. Mit der Sonne im Rücken kann man kaum was erkennen. Ich gehe neben ihm in die Hocke, ganz dicht vor der Scheibe. Drinnen ist auf den ersten Blick nichts Besonderes zu sehen. Eine Ledercouch, ein museumsreifer Fernseher, eine Stereoanlage mit Plattenspieler, ein ziemlich großes Holzregal, in dem Schuhkartons, Bücher, CDs und Schallplatten stehen, hinten links in der Ecke ein runder Holztisch. Ich sehe nirgendwo Stühle, nicht mal einen Küchenhocker. Neben dem Tisch ist die Küchenzeile, Herd, Spüle und Kühlschrank. Eine richtige Lampe gibt es nicht, eine nackte Glühbirne steckt in der Fassung an der Decke. An der Wand hinter der Couch ein paar schlampig aufgehängte Bilder: Fotos in unterschiedlichen Größen, gerahmt oder mit Reißzwecken an die Tapete gepinnt, bunte und Schwarz-Weiß-Aufnahmen.

– Sieht nicht gerade aus wie im IKEA-Katalog, sagt Juri.

– Es kann halt nicht jeder ein Haus im Villenviertel haben.

– Neidisch, Prosniak?

– Du verstehst einfach keinen Spaß mehr, Renner. Komm, wir gehen, hier ist doch nichts.

Ich will mich am Türrahmen abdrücken, um aufzustehen,

aber der gibt plötzlich nach, die Tür schwingt auf und wir fallen buchstäblich kopfüber in Münzes Wohnung. Einen Augenblick lang bleiben wir regungslos auf dem Teppich liegen. Juri guckt mich an, völlig perplex. Dann fangen wir beide an zu lachen. Wir müssen megabescheuert ausgesehen haben, wie in einem dieser alten Schwarz-Weiß-Filme, wo die ständig irgendwo gegenlaufen und drüberfallen und alles kaputtgeht und einstürzt.

Ich setze mich auf und hole Luft. Es riecht nach kaltem Zigarettenrauch und Pfefferminzbonbons. Überall auf dem Boden verstreut liegen Notizzettel, manche mit Kugelschreiber vollgekritzelt, andere nicht. Vor dem Regal zwei Bücher, aufgeklappt, mit den Seiten nach unten, unter dem Tisch eine alte Tageszeitung, Kleingeld, vier oder fünf Münzen, ein Küchenhandtuch, neben der offenen Badezimmertür ein Wäschehaufen. Juri liegt immer noch auf dem Teppich und hat vom Lachen Tränen in den Augen. Ich will ihm auf die Füße helfen, aber er lässt sich hängen wie ein nasser Sack.

– Komm schon, wir müssen hier raus, sage ich.

Juri zieht seinen Arm weg.

– Wenn wir schon mal da sind, müssen wir auch nach Münze schauen, sagt er und rappelt sich auf. – Nicht dass er hier irgendwo liegt und Hilfe braucht.

Ich bleibe an der Balkontür stehen. Bis hierher ist es ein Unfall gewesen, ein Missgeschick, wir haben uns nur Sorgen um Münze gemacht, woher hätten wir wissen sollen, dass die Balkontür nicht richtig zu ist? Eine unglückliche Verkettung von Ereignissen, so heißt es doch immer, wir haben ja nicht vorgehabt in die Wohnung einzubrechen. Aber jetzt geht Juri zu weit. Wenn jemand kommt und ihn dabei erwischt, wie er hier rumschnüffelt, dann können wir uns nicht mehr rausreden. Am Ende kommen wir in den Jugendknast. Oder wir werden zu Sozialstunden verdonnert. Urinbutler im Altersheim. Kippenstummel aufsammeln im Park, die ganzen Sommerferien über. Und das kommt ins Führungszeugnis. Anwalt werden oder Arzt oder Polizist – so was kannst du dann haken. Mein Vater wird einen Mega-Aufstand machen, *wenn das meine Mandanten erfahren.* Nein, ich gehe da nicht rein. Das soll Juri alleine durchziehen.

Er fährt mit dem Finger über die Küchenablage, auf der schmutzige Töpfe stehen und ein Teller mit verschimmelten Makkaroniresten, außerdem ein paar leere Bier- und Schnapsflaschen und ein Aschenbecher, aus dem abgeknickte Zigarettenstummel quellen. Vorsichtig schiebt er die Tür zu einem Nebenzimmer auf und verschwindet darin.

– Schlafzimmer, sagt er, viel zu laut. – Keine Spur von Münze. Keine Leiche.

– Okay. Dann lass uns abhauen.

– Gleich, Kris. Gleich.

Ich warte auf der Türschwelle, trete von einem Bein auf das andere und betrachte die Fotos an der Wand. Das größte zeigt die Brauereiruine am Stadtrand. Allerdings nicht so, wie das Gebäude in Wirklichkeit aussieht, sondern irgendwie mit dem Computer bearbeitet und verfremdet. Die beiden Schornsteine zum Beispiel, die man von der Autobahnbrücke aus sieht (und von denen es handgestoppte elf Minuten dauert, bis du bei uns zu Hause ankommst), die sind nicht betongrau wie in Wirklichkeit, sondern dunkelorange. Die Umrisse lösen sich auf und verschwimmen, das Orange vermischt sich mit dem Blau des Himmels zu einem schmutzigen Grün. Auch das rechteckige Hauptgebäude ist orange, ein bisschen heller als die Schlote. Der Wald, die Straße, die Mauer, die ganze Umgebung wiederum sieht normal aus. Untendrunter hängen andere, kleinere Aufnahmen der Brauerei, wieder mit veränderten Farben und Formen: die Lagerhalle aus braunen Backsteinen, die nach unten hin zerlaufen wie schmelzendes Schokoladeneis, mit hellgrünen Brettern vernagelte Fenster, ein weiß-rot kariertes Gebäude mit eingestürztem Dach, ein Schutthaufen im Hof, aus dessen Mitte eine dunkelblaue Birke wächst. Außer der Brauerei hat Münze noch andere Ruinen fotografiert. Stinknormale Bilder ohne Effekte. Das alte Bahnwärterhäuschen, der Theatersaal aus dem Siedlungskern, der inzwischen abgerissen ist und dem Aldi Platz gemacht hat, eine baufällige Villa mit zugewuchertem Garten, die ich nicht kenne.

Juri kommt zurück ins Wohnzimmer.

– Mann, ist das ein Drecksloch. Überall volle Aschenbecher, schmutziges Geschirr, leere Flaschen. Sogar im Schlafzimmer. Wie kann man hier wohnen?

Er guckt ins Bad, schüttelt den Kopf, *auch keine Leiche*, dann geht er ins nächste Zimmer. Ich hebe den Notizzettel auf, der vor meinen Füßen liegt. Darauf steht nur ein Satz: *Sometimes they never come back*. Keine Ahnung, was das bedeuten soll. Ich lasse den Zettel fallen und hebe einen anderen auf. *CZ 75. 1000.* Sagt mir auch nichts. Auf dem nächsten Zettel nur Gekritzel, Strichmännchen, eine Telefonnummer. Mein Handy vibriert in der Hosentasche.

Josie [16:04]: Was macht ihr so lange???

Gute Frage. Wir sind jetzt bestimmt schon zehn Minuten hier. Ich gehe einen Schritt zurück, nach draußen auf den Balkon. Wenn jemand kommt, steige ich sofort rüber, dann kann Juri gucken, wo er bleibt.

– Kris, ruft er. – Komm mal her. Das ist sein Arbeitszimmer.

– Vergiss es.

– Jetzt stell dich nicht so an, du Pussy.

– Halt die Klappe und lass uns endlich verschwinden.

Mir brennt die Sonne auf den Nacken. Unten bellt der Terrier der Rother-Brüder und jagt dem Tennisball hinterher. Ich höre, wie Juri irgendwelche Sachen durchwühlt. Papiere, Zeitungen, ich weiß es nicht. Wenn Frau May jetzt nach Hause kommt, sind wir im Arsch, selbst wenn Josie sofort anruft und uns warnt. Dann stecken wir fest. Dann bleibt uns nichts anderes übrig, als vorne zur Tür rauszugehen und zu hoffen, dass uns keiner sieht. Vorausgesetzt, die Tür ist nicht abgeschlossen. Ich pikse mir mit dem Daumennagel in den Handrücken, das mache ich immer, wenn mir fiese Gedanken durch den Kopf schießen, das lenkt mich ab. Juri kommt grinsend aus dem Arbeitszimmer und hält mir ein zeichenblockgroßes Foto vor die Nase. Obwohl die Farben wie bei der Brauerei bearbeitet sind, erkenne ich das Motiv auf den ersten Blick. Die in den Boden getriebenen Holzpfähle, die den Weg zur Tür markieren, der niedergetrampelte Zaun, die Backsteine, das Stahlgitter, das aus dem Dach hervorragt.

Juri rollt das Foto zusammen.

– Alles klar, *jetzt* können wir gehen.

– Willst du das mitnehmen? Bist du bescheuert?

Juri tippt mit der Rolle gegen meine Stirn.

– Kris, da drüben sind so viele Bilder. In Regalen, die bis zur Decke gehen. Niemand wird merken, dass was fehlt.

– Du kannst es trotzdem nicht einfach klauen. Was willst du überhaupt damit?

– Mal sehen. Erst mal zeigen wir es Josie. Wenn sie sagt, dass ich es zurückbringen soll, bringe ich es zurück. Okay? Und jetzt komm schon. Oder willst du dich hier erwischen lassen?

Er drängt sich an mir vorbei auf den Balkon und klettert hoch auf die Brüstung. Ohne sich noch einmal umzudrehen, springt er auf die andere Seite und lässt mich allein zurück. Warum habe ich eigentlich die ganze Zeit auf ihn gewartet? Ich ziehe die Balkontür von außen zu und checke noch mal, dass wir keine Spuren hinterlassen haben. Dann schaue ich nach unten auf den Rasen. Die Rothers und der Hund sind weg. Kein Rauch mehr über der Kolonie. Soweit ich es überblicken kann, ist der Kleiderständer mit der Tüte über dem Kopf der einzige Zeuge, der mich auf die Brüstung steigen sieht.

In dem Moment, als wir vom Balkon kommen, geht die Wohnungstür auf. Erschrocken bleibt Josie stehen. Juri schaltet sofort und schiebt sich das Foto hinten in den Bund seiner Jeans. Frau May kommt ins Wohnzimmer und wirft ihre Handtasche auf die Couch.

– Na, was habt ihr ausgefressen, sagt sie, setzt sich auf einen Stuhl und zieht ihre Stiefel aus.

– Was meinst du, Mama?

– Ihr guckt so bedröppelt. Wie geht's deinen Eltern, Juri? Richte ihnen viele Grüße von mir aus.

– Mach ich, Frau May.

– Josie, warst du einkaufen?

– Nein, Mama. Noch nicht. Ich geh gleich.

Frau May zieht eine Augenbraue hoch, genauso wie Josie es immer macht. Sie und ihre Mutter sehen sich überhaupt wahnsinnig ähnlich. Die Ohren, zum Beispiel, die oben ein bisschen spitz zulaufen und Josie megapeinlich sind, weil sie findet, dass die aussehen wie die von Mr Spock. Dann die grünen Augen und die dichten Augenbrauen, die sind bei beiden wirklich genau gleich. Frau May ist allerdings nicht so ein Skelett wie ihre Tochter, die hat richtige Kurven und vor allem Brüste. Göbel findet Frau May superheiß. Okay, Göbel ist zwar keine besonders hohe Messlatte, aber da ist was Wahres dran. Als Mutter wollte ich die trotzdem nicht. Frau May ist bei manchen Sachen echt streng, Josie ist nicht zu beneiden, die muss ständig irgendwas erledigen oder kaufen oder putzen. Außerdem weiß ich bei Frau May nie, was die von mir denkt. Manchmal ist sie total freundlich, manchmal nimmt sie mich überhaupt nicht richtig wahr. So wie heute.

– Gut, dann gehst du aber bald, sagt sie und verschwindet in der Küche. – Vergiss das Klopapier nicht.

– Ja, ich hab doch gesagt, dass ich gehe. Mach doch nicht so einen Stress.

– Der Einkauf war gestern schon fällig, junge Dame. Also werde ich dich so lange dran erinnern, bis du zur Tür raus bist.

Wir hören, wie Frau May den Kühlschrank öffnet, eine Flasche aufschraubt und sich einschenkt. Dann wieder die Kühlschranktür, Eiswürfel klirren, die Besteckschublade klappert, Frau May summt *Beat it*. Josie wird rot im Gesicht.

– Am besten geht ihr jetzt, sagt sie leise.

Frau May kommt mit einem Glas in der Hand zurück ins Wohnzimmer, lässt sich auf die Couch fallen und schaltet den Fernseher ein. Josie guckt uns an und macht mit dem Kopf eine Bewegung Richtung Flur. Juri schiebt unauffällig das Bild in seinem Hosenbund zurecht, dann verabschieden wir uns von Frau May. Auf dem Weg zur Tür bleibe ich dicht hinter Juri, damit sie den Abdruck unter seinem T-Shirt nicht sieht.

4 +++ Mittwoch, der 22. April, früher Abend +++

Juri und ich, wir kennen uns schon immer. Seit der Grundschule, um genau zu sein. Am Anfang hatten wir noch nicht viel miteinander zu tun. In unserer Klasse gab es zwei Gruppen von Jungs, die mehr oder weniger unter sich geblieben sind: die, die gut Fußball spielen konnten – und der Rest. Juri war bei den Guten, logo. Er ist im Prinzip in jeder Sportart gut, inzwischen spielt er ja sogar im Basketball-Schulteam. In Sport kriegt er immer eine Eins. Auch sonst hat er keine Probleme mit den Noten, dem fällt fast alles leicht, Mathe, Deutsch, Naturwissenschaften. Nur in Französisch kackt er immer wieder ab, aber das liegt hauptsächlich daran, dass der Garlich ihn nicht leiden kann.

Ich war einer vom *Rest*. Ein blasser Junge, dem immer die Nase läuft, ziemlich zurückhaltend, ziemlich Mamakind. Außer der Allergie hat sich das bis heute, na ja, größtenteils geändert. Weiß nicht, inwiefern ich das Juri zu verdanken habe. Ich glaube nicht, dass ich ohne ihn ein superkrasser Nerd geworden wäre. Aber so ein bisschen Nerd vielleicht. Man muss ja ehrlich sein. Ohne Juri hätte ich auch Josie nie kennengelernt. Theoretisch hätte ich ihr auch so über den Weg laufen können, klar, wir gehen ja auf dieselbe Schule. Aber theoretisch sollte ich auch schon längst eine Freundin haben, so wie Göbel oder der Preußler, der ist seit neustem mit Lara aus der Siebten zusammen. Eine Freundin aus der Siebten ist zwar echt peinlich – aber immer noch besser als nichts. Okay, das ist jetzt vielleicht ein bisschen übertrieben. Juri hatte ja auch noch keine.

Irgendwann, dritte Klasse, glaube ich, stand er mit zwei Tischtennisschlägern bei uns vor der Haustür. Einfach so, wir hatten nichts ausgemacht, wie auch, in der Schule haben wir kaum miteinander geredet. Ich mochte Juri zu der Zeit nicht mal besonders. Ich fand ihn arrogant und überheblich, wie die meisten aus der Fußballgang. Und dann kam er plötzlich vorbei und wollte mit mir Tischtennis spielen. Ausgerechnet mit mir, der Triefnase, einem vom Rest. Dabei waren in unserer Klasse genug Leute, die besser Tischtennis konnten als ich. Keine Ahnung, was er sich dabei gedacht hat. Damals habe ich mich nicht getraut ihn zu fragen, und heute kann er sich nicht mehr dran erinnern, sagt er. Meine Theorie ist, dass ihm die Fußballtypen irgendwann auf den Sack gegangen sind. Dass Juri auf Dauer nicht klarkommt mit Leuten, die genauso ticken wie er, die auch immer Chef sein und alles bestimmen wollen. Fest steht, dass wir seit dem Tag, als Juri bei uns geklingelt hat, Freunde sind. Das kann man schon so sagen. Am nächsten Nachmittag waren wir nämlich wieder Tischtennis spielen. Und am nächsten Tag. Und am Tag darauf. Auch wenn ich jedes Mal gegen ihn verloren habe.

Aber manchmal weiß ich wirklich nicht, was in seinem Kopf vorgeht. Vorgestern zum Beispiel, als er auf Münzes Balkon geklettert ist. Das würde ich nie machen, ohne vorher mit den anderen zu reden. Juri denkt bei so was nicht lange nach. Da kann es schon mal vorkommen, dass er Sachen sagt, von denen er hinterher nichts mehr wissen will. Deswegen wundert es mich auch kaum, dass er das Ponderosafoto nicht zurückgebracht hat. Okay, er kann nichts dafür, dass Josies Mutter früher von der Spedition nach Hause gekommen ist. Trotzdem.

Ich glaube, er hat nie vorgehabt noch mal bei Münze einzusteigen. Ich glaube, dass er das Foto in jedem Fall behalten wollte. Wäre ja nicht das erste Mal, dass Juri was mitgehen lässt.

Wir treffen uns abends, weil Juri nachmittags Basketball hat. Ich habe ewig für Französisch gebraucht und bin deshalb spät dran. Könnte sein, dass der Garlich mich morgen abfragt, deshalb bin ich die Vokabeln drei-, viermal durchgegangen. Wenigstens kann ich jetzt alle, sogar die Formen für den Subjonctif. Dafür ist es schon nach sieben und ich brauche noch mindestens zwanzig Minuten bis zur Ponderosa.

Die Ampel an der Hauptstraße wird rot, ich gehe trotzdem rüber und biege in die Berliner Straße ein. Vor mir taucht das Knochenhaus auf, die Vorderseite mit den grünen Segeln und den unzähligen Satellitenschüsseln, die alle in die gleiche Richtung gucken, wie Sonnenblumen. Hoffentlich hat uns niemand dabei beobachtet, als wir über die Balkone geturnt sind. Gerade so Typen wie Schellack liegen doch den ganzen Tag auf der Lauer und warten darauf, dass jemand gegen die Hausordnung verstößt.

Auf der Straße steht die Müllabfuhr, dahinter staut sich der Verkehr. Zwei Männer in Orange mit langen Bärten und Tattoos auf den Oberarmen kommen aus einem Hauseingang und schwingen sich hinten aufs Trittbrett. Als der Müllwagen losfährt, bemerke ich Tonne ein Stück vor mir auf dem Bürgersteig. Tonne erkennst du sofort, auch von hinten, da reicht ein kurzer Blick aus dem Augenwinkel. Nicht, weil sie so dick wäre, nein, der Name ist ein Witz, den Göbel sich ausgedacht hat. Tonne ist klein und dünn, dünner noch als Josie, und deswegen findet er es wahnsinnig komisch, sie *Tonne* zu nennen. Ausgerechnet Göbel, der fette Sack. Weil Tonne in Wirklichkeit Antonia heißt, passt der Name allerdings doch wieder ganz gut.

Inzwischen sagen fast alle in der Klasse *Tonne* zu ihr. Sie findet das natürlich zum Kotzen. Tonne findet eigentlich alles und jeden zum Kotzen. Jedenfalls fällt sie auf, mit ihrem Palischal und den gelben Docs, die beim Laufen rasseln, weil sie ein Glöckchen vorne zwischen die Schnürsenkel gebunden hat. Wie immer trägt sie schwarze Nylonstrumpfhosen mit riesigen Laufmaschen, einen schwarzen Jeansrock und einen schwarzen Kapuzenpulli. Über Tonne gibt es hunderttausend Gerüchte. Angeblich ist sie Borderliner und ritzt sich mit einer Rasierklinge die Unterarme, deswegen trägt sie auch immer die langen Stulpenhandschuhe, selbst im Sommer, damit man die Narben nicht sieht. Außerdem hat sie Magersucht oder Bulimie, ist manisch-depressiv, nimmt Drogen und betet Satan an.

Sie läuft superlangsam, gleich habe ich sie eingeholt. Dann muss ich irgendwas zu ihr sagen und darauf habe ich überhaupt keine Lust. Am liebsten würde ich mich unsichtbar machen. Das ist sowieso meine Lieblingssuperpower, unsichtbar machen. Wenn ich das könnte, würde ich jetzt an Tonne vorbeispazieren und ihr aus Spaß einen Gehfehler verpassen. Vor allem aber würde ich mich dann noch mal in Münzes Wohnung umschauen, und zwar in aller Ruhe. Vielleicht hat Juri ja was übersehen.

Jetzt bleibt Tonne auch noch stehen. Sie zieht ihren Rucksack ab und wühlt darin herum. Ich schaue auf meine Armbanduhr. Schon Viertel nach. Ich könnte zurück zur Hauptstraße und am Bahndamm entlang, aber das dauert mehr als zehn Minuten länger. Am besten, ich gehe auf die andere Straßenseite und tue so, als ob ich in Gedanken wäre. Ach Quatsch, Tonne ist doch die Letzte, die Bock hat auf Small Talk, die redet mit niemandem, wenn sie nicht muss. Ich laufe jetzt einfach an ihr vorbei.

– Oh, hi Kris.

Für einen Moment bin ich erstaunt, dass sie meinen Namen

kennt. Klar ist das Blödsinn, wir sind schon seit Ewigkeiten in einer Klasse, da kennt jeder jeden. Aber Tonne fährt ja irgendwie ein ganz eigenes Programm. Außerdem hat sie Kris gesagt, so nennt mich in der Schule niemand außer Juri, die meisten sagen Krisser, Prosche oder Prost (und Göbel manchmal *Prostata*, was echt nicht lustig ist).

– Hi.

– Gutes Buch, übrigens.

– Was?

– *Das also ist mein Leben.* Hast du gestern in Deutsch vorgestellt. Schon vergessen?

– Nein, natürlich nicht.

– Ist eins meiner Lieblingsbücher. Das und *Die Selbstmord-Schwestern*. Kennst du das?

– Nie gehört.

– Dachte ich mir. Ist ein Geheimtipp.

– Warum hast du es dann gestern nicht dabeigehabt?

– Weil es keinen was angeht, welche Bücher ich mag. Ist doch total privat. Außerdem, wenn ich mit den *Selbstmord-Schwestern* gekommen wäre, hätte meine Mutter gleich wieder einen Anruf von der Schulseelsorgerin bekommen. Hast du Schiss vor Französisch morgen?

– Ich und Schiss? Wie kommst du denn darauf?

– Du bist doch einer, dem Noten voll wichtig sind. Stimmt doch, oder? Jetzt guck nicht so, ist doch okay, wenn man ehrgeizig ist.

– Als ob ich so ehrgeizig wäre. Willst du mich verarschen?

– Maybe? Wo gehst du hin?

Ich schaue an ihr vorbei, über ihre Schulter auf das Knochenhaus und den Himmel, langsam zieht es zu.

– Bin verabredet.

– Aha. Mit Juri?

– Was?

– Bist du mit Juri verabredet? Mit deinem Freund Juri Renner? Mit Juri Ich-bin-der-Coolste-von-allen Renner?

– Du spinnst ja. Was interessiert dich das überhaupt?

– Es interessiert mich nicht. Ich will nur nett sein.

– Nett sein? Du? Nicht dein Ernst.

Tonne scheint das für ein Kompliment zu halten. Jedenfalls fängt sie plötzlich an zu lachen.

– Und was machst du hier, frage ich sie, weil ich keine Lust mehr habe, von ihr verhört zu werden.

– *Was interessiert dich das*, äfft sie mich nach. – Ich besuche meine Tante. Ihr gehört die Galerie in der Hauptstraße, Galerie Lebrun. Kennst du, oder? Die kennt doch jeder.

– Glaub schon.

– Kannst du jetzt die Franz-Vokabeln oder nicht?

Sie springt so schnell von einem Thema zum anderen, dass ich einen Moment brauche, um zu schalten.

– Geht so, sage ich. – Ich wollte sie mir in der großen Pause noch mal ansehen.

– Morgen wird mit Sicherheit jemand abgefragt. Mir kann es eigentlich egal sein, von der Vier komme ich sowieso nicht mehr runter, ob ich eine Sechs kriege oder eine Eins. Spaß macht es trotzdem nicht, von Garlich vorgeführt zu werden.

– Warum sollte er, wenn bei dir sowieso alles klar ist?

– Weil Garlich ein Arschloch ist.

– Da hast du allerdings Recht.

– Klar hab ich Recht. Ich muss weiter, Kris. Wenn ich dran denke, bringe ich dir *Die Selbstmord-Schwestern* mal mit.

– Okay, dann bis morgen.

– See you.

Sie hat schon wieder Kris gesagt. Und sie will mir ihr Lieblingsbuch ausleihen. Komisch, in der Schule tut sie immer so, als ob sie sich nicht für uns interessieren würde. Als ob wir alle behämmert wären und sie die einzig Normale in der Klasse. Ich überlege, ob ich *Tschüss, Antonia* hätte sagen sollen oder wenigstens *Tschüss, Tonne.* Nein, sie hasst ihren Spitznamen und *Antonia* hätte ich beim besten Willen nicht über die Lippen gebracht. Das wäre so, als würde ich zu Josie *Josephine* sagen.

Vor dem Knochenhaus biege ich rechts ab. Ich gehe am Bolzplatz vorbei, auf dem mein Bruder immer Fußball spielt *(du bist behindert, Kris, und zwar im Kopf, wenn du mir das nicht zutraust),* Richtung Mutantenkiosk, und weiter zum S-Bahnhof, dann durch die Unterführung zu den Schrebergärten auf der anderen Seite des Bahndamms. Hinter dem Parkplatz der Kolonie fängt der Waldweg an. Wenn du dich beeilst, bist du von hier aus in zehn Minuten bei der Autobahnbrücke. Noch mal fünf, dann kommt der Grillplatz. Von dort geht es querfeldein durch den Wald bis zum Hügel, über den Aussichtspunkt, und dann liegt sie vor dir, die Ponderosa.

Was es mit der Hütte auf sich hat, weiß keiner. Wer sie gebaut hat, wofür und warum gerade hier, in der Nähe der Autobahn. Vielleicht war sie als Ferienhaus gedacht, als Datscha fürs Wochenende. Für jemanden, der es einsam mag und keinen Bock auf Leute hat. Es gibt ja nicht mal einen richtigen Weg, der zur Ponderosa führt. Als wir sie entdeckt haben, war sie voller Müll. Scherben, Styropor, leere Zementsäcke, Pressholzplatten, Ziegelsteine. Insgesamt fünf Müllsäcke haben wir rausgeschleppt und hinter der Ponderosa in die Büsche geworfen. Ich habe gedacht, wir kriegen übelst Ärger, wenn das der Besitzer merkt. Aber bis heute ist niemand aufgetaucht. Es kommen sowieso selten Leute vorbei. Ab und zu ein Mountainbiker, der den Hang runterbrettert, oder ein verirrter Spaziergänger, das war's. Sonst ist hier echt nicht viel los. Vor allem wenn es dunkel wird. Juri hat mal vorgeschlagen, dass wir uns nachts in der Hütte treffen und auf dem iPad Horrorfilme gucken. Am besten welche, die im Wald spielen, *Blair Witch Project* oder *Evil Dead* oder so was. Josie hat gleich abgewunken. *Auf Allerkeinsten.* Josie ist normalerweise nicht besonders ängstlich, aber stimmt schon, nachts kann es hier richtig gruselig werden, auch ohne Horrorfilm.

Eine Kellerassel mit gelbem Panzer krabbelt über den Steinboden und verschwindet in einer Lücke zwischen Wand und Tür. Josie sitzt im Lotussitz auf dem Hocker und hält sich über Kreuz an den großen Zehen fest. Ihre Schuhe, die *Monkeys*-Vans, hat sie in die Ecke geworfen. Ich wäre an ihrer Stelle schon längst aus dem Gleichgewicht geraten und umgekippt, aber Josie hält sich kerzengerade, ohne zu wackeln. Unterm Tisch liegt der Rucksack mit ihren Sportsachen, Mittwochabend ist Jazzdance. Das denkt ihre Mutter jedenfalls. Juri lehnt gegen die Wand und balanciert den platten Hallenball auf seinem Fuß. Ich habe mich von Anfang an gewundert, warum er den hat mitgehen lassen. Wir haben ja keine Luftpumpe. Und tatsächlich hat das Ding seitdem nur hier rumgelegen. Juri ist ein Sammler-Typ. Der findet es cool, Sachen zu besitzen, auch wenn er keinen Plan hat, was er damit anfangen soll.

Das Ponderosafoto liegt vor uns auf dem Campingtisch. Josie hat die Ecken mit Steinen beschwert, damit es sich nicht zusammenrollt. Die Hütte auf dem Bild ist grasgrün statt grau, wie in Wirklichkeit, auch hier gibt es keine klaren Kanten und Ecken, nur weiche, fließende Übergänge zwischen den Steinwänden, dem Dach und den Kiefern im Hintergrund. Am Himmel tief hängende, dunkelgraue Wolken, keine Ahnung, ob die echt sind oder bearbeitet. Es ist schwer zu sagen, wann die ursprüngliche Aufnahme gemacht wurde. An der Außenwand ist mit viel Fantasie Graffiti zu erkennen. Die Tür ist zu, ein Schloss ist aus dieser Perspektive nicht zu sehen, vielleicht hängt keins davor.

– Komische Vorstellung, dass Münze da draußen gestanden hat, sagt Josie. – Mit seiner Kamera, vielleicht mit einem Stativ.

– Komische Vorstellung, dass überhaupt jemand außer uns die Ponderosa kennt, sage ich.

Josie rafft sich die Haare im Nacken zusammen und lässt sie wieder auf ihre Schultern fallen.

– Ja, sagt sie. – Es fühlt sich so an, als ob nur wir davon wüssten, oder? Also, ich bin dafür, dass wir das Foto behalten. Erst mal. Ich will nicht, dass du noch mal bei Münze einsteigst, Juri. Das ist einfach zu krass. Das ist Einbruch, dafür kannst du echt Ärger kriegen.

Juri zieht die Achseln hoch und guckt mich an.

– Meinetwegen, sage ich, weil ich keine Lust habe, der Spielverderber zu sein. – Und was machen wir jetzt damit? Lassen wir es einfach hier in der Ponderosa?

Josie und Juri wechseln Blicke. Keine Ahnung, was es da zu gucken gibt, das war doch eine ganz normale Frage.

– Weiß nicht, sagt Josie. – Wichtiger ist doch, dass wir rausfinden, was mit Münze passiert ist.

– Ich habe noch mal nachgedacht, sagt Juri. – Komisch ist die Sache schon. Die Wohnung hat ausgesehen, als ob Münze schnell abhauen musste. Ich meine, wenn du in Urlaub fährst, dann bringst du doch den Müll runter. Spülst deine Teller, anstatt die Essensreste vergammeln zu lassen. Checkst, ob die Balkontür zu ist. Dann die Notizzettel auf dem Boden. Die könnten aus dem Regal gefallen sein, vielleicht bei einem Kampf. Josie hat Recht, da stimmt was nicht.

– Vielleicht ist der Typ auch einfach nur ein Chaot, sage ich. – Und sitzt gerade irgendwo am Pool in der Sonne und schlürft einen Caipirinha nach dem anderen.

– Kann schon sein, sagt Juri. – Aber was, wenn nicht? Wenn er wirklich aus irgendeinem Grund flüchten musste? Was hat Münze in der *Kill Bill*-Nacht noch mal zu seinem Besucher gesagt, Josie?

– Ich weiß es nicht mehr genau. Dass er irgendwas niemals machen würde, oder so.

Juri lässt den Ball von seinem Fuß rutschen und nimmt ihn in die Hände.

– Vielleicht ging es um seine Bilder, sagt er.

– Um die Fotos?, frage ich.

– Ja. Kann doch sein, dass er was fotografiert hat, das er nicht hätte fotografieren sollen, eine Person oder einen Ort.

– Wie kommst du denn da drauf?

– Ist nur so 'ne Idee. Stellt euch vor, jemand ist hinter Münze her, um ihm die Fotodateien abzunehmen und sie zu vernichten.

– Genau, sage ich. – Sie brechen in die Wohnung ein und suchen seinen Laptop. Dann werden sie von Münze überrascht, legen ihn um und zerstückeln die Leiche in der Badewanne.

– Kris-Kris! Fang nicht schon wieder damit an.

Josie will mir einen Klaps auf den Oberschenkel geben, aber ich ziehe mein Bein weg, so dass sie fast vom Hocker rutscht. Ich kann sie gerade noch an der Hüfte festhalten. Sie fängt an zu kreischen, weil sie da superkitzlig ist. Ich lasse sie trotzdem nicht los. Strafe muss sein. Josie springt auf und bohrt mir ihre Finger in die Seiten, bis ich ihre Handgelenke zu fassen kriege. Sie versucht sich loszureißen, schafft es aber nicht. Ihre grünen Augen funkeln mich angriffslustig an. Eine Haarsträhne hängt ihr im Gesicht.

Juri lässt den Ball fallen und schießt ihn gegen die Wand. Ein Stück Putz bröckelt zu Boden.

– Ich muss los. Hab Französisch noch nicht gemacht, sagt er

und schiebt den Ball mit dem Fuß hinter die Matratze. – Wir reden morgen weiter.

– Jetzt schon? Warte doch kurz, sagt Josie außer Atem.

Sie befreit sich aus meinem Griff und streicht sich die Haare hinters Ohr.

– Nein, sagt Juri. – Ich nehme sowieso die Abkürzung durch die Schrebergärten.

Er setzt seine fetten weißen Kopfhörer auf und schaltet die Musik ein. Dann klopft er gegen den Türrahmen und geht. Dabei bin ich gerade erst gekommen. Okay, ich war viel zu spät, aber ein bisschen hätte er doch noch bleiben können. Nicht mal richtig verabschiedet hat er sich. Egal. Josie ist ja noch da. Am liebsten würde ich mit ihr weitermachen, wo wir gerade aufgehört haben, aber sie hat sich schon wieder auf den Hocker gesetzt. Sie wischt sich den Schmutz von den Socken, stützt ihre Ellenbogen auf den Tisch und betrachtet das Ponderosafoto.

– Jetzt sind wir wieder nicht weitergekommen mit Münze, sagt sie, ohne aufzusehen.

Ich nicke und ziehe meinen Pullover gerade. Münze hätte ich beinahe vergessen.

5 +++ Mittwoch, der 22. April, spätabends +++

Der Tag, an dem Juri sie mir vorgestellt hat, war heiß und schwül, kurz nach den Sommerferien vor zwei Jahren. *Nach der Schule treffen wir Josie* stand auf einem Zettel, den er mir während Mathe zugeschoben hatte. Mehr nicht. Kein Wort darüber, wer diese Josie war und warum wir sie treffen sollten. Dass Juri uns verabredete, ohne mich zu fragen, war nichts Neues, das machte er dauernd. Immerhin hatte er dieses Mal vorher Bescheid gesagt, anstatt mich einfach mitzuschleppen. *WTF is Josie?!*, habe ich auf den Zettel geschrieben und ihn zurück zu Juri geschoben. Natürlich hat sich der Mathe-Müller ausgerechnet in diesem Moment von der Tafel umgedreht.

Man kann ja viel über den Mathe-Müller sagen, dass der Unterricht ultralangweilig ist, zum Beispiel, dass der immer viel zu viele Hausaufgaben aufgibt und so weiter, aber asozial ist er nicht. Er hat uns gesagt, wir sollen den Quatsch sein lassen und aufpassen, das war's. Der Garlich hätte den Zettel vor der ganzen Klasse vorgelesen und ich hätte erklären dürfen, was WTF bedeutet. Auf Französisch, natürlich. Und mit Note.

Josie saß im Schatten auf den Treppen vor dem Schulhof, einen Zeichenblock im Schoß, den sie zuklappte, als sie uns kommen sah. Sie hatte eine Basecap auf, das weiß ich noch genau, und ihre Haare waren damals noch richtig lang. Klar hatte ich sie schon mal gesehen. Die Neue aus der Siebten.

– Das ist Kris, Kris mit K, sagte er und zuckte mit den Schultern, als ob er sich dafür entschuldigen müsste.

– Krrrs, sagte sie. – Ist das ein Name oder ein Geräusch? Krrrrs. Krrrrrrsss.

Sie wiederholte meinen Namen noch ein paarmal und ließ dabei das R rattern.

– Krs-Krs, hört sich an, wie wenn man über einen Kiesweg schlurft.

– Sehr witzig. Und was soll Josie für ein Name sein?

– Kurz für Josephine. Gefällt dir Josephine?

– Äh, weiß nicht. Glaub schon.

– Falsche Antwort. Der Name ist megadämlich. Sprich mich einmal so an und ich rede nie wieder ein Wort mit dir. Alles klar, Kris-Kris?

– Keine Sorge, sagte Juri und zupfte an seinem T-Shirt, das ihm am Oberkörper klebte. – Die tut nur so. Eigentlich ist sie ganz nett. Also manchmal.

Josie warf den Radiergummi nach ihm, verfehlte ihn aber um ein ganzes Stück.

Er hatte sie im TSV-Sommerlager kennengelernt. Das Sommerlager (zwei Wochen Zelten und Sport, Fußballturniere, Volleyball und Workshops) ist *das* Ferienevent für alle Jungs und Mädchen in der Siedlung. Also für alle, außer für mich: Ich kann einfach kein Fußball. Und kein Volleyball. Und weil ich keine Lust hatte, mich vor den anderen zum Affen zu machen, habe ich mir die *Herr der Ringe*-Trilogie ausgeliehen und bin zu Hause geblieben, um zu lesen: Eine ziemlich bescheuerte Idee, wie sich rausstellen sollte. In diesem Jahr hat nach den Ferien nämlich keiner darüber geredet, wer das Fußballturnier gewonnen hat oder den Hundertmeterlauf, so wie früher. Nein, diesmal ging es nur darum, wer abends wie lang in welchem Mädchenzelt war, wer mit wem die Nacht am Lagerfeuer verbracht hat und so weiter. Dann die ganzen Insider: *Weißt du noch, wie Tarek den Schneider? Ich sag nur, »die fliegende Kloschüssel«.* Und darüber lachten sich dann alle halb tot. Insider kannst du dir zwar erklären lassen, aber das hilft auch nicht weiter. Es können trotzdem nur die drüber lachen, die dabei gewesen sind.

Josie war mit ihrer Mutter gerade erst ins Knochenhaus gezogen. Damit sie Anschluss findet, hat Frau May sie gleich ins Sommerlager geschickt – obwohl Josie gar nicht wollte. Das mit ihrem Vater war ja noch nicht lange her, sie war megadepri und hatte überhaupt keinen Bock auf Leute. Kann man sich heute kaum vorstellen. War aber so. Josie war damals ganz anders drauf, total anti, ein bisschen wie Tonne. Nur ohne die schwarzen Klamotten. Und ohne sich die Arme zu ritzen.

Am Anfang hat sie die meiste Zeit allein im Mädchenzelt gehockt und Comics gelesen. *Lieutenant Blueberry*, alte, abgegriffene Hefte von ihrem Vater, der stand ja auf so Westernkram. Die anderen Mädchen haben sich keine Mühe gegeben, sich mit ihr anzufreunden. Das mit ihrem Vater hat die alle irgendwie abgeschreckt, glaubt Juri. Als ob Unglück anstecken könnte. Ich weiß nicht, ob er Mitleid mit ihr hatte oder ob er sie cool fand. Jedenfalls hat er sich ein bisschen um sie gekümmert. Zuerst haben sie Comics getauscht. Dann hat Juri sie überredet beim Hike mitzumachen und ihr Team ist am Ende sogar Erster geworden. Das ist fast so ein großes Ding wie das Fußballturnier zu gewinnen. Nach dem Sommerlager sind Juri und Josie über Facebook und Co. in Kontakt geblieben und dann war auch bald wieder Schule und der Tag, an dem wir sie auf den Stufen getroffen haben.

Ich fand Josie von Anfang an gut. Vor allem weil sie so eine große Klappe hat. Das gibt's nicht oft, Mädchen, die schlagfertig sind und auch noch richtig gut aussehen. Okay, Josie ist jetzt vielleicht nicht so modelmäßig hübsch wie Eve, der immer alle Typen hinterhergucken, und manchmal auch die Mädchen. Aber wenn Josie lacht und dich dabei ansieht mit ihren strahlend grünen Augen, das zieht dir echt die Schuhe aus, da würdest du nicht mal wegschauen, wenn Eve splitternackt an dir vorbeiläuft. Und das ist nicht nur mit ihrem Lachen so. Wenn sie ihre rechte Augenbraue hochzieht, zum Beispiel, das ist noch so ein Moment. Also das behaupte ich jetzt einfach mal. Ich kann mir irgendwie nicht vorstellen, dass es jemand anderem nicht so geht.

Als wir aus der Hütte kommen, ist die Autobahn kaum zu hören. Das ist immer so, wenn der Wind von Osten kommt. Dann glaubt man kaum, dass die Brücke gerade mal einen Kilometer weg ist. Es ist nicht nur dunkel, sondern auch kühl geworden. Meine Jacke bleibt trotzdem im Rucksack. Ich friere lieber, als sie vor Josie anzuziehen. Weil, die ist echt hässlich. Schweinefarben, mit so Bündchen an den Ärmeln, ein altes Teil von meinem Bruder. Meine richtige Jacke ist in der Wäsche. Juri würde so was im Leben nicht tragen. Dem wäre es jetzt sowieso zu warm für eine Jacke, dem ist ja immer heiß.

Es riecht nach Regen. Die Blätter knistern im Wind. Vielleicht haben wir Glück und kommen nach Hause, bevor es zu schütten anfängt. Ich hole meinen Schlüsselbund aus der Tasche und suche den Schlüssel für das Vorhängeschloss. Irgendwie habe ich das Gefühl, dass uns jemand beobachtet. Juri vielleicht, der uns erschrecken will. Das würde zu ihm passen. Von wegen Französisch. Wahrscheinlich kommt er gleich aus dem Gebüsch gesprungen. *Saukomisch, Renner. Werd mal erwachsen.* Es raschelt im Dickicht. Ich sehe hin, kann aber nichts erkennen. Alles Einbildung. Zu viel *Blair Witch Project* im Kopf.

– Ist was, Kris-Kris? Komm, lass uns gehen.

– Ja, gleich.

Das Vorhängeschloss ist schon ein bisschen rostig und hält bestimmt niemanden ab, in die Hütte einzubrechen, aber so kommen wenigstens keine Tiere rein. Keine großen jedenfalls, Füchse zum Beispiel. Die haben sich in den letzten Jahren vermehrt wie die Karnickel, sagt der Mathe-Müller. Mittlerweile zieht es die nachts bis in die Siedlung, um in den Mülleimern nach Essensresten zu wühlen. Da muss man aufpassen, wegen Tollwut. Der Mathe-Müller erklärt uns öfter so einen Schrott, aber alle tun total interessiert, weil wir dann kein Mathe machen.

Der Trampelpfad, der zur Lichtung führt, ist am Anfang so schmal, dass wir hintereinanderlaufen müssen. Ich lasse Josie den Vortritt, *Ladys First*. Sie guckt ein bisschen überrascht, weil sie sonst keine Sonderbehandlung von uns bekommt, nur weil sie ein Mädchen ist. Von Juri schon gar nicht, der zieht sie ja lieber auf damit (von wegen Penisneid und so). Manchmal treibt er es so weit, dass Josie stocksauer wird und die beiden richtig Stress kriegen. Wegen Kleinigkeiten. Aber das gibt sich normalerweise schnell wieder.

Josie macht einen Knicks und geht an mir vorbei. Sie hat ein ordentliches Tempo drauf, ich muss mich beeilen, um hinterherzukommen. Ganz anders als Tonne vorhin. Was mit der wohl los war? Die hat ja richtig mit mir geplaudert. Auf Tonne-Art zwar, aber trotzdem erstaunlich normal. Anti-Depressiva, vermutet Josie, als ich ihr davon erzähle. Ich finde nicht, dass Tonne gewirkt hat wie auf Drogen, aber Josie meint, das siehst du den Leuten nicht an. Die wären dann ja nicht high oder so und hätten große Pupillen oder zitterten, die hätten einfach bessere Laune als sonst.

– Vielleicht sollte man dem Garlich ein paar Pillen unterjubeln, sage ich und muss laut niesen. Meine Nase fängt schon wieder an zu laufen.

– Oder meiner Mutter, sagt Josie.

– Hat die inzwischen zugegeben, dass sie einen Neuen hat?

– So halb. Sie trifft jemanden, hat sie gesagt. Aber es wäre nicht klar, ob was daraus wird. Deswegen will sie nicht mehr erzählen.

– Und? Nervt sie immer noch?

– Und wie. Teilweise ist sie so übertrieben gut drauf, dass es kaum auszuhalten ist. Und ein paar Stunden später ist sie am Boden zerstört, weil der Typ sich nicht meldet oder komische Sachen schreibt oder wasweißichwas macht. Manchmal fängt sie dann an zu trinken. Also nicht oft, aber manchmal. Und dann werde ich echt wütend. So benimmt sich doch keine Mutter. Die führt sich auf, als wäre sie vierzehn.

Wir steigen über einen entwurzelten Baumstamm, dann wird der Pfad breiter und wir können nebeneinandergehen. Josie steckt die Hände in die Hosentaschen und seufzt.

– Gleichzeitig ist sie bei manchen Dingen total streng. Wenn die rausfindet, dass ich rauche, ich sag dir, das gibt Stress. Dabei raucht sie selber, und nicht mal heimlich. Und dass ich jeden Abend um acht zu Hause sein muss? Total übertrieben. Wenn die wüsste, dass ich jetzt noch im Wald unterwegs bin, nachts, allein mit einem Jungen, der ein Jahr älter ist als ich …

– Hallo? Was heißt denn *mit einem Jungen*. Deine Mutter kennt mich doch.

– Ja, schon. Und sie weiß ja auch, dass du ein Süßer bist. Trotzdem …

– Ein *Süßer*?

Josie stößt mir den Ellenbogen in die Seite.

– Sagt *sie*. Nicht ich.

Ich kann ihren Gesichtsausdruck im Dunkeln nicht genau erkennen. Ich glaube, sie lächelt.

Wir kommen zur Lichtung. Es sind leider zu viele Wolken am Himmel, sonst hätte ich ihr den Großen Wagen gezeigt. Okay, wahrscheinlich kennt sie den schon, den kennen ja die meisten. Aber dass der Große Wagen Teil des Großen Bären ist, das wissen nicht viele. So ganz genau weiß ich auch nicht, welche Sterne noch dazugehören, aber egal, man kann eh nichts erkennen. Nur die Umrisse der Wohnblöcke weiter hinten. Tagsüber ist das Knochenhaus ein trister Betonklotz. Der Putz ist schmutzig weiß und an manchen Stellen grau, man müsste die Fassade mal richtig abwaschen oder gleich neu streichen. Aber nachts, wenn es dunkel wird, wenn die Lichter angehen und die Fernsehbilder in den Fenstern flackern, dann sieht das Knochenhaus ein bisschen aus wie ein Wolkenkratzer in New York.

Das muss für jemanden, der dort wohnt und echt ungern dort wohnt, natürlich ziemlich bescheuert klingen. Das merke ich aber erst, nachdem ich es ausgesprochen habe und Josie abschätzig mit der Zunge schnalzt.

– Drinnen fühlt es sich überhaupt nicht nach New York an, Kris-Kris, das kann ich dir sagen. Der Ausblick auf das Müllhäuschen und die Schrebergärten, das ist so gar nicht New York, weniger New York geht nicht. Auf so eine Idee kann man wirklich nur kommen, wenn man im Villenviertel wohnt, in einem schicken Häuschen mit Garten und Carport.

– Technisch gesehen wohne ich nicht im Villenviertel. Juri wohnt im Villenviertel. Und Göbel. Unser Haus ist im alten Siedlungsteil.

– Für mich ist alles jenseits der Hauptstraße Villenviertel. Und alles, was mehr als sechzig Quadratmeter und einen Garten hat, ist definitiv eine Villa.

Für Josie muss ich mich anhören wie ein verwöhntes Wohlstandskind. Wie jemand, der keine Ahnung hat vom echten Leben. Vielleicht stimmt das sogar. Aber was kann ich dafür, dass wir in einer *Villa* wohnen und nicht in einer Mietwohnung in einem muffigen Hochhaus? Ist doch nicht meine Schuld, dass mein Vater noch lebt, dass er nicht an Krebs gestorben ist, und dass sich meine Mutter lieber in der Gemeinde engagiert, anstatt ständig mit irgendwelchen Typen in die Kiste zu springen.

– Alles, was ich sagen wollte, ist, dass das Knochenhaus nachts nicht so trist und grau aussieht wie tagsüber. Und im Penthouse zu wohnen wäre doch hammer, oder? Von da oben kannst du bestimmt bis zur Stadt gucken und vielleicht sogar die Autos über die Brücke fahren sehen.

– Das Penthouse wäre nicht übel. Ehrlich gesagt weiß ich nicht mal, ob es eins gibt. Vielleicht ist da nur ein Dachboden mit lauter Gerümpel und Möbelstücken von Mietern, die gestorben sind.

– Frag doch deine Mutter. Oder fahr einfach mal rauf.

Wir nehmen den Waldweg Richtung Brücke. Der Wind hat nachgelassen und das Autobahnrauschen ist wieder deutlich zu hören. Ein Vogel zwitschert. Oder war das ein Insekt? Es gibt ja Grillen, die können die abgefahrensten Geräusche machen. Im Unterholz splittern Zweige. Josie hat es auch gehört. Sie hat bestimmt Schiss. Wir sind nämlich gerade an einer megadunklen Stelle. Die Siedlung liegt hinter einem Hügel und die Bäume stehen hier so dicht, dass du den Himmel fast gar nicht sehen kannst. Ich könnte meinen Arm um sie legen und ihr sagen, dass sie keine Angst zu haben braucht. Wir könnten den ganzen Weg eng umschlungen nach Hause gehen, sie mit dem Kopf an meiner Schulter und ihrer Hand hinten in meiner Hosentasche, so wie Göbel und Nessa manchmal zur Schule kommen …

– Was denkst du?, fragt Josie.

– Ähm, nichts. Wieso?

– Glaube ich nicht. Man denkt doch immer irgendwas.

– Also ich nicht.

– Du willst es nicht sagen.

– Nein. Doch. Lass mich überlegen, was ich gedacht habe.

– Das gilt nicht. Überlegen gilt nicht. Du musst es sagen, ohne nachzudenken.

– Ich glaube, ich habe an das Knochenhaus gedacht. Und du?

Josie brummt unzufrieden, bevor sie antwortet.

– An den Dachboden. Ich habe mir vorgestellt, dass da lauter Möbel stehen mit weißen Laken drüber, Standuhren und Spiegel und Kisten, und alles ist verstaubt und voller Spinnweben, und dass es da bestimmt supergruselig ist. Ich habe mich gefragt, ob Münzes Sachen auch da hoch kommen, wenn er nicht wieder auftaucht, oder ob die auf dem Müll landen.

– Dass sind aber ziemlich viele Gedanken auf einmal.

– Im Vergleich zu *Ich habe an das Knochenhaus gedacht*? Ja, in der Tat.

– Mach dir keinen Kopf wegen Münze. Das mit dem Zerstückeln und so, das war doch nur ein Witz.

– Und was ist mit seinem Besucher? Es muss doch einen Zusammenhang geben zwischen dem Streit und Münzes Verschwinden.

– Warte. Da hängt doch eine Überwachungskamera in der Eingangshalle, oder? Neben den Aufzügen?

– Daran habe ich auch schon gedacht. Aber die Kamera ist nur Fake, hat meine Mutter gesagt, eine Attrappe aus Plastik. Das weiß sie von Schellack. Ich habe eine andere Idee. Wollte ich vorhin schon vorschlagen, aber dann ist Juri ja so schnell weg.

– Was denn?

– Die Bar.

– Welche Bar?

– Die, in der Münze nach dem Streit gewesen ist. Kann doch sein, dass dort jemand was weiß.

Ich lasse mir ihre Idee durch den Kopf gehen. Wie stellt Josie sich das vor? Dass wir irgendwelche Alkis ausfragen, die den ganzen Tag am Tresen ihrer Stammkneipe hocken? So Tatortmäßig, mit einem Foto von Münze in der Hand, *'tschuldigung, kennen Sie den?* Ich kann mir irgendwie nicht vorstellen, dass dabei was rauskommt. Aber das behalte ich für mich. Wenn Josie unbedingt will, dann ziehen wir durch die Kneipen und fragen nach Münze, so viele Bars gibt es ja nicht in der Siedlung.

Josie reibt sich fröstelnd mit den Händen über ihre nackten Arme und sieht mich an. Ich überlege, ob ich ihr meine Jacke geben soll oder ob sie es albern finden würde, wenn ich schon wieder auf rücksichtsvoll mache. Ich lasse es drauf ankommen, hole die Jacke aus meinem Rucksack und halte sie ihr hin.

– Willst du die haben? Sorry, ist ein ganz altes Teil.

– Ziehst du sie deswegen nicht an?

– Nein, mir ist einfach nicht kalt.

– Bist du sicher? Du bist doch sonst so eine Frostbeule.

– Von wegen. Ich glaube, du spinnst. Nur weil ich nicht ständig in Shorts rumlaufe wie Juri. Jetzt nimm, du zitterst ja schon.

Die Jacke ist ihr viel zu groß, aber sie steht ihr trotzdem. Josie ist wirklich der einzige Mensch auf der Welt, der eine Jacke in Schweinchenrosa tragen kann und gut dabei aussieht. Sie zieht den Reißverschluss zu und klappert mit den Zähnen. Es ist nicht mehr weit bis zur Siedlung. Vorne ist schon der Brückenpfeiler zu sehen.

– Kris-Kris?

– Ja, was ist?

Josie geht langsamer.

– Manchmal kannst du wirklich ganz schön süß sein. Weißt du das?

– Wenn du das sagst …

Josie verpasst mir einen Klaps auf den Rücken.

– Jetzt werd mal nicht übermütig. Nur weil du ein Kompliment bekommen hast.

– Ist *süß* denn überhaupt ein Kompliment?

– In diesem Fall, ja. Ein ziemlich großes sogar.

Bevor ich antworten kann, bleibt Josie plötzlich stehen und hält mich am Arm fest. Wortlos starrt sie zur Brücke. Ich folge ihrem Blick, kann aber nichts erkennen. Josie zieht mich runter vom Weg und hinter einen Baum.

– Was ist los?

– Siehst du das Auto da drüben?

– Wo?

– Da drüben, hinter dem Pfeiler.

– Was ist damit?

– Das ist der Polo von meiner Mutter.

Der Wagen steht mit dem Heck zum Weg, der hinter dem Betonträger vorbeiführt. Ich frage mich, wie sie ihn so schnell erkannt haben will, Polos gibt es viele in der Siedlung und es ist zu dunkel, um das Kennzeichen zu entziffern. Wir schleichen uns näher ran. Über uns tost die Autobahn, Motorenlärm und in gleichmäßigen Abständen das Klack-Klack, wenn die Autos über die Fugen zwischen den Straßenplatten fahren. Das Geräusch kannst du an manchen Tagen bis zur Ponderosa hören. Klack-Klack. Unter der Brücke stinkt es übelst, weil hier oft Penner übernachten und ins Gebüsch pinkeln. Heute ist keiner da. Dafür liegt überall Müll. Zigarettenschachteln, Bierflaschen, Glasscherben, rostige Blechbüchsen, Einkaufstüten, sogar ein Fernseher mit zerbrochenem Bildschirm. Am Fuß des Sockels steht eine Pfütze. Die ist eigentlich immer da und trocknet nur an ganz heißen Tagen aus. Wir machen einen Bogen drum herum und ducken uns auf der anderen Seite hinter einen Busch.

– Kris-Kris, flüstert Josie. – Siehst du das Kennzeichen? F SM 67. Susanne May, geboren 1967. Das ist unser Auto. Der Polo meiner Mutter.

– Was macht die denn hier?

– Woher soll ich das wissen? Ich weiß nur, dass die uns besser nicht erwischt, sonst krieg ich Hausarrest, bis ich achtzehn bin.

Auf dem Beifahrersitz bewegt sich etwas. Der Schatten eines Mannes mit Igelfrisur, breiten Schultern und eckigem Schädel. Er dreht seinen Kopf nach links und nach rechts, wie in einem Fiebertraum, als ob er eine Schlafposition suchen und nicht finden würde. Jetzt presst er seinen Kopf fest gegen die Nackenstütze. Hat der einen Anfall? Ich taste in der Hosentasche nach meinem Handy, falls wir gleich den Notarzt rufen müssen. Plötzlich hält er still und sackt in sich zusammen. Ein zweiter Schatten taucht über der Mittelkonsole auf. Das Profil einer Frau, die ihre Haare mit einer Hand im Nacken zusammenrafft. Sie beugt sich zu dem Typen, küsst ihn auf den Hals, auf die Wange, auf den Mund. Dann lässt sie sich in den Fahrersitz sinken und bleibt einen Moment reglos sitzen. Ein gelber Blitz, das Fenster geht auf. Sie streckt ihren Arm heraus, in den Fingern hält sie eine glühende Zigarette.

Josie steht auf und zupft mich am T-Shirt. Wortlos geht sie zurück zur Brücke.

Die beiden Schatten im Auto sitzen still nebeneinander. Die Frau gibt dem Typen die Zigarette, er zieht daran und behält sie in der Hand. Ich stehe auf und laufe Josie hinterher. Sie ist schon auf dem Feldweg und es dauert einen Moment, bis ich sie eingeholt habe, weil sie noch schneller läuft als vorhin.

– Josie, sage ich. – Warte.

– Ich habe es doch gesagt, oder? Wie ein Teenager. Es im Auto unter der Brücke zu treiben, wie billig ist das denn?

– Ach, wer weiß, was die da gemacht haben. So genau war das doch gar nicht zu erkennen.

– Kris, ich bin nicht bescheuert. Es ist so was von eindeutig, was die gemacht haben, also red keinen Scheiß.

Schweigend gehen wir weiter. Josie ist richtig angepisst. Sie hat die Hände zu Fäusten geballt und guckt starr geradeaus. Der Wald lichtet sich, vor uns leuchten die Fenster der Siedlung. Ich verstehe nicht, was Josie so schlimm findet. Peinlich ja, aber schlimm? Frau May ist erwachsen, die kann doch machen, was sie will. Okay, ich *Wohlstandskind* kann da wohl nicht mitreden. Meine Eltern hocken ja gerade ganz spießig zu Hause auf der Couch und gucken Fernsehen.

– Tut mir leid, dass du das mitkriegen musstest, sage ich in die Stille.

– Lass uns einfach nicht mehr drüber reden, okay?

– Okay. Klar.

Ich spüre einen Tropfen auf meiner Hand und schaue in den dunklen Himmel. Der nächste Tropfen landet auf meiner Stirn, ein dritter auf meinem Kinn. Dann geht es richtig los, von jetzt auf gleich, ein Platzregen wie im Film. Josie zieht die Kapuze über, die ihr fast bis zur Nasenspitze geht, und hält sie unten an den Kordeln fest. Sie legt den Kopf in den Nacken und guckt mich frustriert an. Am liebsten würde ich ihr Gesicht in meine Hände nehmen und ihr einen Kuss auf die Lippen drücken.

– Komm schon, Kris-Kris, seufzt sie und zieht mich am Arm. – Du wirst ja pitschnass.

6 +++ Donnerstag, der 23. April +++

Aus unserer Klasse weiß niemand von der Ponderosa. Ganz am Anfang wäre Friese uns beinahe auf die Schliche gekommen. An einem Nachmittag im Oktober, ich war gerade auf dem Weg zur Hütte, ist er wie aus dem Nichts vor der Unterführung aufgetaucht und mir nachgelaufen. Er muss in der Schule irgendwas aufgeschnappt haben, er saß damals genau hinter Juri und mir. Friese ist so ein Typ, der bei jedem Satz irgendwie witzig oder cool sein will und es in neunundneunzig Prozent der Fälle nicht hinkriegt. Meistens kommt dann nur was zum Fremdschämen raus und deswegen will keiner so richtig was mit ihm zu tun haben. Friese checkt das nicht. Der versucht immer wieder sich irgendwo reinzudrängeln und Anschluss zu finden. Wenn du dich mit ein paar Leuten aus der Klasse zum Kino verabredest, kannst du sicher sein, dass Friese auch aufkreuzt, obwohl ihn keiner gefragt hat. Das stört den nicht, der kommt einfach. Auch an dem Oktobernachmittag ist er mir fast den ganzen Weg hinterhergelaufen. Total penetrant. Gut, dass wir damals schon Handys hatten und ich Juri warnen konnte. Der hat Friese auf dem Aussichtspunkt mit dem Super-Soaker empfangen und ihn damit bis zur Autobahnbrücke gejagt. Friese war ewig sauer auf uns, weil, um ehrlich zu sein, da war nicht nur Wasser im Tank. Aber selbst schuld, er hat sich ja nicht anders abwimmeln lassen. Immerhin, und das muss man ihm zugutehalten, immerhin hat er uns nicht verpfiffen. Seine Eltern haben jedenfalls nie bei uns angerufen, um sich zu beschweren. Keine Ahnung, was er denen erzählt hat. *Sorry, aber ich hab gegen den Wind gepinkelt?*

Die Fünfminutenpause vor Französisch. Juri sitzt mit Wattestöpseln in den Ohren in der Ecke und versucht Vokabeln zu lernen. Göbel, Tarek und Schneider stehen vor ihren Tischen und spielen die Decken-Challenge. Tarek ist dran. Er holt eine Packung rohen Schinken aus seinem Rucksack und reißt sie auf. Dann nimmt er eine Scheibe heraus, zieht den weißen Streifen Fett ab und schleudert ihn aus dem Handgelenk an die Decke. Das Ding bleibt der Länge nach kleben. Tarek zählt bis fünf, dann stößt er einen Jubelschrei aus. Göbel flucht, Schneider tritt mit der Fußspitze gegen seinen Stuhl.

Die Decken-Challenge-Regeln gehen so: 1. Wenn du mitspielen willst, musst du einen Euro Einsatz bezahlen. 2. Du suchst dir irgendein Material aus und wirfst es an die Decke. 3. Alles, was länger als fünf Sekunden kleben bleibt, gibt einen Punkt. 4. Wer die meisten Punkte hat, gewinnt. Die besten Chancen hast du mit weich gekauten Papierkügelchen. Kaugummi ist zu einfach und deswegen verboten. Seit kurzem jedenfalls, es kleben nämlich schon genug Kaugummis an der Decke. Noch mehr und es wird auffällig.

Juri pult die Stöpsel aus den Ohren und setzt sich neben mich. Bringt jetzt eh nichts mehr, murmelt er und lässt das Franz-Buch auf den Tisch fallen. Juri ist echt ein Idiot. Geht gestern extra früher nach Hause, um Vokabeln zu lernen, und was macht er stattdessen? Mit Göbel online *Wastelands* spielen. Er hätte sich gerade an den Schreibtisch gesetzt, da hätte Göbel ihm geschrieben: *Nur eine halbe Stunde, du Streber, komm schon.* Von wegen halbe Stunde. Um kurz vor eins ist er ins Bett.

Ich finde es ein bisschen komisch, dass er mit Göbel zockt, aber nicht bei uns in der Ponderosa bleiben wollte. Andererseits bin ich auch froh, dass er mich mit Josie allein gelassen hat. Mit ihm wäre alles ganz anders gelaufen. So wie immer eben, wenn wir zu dritt sind. Juri bestimmt ja oft das Thema, über das wir sprechen. Das ist gar nicht negativ gemeint, es stört mich nicht, Juri ist einfach so. Ich will damit nur sagen, dass Josie und ich uns anders unterhalten, wenn er nicht dabei ist. So wie gestern Abend eben, irgendwie intimer. Okay, *intim* hört sich komisch an, nach Sex und so, aber das meine ich nicht. Ich meine *vertraut*. Josie ist ja so was wie meine beste Freundin, ein Kumpel wie Juri. Aber gestern im Wald, da war es irgendwie anders. Als sie gesagt hat, dass sie mich süß findet, das hat mich ganz schön durcheinandergebracht. Mir ist richtig heiß geworden, erst im Kopf und dann im Bauch, so als ob ich einen Schnaps getrunken hätte, ach was, fünf Schnäpse, fünf Strohrum auf ex. Und das mit ihrer Mutter, so ätzend das für Josie war, irgendwie hat uns das näher gebracht, finde ich. Weil, jetzt teilen wir ein Geheimnis. Ich habe Josie nämlich versprechen müssen, mit niemandem darüber zu reden. Mit niemandem, noch nicht mal mit Juri.

– Wie war's gestern noch?, fragt er, als ob er meine Gedanken gelesen hätte.

– Ach, ganz normal. Ist nichts passiert.

Ist nichts passiert. Das hat sich irgendwie gar nicht so harmlos angehört, wie ich es mir vorgestellt habe. Das hat sich eher angehört wie: *Mann, es ist was echt Krasses passiert, aber ich darf's dir nicht sagen.* Juri kauft es mir trotzdem ab. Er guckt sich jetzt doch wieder die Vokabeln an und fragt nicht weiter.

Tareks Fettstreifen klebt immer noch an der Decke. Göbel ist an der Reihe. Er kaut auf einem Löschpapierkügelchen rum, spuckt es in seine Hand und schnickt es an die Decke. Es bleibt nicht mal eine Millisekunde haften, sondern tropft sofort wieder ab und landet auf Tonnes Tisch. Tonne wirft Göbel einen angewiderten Blick zu und schiebt das Kügelchen mit der Bleistiftspitze über den Tischrand. Als ich heute Morgen ins Klassenzimmer gekommen bin, hat sie kurz genickt, das war's. Gesagt hat sie nichts, nicht *Hallo*, schon gar nicht *Hallo Kris*. Ich habe dann auch nichts gesagt, das war mir zu blöd. Die Frau ist echt komisch. Wollte die mir nicht ein Buch ausleihen? Also wenn die wirklich Anti-Depressiva nimmt, dann fangen die wohl erst nachmittags an zu wirken.

– Tonne, du guckst so, als ob du mitspielen wolltest, sagt Göbel grinsend und geht vor ihr in die Knie, um das Papier zu suchen.

Sie sieht ihn mit versteinerter Miene an und sagt kein Wort. Göbel findet das Kügelchen und rappelt sich wieder auf.

– War nett mit dir zu plaudern, sagt er, schlendert zurück zu Tarek und Schneider und macht dabei einen Scheibenwischer vor dem Gesicht.

Juri sitzt immer noch über den Vokabeln. In Franz kriegt er kein Bein auf den Boden. Ich glaube, dass er genau deswegen nicht mehr richtig dafür lernt. So eine Art Trotzreaktion, nach dem Motto: Wenn mir der Garlich keine guten Noten geben will, dann soll er es halt bleibenlassen, Franz geht mir eh am Arsch vorbei.

– Wieso schaust du dir Kapitel sechs an?, frage ich ihn.

– Weil wir fünf und sechs aufhatten?

– Quatsch, wir hatten nur fünf auf.

– Fünf und sechs, da wette ich zwanzig Euro.

Ich drehe mich rüber zum Preußler.

– Yep, fünf und sechs, sagt er.

Na großartig. Kapitel sechs habe ich mir natürlich nicht angeguckt.

Der Garlich kommt zur Tür rein. Er stellt seine Ledertasche auf das Lehrerpult, setzt sich seine Brille auf die Nase und wartet schweigend, bis alle auf ihren Plätzen sind. Wir haben den Garlich in Französisch und in Religion, die volle Packung also, schlimmer kannst du es nicht erwischen. Er ist ein hagerer Typ, kleine Augen, hohe Stirn, das Gesicht immer rot und schuppig über den Brauen, weil er eine Hautkrankheit hat, Neurodermitis oder Schuppenflechte oder so was Ähnliches. Wenn er die Brille abnimmt und sich die Augen reibt, dann rieseln die Hautschuppen wie Schnee auf das Pult. Nele und Friese haben extra deswegen Plätze getauscht, weil Nele das so eklig fand (und Friese ihr so ziemlich jeden Gefallen tun würde).

Der Garlich begrüßt uns wie immer mit *Bonjour Mesdemoiselles, Messieurs* und nimmt sein Tablet aus der Tasche. In unregelmäßigen Abständen, jede zweite oder dritte Stunde, holt er einen von uns zum Vokabeltest an die Tafel. Und der Test ist brutal. Er fragt immer ganze Sätze ab, oft superkomplizierte Konstruktionen und verschiedene Zeiten, außerdem hat er es mit den Accents, die kosten dich gleich einen ganzen Fehlerpunkt, wenn du sie vergisst. Das Ganze kann gut zwanzig Minuten dauern, also besser, du hast die Vokabeln drauf, sonst wird es unangenehm.

Der Garlich wischt auf seinem Tablet rum. Konzentriert schaue ich auf den Fußboden. Jetzt bloß nicht auffallen. Fusseliger, graubrauner Auslegeteppich, Tintenflecken. Ich habe schon im Ohr, wie er mich aufruft, wie er meinen Namen sagt, *Kristian, mon ami*, wird er sagen, und *Kristian* französisch aussprechen, mit Nasallaut am Ende, *Kristjon*. Das Problem ist, dass du beim Garlich maximal eine Zwei kriegst, selbst wenn du top vorbereitet bist. Eine Zwei oder sogar nur eine Drei plus, je nachdem, wie er gelaunt ist. Ich kann gerade mal die

Hälfte der Vokabeln, eher weniger, wenn ich Glück habe, komme ich also mit einer Fünf davon. Aber die Note ist nur das eine. Viel schlimmer ist es, da vorne zu stehen und vom Garlich zusammengefaltet zu werden. Irgendwas Fieses kriegst du nämlich immer gedrückt. *Von dir hätte ich mehr erwartet, Kristjon. Wer kein Talent hat für Sprachen, muss es mit Fleiß und Disziplin wettmachen.* So was in die Richtung.

– *Juri, mon ami. Au tableau s'il te plaît.*

Juri bekommt einen roten Fleck auf der Wange.

– Herr Garlich, ich kann die Vokabeln nicht.

Garlich sieht ihn über den Rand seines Brillengestells an.

– Interessant. Das heißt?

Der Fleck auf Juris Wange wird größer, breitet sich bis zu seinem Hals hin aus.

– Ich habe vergessen die Hausaufgaben zu machen. Tut mir leid.

– Aha. Und was erwartest du jetzt von mir?

– Ich weiß nicht. Geben Sie mir halt eine Sechs.

Der Garlich schiebt das Tablet von sich weg.

– Wir sind hier nicht auf einem Basar, mein Lieber. Wenn du dran bist, bist du dran. Welche Note ich dir gebe, werde ich dann entscheiden. Und jetzt komm an die Tafel bitte.

Juri verschränkt die Arme und bewegt sich keinen Zentimeter. Tarek räuspert sich, ansonsten ist es totenstill. Der Garlich nimmt die Brille ab und reibt sich mit Daumen und Zeigefinger über die Druckstelle auf dem Nasenrücken. Er steht auf, öffnet das Fenster und geht zurück zum Pult. Der Garlich ist im Prinzip eine ganz arme Wurst, hat Göbel neulich gesagt, der fühlt sich beschissen vom Leben, weil er einen Job hat, den er scheiße findet, und nicht mal eine Alte, an der er es auslassen kann. Da hat Göbel ausnahmsweise mal was Schlaues von sich gegeben.

– Gut, sagt der Garlich schließlich. – Gut, gut, Juri. Aber damit ist der Test nicht passé. Wenn du nicht nach vorne kommst, kriegst du eine Sechs und dein Nachbar ist dran.

Garlich macht eine Kopfbewegung in meine Richtung. Das hätte er auch lassen können, ich bin Juris einziger Nachbar, auf der anderen Seite ist die Wand. Ich schaue zu Juri. Der guckt wie erstarrt auf seine Fußspitzen. Mann, jetzt sag schon was. Es macht doch keinen Sinn, dass wir beide eine Scheißnote kriegen. Also warum stehst du nicht auf und gehst nach vorn? Schlechter als eine Sechs kann es doch nicht werden. Bist du zu stolz, um dich von Garlich vorführen zu lassen? Kann ich ja verstehen, aber doch bitte nicht auf meine Kosten. Vielleicht landest du ein paar Glückstreffer und es wird gar nicht so übel. Hallo? Juri? Jetzt guckt er endlich hoch und sieht mich an.

Was er am Ende gemacht hätte, ob er an die Tafel gegangen wäre oder nicht, das wird wohl sein Geheimnis bleiben. Vielleicht weiß er es ja selbst nicht. Im Nachhinein behauptet er natürlich, er hätte sich definitiv abfragen lassen, logo, klare Sache, er hätte doch gerade aufstehen wollen. Vielleicht stimmt das ja. Aber ganz sicher bin ich mir da nicht. Ist aber auch egal. Fakt ist, dass sich genau in dem Moment, als Juri den Kopf hebt, Tareks Fettstreifen von der Decke löst und auf Garlichs Tablet fällt. *Tack*. Den Blick von Garlich werde ich nie vergessen. Der guckt so was von bescheuert, am liebsten hätte ich ein Foto gemacht. Mit den Fingerspitzen nimmt er den Fettstreifen vom Tablet und lässt ihn in der Luft baumeln wie einen toten Bandwurm. Er betrachtet ihn angeekelt, dann schaut er nach oben an die Decke.

Kollektivstrafen sind zwar assi, aber wenn sie dir den Hintern retten, kommen sie genau richtig. Das Thema des Aufsatzes heißt *Vandalismus an Schuleigentum: Wer trägt die Kosten?* Drei

Seiten, jeder, bis morgen. Mache ich liebend gerne, besser, als abgefragt zu werden. Bis der Garlich mit der Direktorin und dem Hausmeister zurückkommt, dürfen wir sogar schon anfangen.

– Schwein gehabt, sagt Juri grinsend und hält mir die Hand hin.

Ich zögere einen Augenblick, dann klatsche ich ab.

– Ja, sage ich. – Schwein gehabt.

7 +++ Samstag, der 25. April +++

In der Nacht habe ich einen ziemlich bescheuerten Traum: Wir stehen im Kreis um die Tischtennisplatte auf dem Schulhof herum, Juri, Göbel, Tonne, Schneider und ich. Es ist große Pause. Ich habe meine gefütterte Winterjacke an und einen Schal um den Hals geschlungen, auch die anderen sind dick eingepackt. Tonne hat so eine russische Fellmütze mit Ohrenklappen auf, die ein bisschen schief auf ihrem Kopf sitzt. Göbel trägt einen Mantel und Handschuhe. Nur Juri ist mal wieder mit kurzen Hosen und T-Shirt in die Schule gekommen. Wir unterhalten uns oder genau genommen: Die anderen unterhalten sich. Sie hören nämlich nicht, wenn ich etwas sage. Ich kann so laut werden, wie ich will, keine Reaktion, und sehen können sie mich anscheinend auch nicht, ich bin unsichtbar, ein Geist.

– Bist du sicher?, fragt Göbel und schaut durch mich hindurch, obwohl ich ganz dicht vor ihm stehe.

– Aber hallo, antwortet Tonne. – Hundertpro waren das Kris und Josie.

– Das hätte ich dem Prosniak gar nicht zugetraut, sagt Göbel und grinst dämlich.

– Ich sag nur, was ich gesehen habe.

– Schön, dass du überhaupt mal mit uns redest.

– Ach halt die Fresse, Göbel.

– Kris war doch schon immer in Josie verknallt, sagt Juri.

– Juri, sage ich. – Was redest du.

– Seit ich sie ihm vorgestellt habe. Als er Josie auf der Treppe sitzen sehen hat, war er total geflasht. Das hast du sofort gemerkt.

– Ich war was? Das stimmt doch gar nicht …

Wieso zum Henker sehen die mich nicht? Ich tue so, als ob ich Juri ins Gesicht boxen will. Er weicht nicht aus, blinzelt nicht mal.

– Und die haben es im Auto miteinander gemacht?, fragt Göbel ungläubig.

– Wenn ich es doch sage, entgegnet Tonne. – Unter der Autobahnbrücke, ich hab genau gesehen, wie sie ihm einen geblasen hat.

– Und ich dachte, der Prosniak ist schwul, sagt Schneider.

– Das hättest du wohl gern, sagt Göbel.

Schneider gibt Göbel einen Zock auf den Arm. Göbel heult auf und Schneider flüchtet vorsichtshalber hinter die Tischtennisplatte. Es fängt an zu schneien, dicke weiße Flocken. Ich strecke die Hand aus, kann sie aber nicht spüren, sie fallen durch mich hindurch, als wäre ich Luft.

– War doch klar, dass zwischen den beiden was geht, sagt Juri.

Er scheint kein bisschen zu frieren, obwohl er schon ganz feuchte Haare hat. Lässig streicht er sich den Schnee von den nackten Armen. Plötzlich dreht sich Tonne zu mir und zwinkert. Vor Schreck remple ich Göbel an, aber der merkt nichts. Tonne nimmt mich an der Hand und zieht mich ein Stück von den anderen weg. Sie scheint die Einzige zu sein, die mich sehen kann.

– Willste mal gucken?, fragt sie und zieht sich die Stulpen von den Armen.

Ihre Handgelenke sind blutverkrustet und voller Narben. Mir wird schlecht.

– Magst du mal anfassen?

– Nein, danke.

– Jetzt mach schon …

– Da kommt Josie, ruft Göbel und rennt los.

Ungefähr dann muss ich aufgewacht sein. Oder hat Josie noch etwas gesagt? Ich kann mich nicht erinnern. Ich weiß nur, dass es mir wahnsinnig peinlich war, wie Göbel auf sie zugaloppiert ist, um sie zu fragen, was zwischen ihr und mir läuft. Mein Radiowecker zeigt Viertel vor vier. Die Straßenlaterne leuchtet matt durch die Ritzen der Jalousie. Ein Zimmer weiter höre ich meinen Bruder leise schnarchen.

Juri und ich haben uns um elf in der Ponderosa verabredet. Er wollte Josie Bescheid geben. Wenn sie nicht kann, meldet er sich, hat er gesagt, und sich nicht gemeldet. Ich gehe direkt nach dem Frühstück los. Viel zu früh eigentlich, aber samstags halte ich es nicht lange zu Hause aus. Samstags ist mein Vater da. Der muss mir ständig irgendeine Arbeit aufbrummen, das ist sein Hobby. Hey, du könntest mal was tun für dein Taschengeld. Dein Bruder hilft ja auch, sagt er manchmal, und dabei schwingt immer ein vorwurfsvolles *obwohl* mit, *obwohl er nicht so kann wie du*. Heute Morgen ist mein Vater schon ganz früh in seinem Büro im Keller verschwunden, einer seiner Mandanten wollte was von ihm. Also haue ich ab, bevor er fertig ist und sich eine Aufgabe für mich ausdenken kann.

– Wir essen um halb zwei, sagt meine Mutter, während ich mir die Schuhe binde. – Und jetzt beeil dich, dein Vater kommt gleich hoch.

Sie zwinkert mir zu und geht zurück in die Küche. Manchmal kann meine Mutter richtig cool sein.

Mein Bruder ist in der Garage und schraubt an seinem Motorroller. Das macht er jeden Samstag, wenn er nicht gerade was für meinen Vater erledigt oder Fußball spielt. Meine Eltern waren anfangs strikt dagegen, dass er Roller fährt. Viel zu gefährlich, gerade er sollte das doch wissen. Aber mein Bruder hat sie überreden können. Das kann der echt gut, Leute überreden. Wenn er mich sieht, drückt er mir meistens nur einen blöden Spruch. So was wie *Na, Triefnase, läuft's?*. Das findet der wahnsinnig witzig. Ich warte einen günstigen Moment ab, dann gehe ich an der Garage vorbei, ohne dass er mich sieht.

Ich bin froh, dass wir wieder zur Ponderosa können. Den ganzen Winter über haben wir uns im Bunker getroffen, dabei ist der Bunker immer voll und die Getränke sind teuer. Aber was hätten wir sonst machen sollen? Mein Zimmer ist viel zu klein und zu eng und direkt neben der Küche, da hast du nie Ruhe. Zum Telefonieren gehe ich oft runter in den Keller, weil du sonst alles mithören kannst, und so wie ich meinen Bruder kenne, macht er das auch. Bei Josie setzt uns Frau May spätestens um sieben Uhr vor die Tür, außerdem will die nicht ständig Leute da haben. Für Josie ist das okay, glaube ich. Die ist froh, wenn sie rauskommt. Juris Eltern haben zwar ein fettes Haus, aber seine Mutter braucht nachmittags Ruhe und du musst superleise sein. Die hat Migräne, so richtig übel. Frau Renner ist viel jünger als ihr Mann und ziemlich hübsch, aber sie sieht auch ein bisschen fertig aus im Gesicht. Und immer müde. Wie eine kaputte Puppe, bei der die Augenlider nur noch halb aufgehen. Kommt von den Kopfschmerzen, schätze ich. Ich mag sie trotzdem gerne. Juris Vater dagegen ist irgendwie komisch. Kann gar nicht sagen, was mir nicht an dem passt. Die anderen finden den alle cool, wegen den krassen Autos, die er fährt, und weil er richtig Gas auf der Autobahn gibt, wenn wir hinten drin sitzen, damit wir hören können, *wie die Maschine schnurrt*.

In der Ponderosa gibt es nur uns drei. Keine empfindlichen Eltern, keine neugierigen Brüder, keine nervigen Frieses oder Göbels oder Preußlers, nur uns drei. Hier kann Josie rauchen und Juri mit dem Super-Soaker Jagd auf Tauben machen, hier können wir reden oder es sein lassen und in der Sonne liegen und Comics lesen oder Karten spielen.

Letztes Jahr hat sich jeder von uns mit Kugelschreiber drei Punkte auf die Hand gemalt, auf das Stück Haut zwischen Daumen und Zeigefinger. Das war unser Kennzeichen, drei Punkte, Juri, Josie und ich. *Bermuda-Dreieck* nennt man das, hat Juri gesagt. Ist eigentlich ein Knast-Tattoo und steht für nichts hören, nichts sehen, nichts sagen. Soll heißen, dass man sich gegenseitig nicht verpfeift. Den ganzen Sommer lang sind wir damit rumgelaufen, ich habe mir die Punkte jeden Morgen frisch aufgemalt. Natürlich wollten Göbel und die anderen wissen, was das zu bedeuten hatte. Aber wir haben nichts gesagt. Nur mit den Schultern gezuckt. Göbel fand das superalbern. *Was für ein Kinderkram.* Ich glaube, der war einfach nur neidisch.

Ich laufe extrem langsam, Tonnetempo ungefähr, drehe eine Extrarunde um das Knochenhaus und überlege, ob ich auf Josie warten soll. Einen Moment bleibe ich unschlüssig vor dem Eingang stehen, schaue hoch zum vierten Stock, dann gehe ich weiter. Bin viel zu früh, die ist bestimmt noch nicht fertig. Um halb elf komme ich zur Autobahnbrücke. Hinter dem Pfeiler, dort, wo der Polo geparkt war, sind die Reifenspuren noch im Gras zu sehen. Es hat die ganze Nacht geregnet, die Pfütze ist mindestens doppelt so groß wie sonst und hat den kaputten Fernseher unter Wasser gesetzt. Eine aufgeweichte Marlboropackung treibt auf der Wasseroberfläche. Marlboro rauchen ist echt assi, sagt Josie, die unterstützen den Ku-Klux-Klan. Wegen den drei K auf der Packung. Also ich kann mir das nicht so richtig vorstellen, das ist bestimmt nur Zufall oder ein Gerücht. Aber wenn Josie sich in was hineinsteigert … das hatten wir ja schon. Im Wald riecht es nach feuchter Erde. Der Wind rüttelt die Baumwipfel, Regenwasser prasselt auf das Laub und die Farne, die hier überall wuchern. Besser, ich ziehe die Kapuze über. Der Trampelpfad ist so matschig, dass meine Schuhe bald völlig verdreckt sind. Es fühlt sich an, als ob ich Gewichte an den Füßen hätte. Auf dem Weg zum Hügel laufe ich durch die Gräser, um sie sauber zu kriegen, aber das bringt kaum was. Ich muss sie zu Hause mit dem Gartenschlauch abspritzen.

Als ich am Aussichtspunkt ankomme, fällt mir auf, dass etwas nicht stimmt. Die Tür zur Ponderosa steht offen. Okay, das muss nichts heißen, die anderen könnten schon da sein, vielleicht haben die es noch weniger zu Hause ausgehalten als ich. Ansonsten ist alles wie immer: die Hütte im Halbschatten, der Sound der Autobahn, eine Fliege, die um meinen Kopf kreist, *Rambo was here*. Trotzdem habe ich ein komisches Gefühl.

Ich gehe den Abhang hinunter und lasse die Ponderosa nicht aus den Augen. Vor der Tür liegt das Schloss auf dem Boden zwischen Josies Zigarettenstummeln, jemand hat es mit der Halterung aus der Tür gebrochen. Wusste ich es doch. Ich bleibe vor dem Eingang stehen und schaue vorsichtig hinein. Die Matratze liegt quer auf dem Boden, Stuhl, Hocker und Tisch stehen in der Ecke. Auf der Matratze ausgerollt ein schmutziger Schlafsack, daneben zwei prall gefüllte Plastiktüten und ein roter Rucksack. Eine Ameisenstraße führt von der Tür über die Matratze zu einer der Tüten und wieder zurück. Es riecht faulig, nach Penner. Na toll. Das hat uns gerade noch gefehlt. Auf dem Fenstersims sehe ich ein Schweizer Taschenmesser, so ein dickes mit tausend Werkzeugen. Bestimmt geklaut. Die Dinger sind teuer, das kann sich kein Penner leisten. Das Ponderosafoto liegt zusammengerollt unter dem Tisch. Ich hebe es auf und überlege, was ich noch in Sicherheit bringen soll. Das *Borat*-Poster? Das Radio? Mir fällt der Rucksack ins Auge. Pennersachen darf man nicht anfassen, sonst kriegt man ruckzuck die Krätze. Das sind Parasiten, die sich in deine Haut bohren und Eier legen, und auf einmal hast du überall rote Eiterbläschen, die jucken wie Hölle. Das hat mir Göbel erklärt und Göbel weiß Bescheid, der hatte nämlich mal die Krätze. Hat er sich in einer Jugendherberge eingefangen, glaube ich. Auf jeden Fall erzählt er es immer so, als ob man stolz darauf sein könnte, die Krätze gehabt zu haben. Göbel halt.

Der Rucksack ist brandneu und sieht nicht aus, als wäre er irgendwie krätzeverseucht. Vielleicht traue ich mich deswegen reinzuschauen. Drin stecken ein Campinggaskocher mit blauer Ersatzkartusche, ein Schlüsselbund, Klebeband, Schnur, Pfefferminzbonbons, ein Feuerzeug und dazwischen, hintendran, mittendrin, überall Ameisen. Ich steige über die Matratze und werfe einen Blick in die Plastiktüten: Dosenravioli, Bohneneintopf, Bierflaschen, Kleidung, schmutzige Unterwäsche, Socken, T-Shirts, Tabak zum Selberdrehen.

– Nimm sofort die Finger da weg!

Ein Mann steht in der Tür. Das gibt's doch nicht … es ist Münze. Verdammt, was will der denn hier? In der Ponderosa wirkt er riesig, noch größer als sonst. Seine Pupillen zucken wie damals im Aufzug, mustern mich von Kopf bis Fuß. Hat er das Foto unter meinem Arm bemerkt?

– Warum bist du nicht in der Schule?, fährt er mich an.

Er stinkt brutal. So wie Göbel nach dem Sport, nur hundertmal schlimmer. Eine Mischung aus Schweiß und Fäule und kaltem Rauch. Er trägt ein offenes, kariertes Hemd und ein verwaschenes T-Shirt, auf dem in roten Buchstaben *Dead Kennedys* steht. Seine Stiefel sind dreckig, voll mit Matsch und Schlamm, genau wie seine Jeans, eine ausgebleichte 501. In der Hand hält er eine Ledertasche, so ein Lehrerding mit Schnappschlössern an der Seite.

– Es … es ist Samstag, stottere ich.

– Samstag, Herrgott. Wie komme ich auf Freitag? Es war viel weniger Verkehr als sonst, das hätte mir doch auffallen müssen.

Münze sieht nach draußen, zum Himmel, der immer noch wolkenverhangen und grau ist. Auf dem Fenstersims landet ein Spatz, pickt zwei-, dreimal in das Moos, das zwischen den Fugen der Ziegelsteine wächst, und flattert wieder davon. Ich lasse das Foto unauffällig hinter meinem Rücken verschwinden. Hat es noch auf dem Tisch gelegen, als wir Mittwoch gegangen sind? Ich bin als Letzter raus, das weiß ich noch, Josie hat draußen gewartet und geraucht, während ich abgeschlossen habe. Wer weiß, wie Münze reagiert, wenn er merkt, dass ich *sein* Bild in der Hand halte. Wie soll ich das bitte erklären?

Münze geht in die Hocke, zieht den Schlafsack zu sich und rafft ihn eilig zusammen. Als er sich kurz wegdreht, schiebe ich das Foto unter das *Borat*-Poster auf dem Tisch.

– Du hättest mich nicht sehen dürfen, murmelt er. – Du hättest mich nicht sehen dürfen.

Mann, der hat ja wirklich einen an der Klatsche. Was, wenn der durchdreht und aggro wird? Wenn er denkt, dass ich ein Zeuge bin, der verschwinden muss? Ich werfe einen Blick auf das Taschenmesser auf dem Fenstersims. Zu weit weg. Außerdem würde es viel zu lange dauern es aufzuklappen. Nein, ich muss mit ihm reden. Reden hilft, das habe ich aus dem Fernsehen. Als Geisel musst du versuchen eine Beziehung zu deinem Entführer aufzubauen, damit er dich als Person wahrnimmt und nicht als Objekt betrachtet, das man einfach so beseitigen kann.

– Mein Name, ähm, also mein Name ist Kristian Prosniak.

Meine Freunde nennen mich Kris. Ich wohne hier in der Siedlung und gehe in die neunte Klasse im Gymnasium.

Münze guckt mich irritiert an. Dann stopft er den Schlafsack in einen kleinen Stoffbeutel. Braune Tannennadeln fallen heraus und verteilen sich auf dem Boden.

– Meine Freundin Josie, Josephine May, sie hat sich Sorgen gemacht. Weil Sie so lange nicht zu Hause waren.

– Die Kleine von nebenan? Jesses, das Mädel macht sich Sorgen. Wie niedlich.

Wo bleiben bloß die anderen? Haben wir elf ausgemacht oder doch zwölf? Vielleicht haben sie Münze gesehen und sich draußen versteckt. Ich schaue über seine Schulter, kann aber nichts erkennen, außer einer Spinne, die in Zeitlupe den Türrahmen hochkrabbelt. Ich muss weiterreden, denke ich, reden, reden, reden, wer weiß, was Münze durch den Kopf geht.

– Josie mag Sie. Sie hat gesagt, Sie hätten Streit mit jemandem gehabt.

Münze legt den Schlafsack aus den Händen und richtet sich auf. Seine Zitteraugen blitzen mich an. Ich gehe einen Schritt zurück und drücke mich gegen die Wand, um noch ein paar Zentimeter Abstand zwischen uns zu bringen. Der Putz bröckelt und rieselt an meinen Beinen herunter. Mir wird heiß.

– Das geht niemanden was an, klar? Deine Freundin soll vergessen, was sie gehört hat, das ist am besten, das ist am besten für alle. Hast du das verstanden?

Ich nicke schnell. Wie bescheuert, ihn auf den Streit anzusprechen. Jetzt denkt der doch erst recht, dass ich viel zu viel weiß. Ich muss das Thema wechseln, mit was Unverfänglichem anfangen.

– Ist es nachts nicht wahnsinnig kalt im Wald? Also, ich meine, Mitte April, da wird's doch bestimmt eisig, wenn die Sonne untergeht.

Münze streicht sich über den Bart, der eigentlich kein richtiger ist, weil er so viele Lücken hat. Es sind nur ein paar Inseln dünner grauer Haare auf der Wange und am Kinn, der Preußler hat mehr Bart und der ist erst vierzehn. Münze beugt sich wieder zu seinen Sachen.

– Mein Schlafsack geht bis minus zwanzig Grad und ist wasserdicht, antwortet er schließlich.

Ich habe keine Ahnung, was ich noch sagen kann. Vielleicht sollte ich einfach an ihm vorbei nach draußen rennen, über den Hügel und dann querfeldein. Mit seinen schweren Stiefeln kriegt der mich doch nie.

– Mein Zelt hat zu lange im Keller gelegen, sagt Münze plötzlich, ohne mich anzusehen, mehr zu sich selbst als zu mir. – Gestern ist die Plane gerissen, ausgerechnet gestern, als es geschüttet hat wie verrückt. Schellacks Laube war mir zu weit. Also in die Hütte. Bis nachmittags sind sie in der Schule, hab ich gedacht, bis dahin bin ich längst fort.

Münze betrachtet seine Fingerkuppen. Er nimmt den Daumen in den Mund und knabbert an der Nagelhaut.

– Genug jetzt. Du erzählst keinem, dass du mich getroffen hast, kapiert?

– Klar, sage ich. – Hab's kapiert.

Die Spinne am Türrahmen ist verschwunden. Von Josie und Juri ist immer noch nichts zu sehen. Es ist schon weit nach elf, sie müssten jede Sekunde den Hang herunterkommen. Münze hat uns also beobachtet. Wie sollte er sonst wissen, zu welchen Zeiten wir in der Ponderosa sind? Was macht der überhaupt hier im Wald? Ich muss ihn fragen, schon Josie zuliebe, damit sie weiß, was mit ihm ist.

– Und warum gehen Sie nicht zurück in Ihre Wohnung? Vor wem verstecken Sie sich?

Münze lacht. Ein bitteres, spöttisches Lachen.

– Vor den Männern mit der Zwangsjacke, sagt er und wiegt die Lehrertasche in seiner Hand.

Er schultert den Rucksack, sein *Dead Kennedys*-Shirt verrutscht.

– Du darfst niemandem sagen, dass ich hier war. Versprich es.

Seine hektischen Pupillen stehen für eine Sekunde still und fixieren mich. Dann zwängt er sich mit seinem Gepäck durch die Tür, sagt nicht Tschüss oder Auf Wiedersehen, sondern geht einfach, als ob das Versprechen gelten würde, auch ohne dass ich Ja gesagt habe. Ich folge ihm nach draußen, aber Münze ist fest entschlossen, mich nicht mehr zu beachten. Ohne sich umzudrehen, steigt er den Hügel hinauf. Sein Hemd flattert im Wind, die Plastiktüten in seiner Hand hängen schwer und tief über dem Boden. Es würde mich nicht wundern, wenn sie reißen und die Raviolidosen den Hang herunterkullern würden. Ich sehe ihm nach, bis er zwischen den Bäumen verschwindet. *Die Männer mit der Zwangsjacke*. Als ob es so was heutzutage noch gäbe, Zwangsjacken. Als ob die von der Psychiatrie Jagd auf die Bekloppten machen würden. Wenn du in die Klapse musst, dann holt dich die Polizei. Und die müssen einen Haftbefehl oder eine Einweisung oder so was haben, das weiß ich von meinem Vater. Ohne den geht gar nichts, einfach so kann dich keiner in die Geschlossene stecken.

Ich gehe zurück in die Hütte. Die Ameisen rennen im Zickzack über den Boden und suchen nach der Plastiktüte mit Münzes Vorräten. Das Taschenmesser liegt noch auf dem Sims, Münze hat es vergessen. Soll ich ihm hinterherlaufen? Nein, der ist längst weg.

Ich lehne die Matratze gegen die Wand, hocke mich auf den Drehstuhl und denke nach. Dann hole ich mein Handy aus der Tasche und schreibe den anderen.

Die Namensschilder am Knochenhaus sehen alle gleich aus. Schellack achtet genau darauf, dass keiner mit einem eigenen Schildchen ankommt. Am besten noch mit der Hand geschrieben und schief ausgeschnitten, das kann der gar nicht haben. Nein, jeder Name muss ordentlich mit der Etikettiermaschine gedruckt werden. Schellack ist der Mega-Nazi bei so Sachen. Ich kann mir irgendwie nicht vorstellen, dass der Münze in seiner Laube übernachten lassen würde. Das hat Münze doch gesagt, oder? Die beiden sind zwar ähnlich alt, aber völlig unterschiedliche Typen. Der eine Nazi, der andere Punk. Also jetzt nicht so politisch gesehen, sondern von der Art her. Aber irgendwas scheinen die ja miteinander zu tun zu haben.

Ich klingele bei May und warte. Als die anderen nach zwanzig Minuten immer noch nicht da waren, bin ich gegangen. Gemeldet haben sie sich auch nicht, weder Juri noch Josie. Keine Ahnung, was mit denen los ist. Das Foto steckt hinten in meinem Rucksack. Für den Fall, dass Münze es sich anders überlegt und doch noch mal in die Ponderosa kommt. Wenn er nichts Besseres findet und es so heftig regnet, dass er keine andere Wahl hat. Wieso versteckt er sich auch ausgerechnet im Stadtwald? Mir würden auf Anhieb tausend bessere Orte einfallen. Die alte Brauerei zum Beispiel, da ist es wenigstens trocken. Oder eins dieser Billig-Hotels an der Autobahn, man muss ja nicht mit dem richtigen Namen einchecken. Ich hätte außerdem mein Aussehen verändert. Standardprogramm: Haare färben, Brille mit Fensterglas und so weiter. Auf jeden Fall hätte ich mir neue Klamotten gekauft, irgendwas Schlichtes von der Stange. Sein T-Shirt, das bunt karierte Hemd, das ist doch alles viel zu auffällig. Vielleicht hat er nicht genug Kohle für ein Hotel und neue Sachen. Josie sagt, dass er keine richtige Arbeit hat. Jedenfalls keine, bei der man morgens ins Büro oder sonst wohin muss.

– Hallo?

– Josie? Ich bin's.

– Kris. Was gibt's?

– Hi. Hast du meine Nachricht nicht gesehen? Wir waren verabredet.

– Was? Das habe ich nicht auf dem Schirm gehabt. Aber ich bin sowieso krank. Erkältung, Kopfweh.

– Ich habe die ganze Zeit auf euch gewartet.

Durch die Gegensprechanlage höre ich ein tiefes Schnaufen.

– Kris, ich geh wieder ins Bett, mir geht's echt nicht gut.

– Wart doch mal, ich muss dir was erzählen. Kann ich nicht kurz raufkommen?

Es knackt, das Rauschen verstummt. Ich warte darauf, dass der Öffner summt, aber es tut sich nichts. Ein schlaksiger Typ mit weiten Hosen kommt aus dem Knochenhaus. Er beachtet mich nicht und schlurft Richtung Mutantenkiosk. Ich stelle meinen Fuß auf die Schwelle und fange die Tür ab. Die Gegensprechanlage bleibt stumm. Ist das ihr ernst? Lässt die mich jetzt einfach hier stehen? Ich ziehe meinen Fuß weg und die Tür schließt sich mit einem lauten Klick. Okay. Dann halt nicht.

Auf dem Heimweg fällt mir ein, dass ich im Internet mal von einem Mann gelesen habe, der zehn Jahre lang im Wald gelebt hat. Warum, weiß ich nicht mehr. Seine Alte hat ihn verlassen, glaube ich. Jedenfalls hatte er die Schnauze voll von allem und von jedem. Irgendwo im Taunus hat er sich einen Verschlag aus Holz gebaut, einfach so, ohne Genehmigung, ohne alles. Gegessen hat er, was er im Wald gefunden oder gefangen hat. Pflanzen, Wurzeln, Tiere. Krass, dass es so was mitten in Deutschland gibt. Ob Münze auch auf Aussteiger machen will? Oder was hat der vor?

Zu Hause checke ich erst mal, ob Juri auf FB online ist. Ist er aber nicht. Dann versuche ich ihn auf dem Handy zu erreichen, aber er nimmt nicht ab. Also hinterlasse ich eine Nachricht auf der Mailbox: *Ruf mich mal bitte zurück, ich muss dir was erzählen*.

8 +++ Samstag, der 25. April, abends +++

Meine Chat-History von Samstagabend.

Juri und ich:

Ich [17:28]: Juri??
Juri [18:43]: Yo, sorry. Habs verpeilt heut Morgen.
Ich [18:44]: Alter!!! Hättest dich ruhig mal melden können.
Juri [18:46]: Jaja, sry. Wasn Krasses passiert?
Ich [18:47]: Lass uns tel.
Ich [18:52]: Geh mal ran!
Juri [19:01]: Geht grad nicht. Essen jetzt zu Abend.
Was war denn?
Ich [19:03]: K, dann später tel? Rufst du an?
Ich [20:45]: Juri?

Josie und ich:

Ich [21:00]: Josie, gehts dir besser?

9 +++ Montag, der 27. April +++

Morgens, kurz nach halb acht. Göbel und ich sitzen auf den Stufen vor dem großen Pausenhof. Die Schule ist ein Siebzigerjahre-Bau, viel Blau, viel Orange, viel Beton. Noch ist nichts los. Zwei Mädchen aus der Sechsten vergleichen Hausaufgaben, ein paar Jungs aus der Oberstufe stehen vor dem Eingang und rauchen. Ich bin heute extra früh gekommen, weil ich Juri abpassen will. Er hat mir gestern Mittag geschrieben, aber ich habe nicht geantwortet. Das war mir zu blöd, zwölf Stunden nach meiner letzten Nachricht, außerdem hatte ich keine Lust mehr auf Chatten. Juri hätte ruhig mal anrufen können.

Göbel ist jeden Tag zwanzig Minuten vor der ersten Stunde da, manchmal auch früher. Die beste Zeit zum *Socialisen*, findet er. Immer wenn wir nebeneinanderhocken, fällt mir auf, wie riesig Göbel ist. Alles an ihm ist größer als bei mir. Sein Kopf, seine Hände, seine Füße (Größe 45) und vor allem sein Bauch, der prall wie eine Bockwurst über dem Bund seiner Hose hängt. Wenn er innen hohl wäre, würde ich einmal in ihn reinpassen, ohne dass es irgendwo drücken würde. Im Gegenteil, die Göbelhülle würde schlaff an mir herunterhängen wie ein XXL-Pullover.

– Kommst du Samstag?, fragt er, ohne von seinem Handy hochzusehen.

Göbel hat seit letzter Woche das neuste iPhone und muss die ganze Zeit damit rummachen, texten, chatten, spielen, wasweißich.

– Ja, denke schon.

– Cool. Es kommen so um die zwanzig Leute. Und keine Sorge, Nessa bringt ihre Freundinnen mit. Wird also keine Salamiparty.

Vanessa und Göbel sind seit fast einem Jahr zusammen. Sie geht in die achte Klasse, hat immer ein bisschen viel Make-up im Gesicht und spielt mindestens eine Liga über ihm. Keiner weiß so genau, was sie an Göbel findet, die könnte ganz andere Typen haben. Also ich wäre jetzt nicht scharf auf sie. Nessa ist eine von diesen Tussis, die ständig Selfies von sich auf Facebook posten, Kussmund vorm Spiegel, Arm in Arm mit der besten Freundin und so weiter. Megapeinlich. Trotzdem finde ich es irgendwie ungerecht, dass Göbel eine abkriegt, die so viel besser aussieht als er.

– Was ist mit Juri, sagt er. – Kommt der auch?

– Keine Ahnung. Frag ihn doch selber.

– Mit dem falschen Fuß aufgestanden, wie? Denk dran, was zu trinken mitzubringen, am besten Bier, ein Sixpack Beck's oder so. Kriegst du das alleine hin?

– Klar.

Göbel steht auf und schiebt sich sein Handy in die Hosentasche. Ich bleibe sitzen, während er zu Schneider und dem Preußler geht, die gerade die Treppe hochkommen. Sie schlendern auf den Hof, werfen ihre Taschen auf die Tischtennisplatte und fangen an eine leere Coladose hin und her zu kicken. Es ist zehn vor acht, der Schulhof füllt sich. Hoffentlich kommt Juri bald.

Es ist wärmer geworden, aber der Himmel ist immer noch schmutzig grau. Gestern Nacht hat der Regen so heftig gegen den Rollladen getrommelt, dass ich davon aufgewacht bin. Ich habe mich dann mindestens eine Stunde lang hin und her gewälzt und mich gefragt, ob Münze einen Unterschlupf gefunden hat. Ich muss unbedingt mit jemandem über Münze reden. Mit dem stimmt ja definitiv was nicht. Entweder sie sind wirklich hinter ihm her oder er ist komplett durchgeschallert. In beiden Fällen kann ich nicht einfach so tun, als ob ich nichts wüsste. Nehmen wir mal an, Münze hat Stress mit irgendwelchen Kriminellen (und weil bei ihm schon ein paar Synapsen im Gehirn durchgebrannt sind, hält er sie für die *Männer mit der Zwangsjacke*), nehmen wir mal an, die finden ihn und legen ihn um: Dann werde ich mir mein ganzes Leben lang Vorwürfe machen, weil ich niemandem was gesagt habe. Oder das mit der Geschlossenen stimmt tatsächlich. Vielleicht ist Münze verrückt und gehört in eine Anstalt. Ich muss an seine komische Lehrertasche denken. Was er da wohl mit sich rumschleppt? Sezierbesteck? Totenschädel? Leichenteile? Vielleicht bin ich in der Ponderosa gerade so eben dem Tod von der Schippe gesprungen, vielleicht ist der Typ ein psychopathischer Serienkiller. Zum Glück hat er das Foto nicht gesehen. Ich habe es jetzt tief in meinem Kleiderschrank vergraben, unter den Schuhkartons mit den Spiderman-Comics und den Urlaubsfotos und den ganzen Postkarten. Von Juri allein habe ich bestimmt zehn Stück, der ist ja ständig mit seinen Eltern irgendwo im Urlaub. Die letzte ist von Josie aus Stuttgart. *LG Jo*. Die hat sich auch noch nicht zurückgemeldet. Komisch, ist sonst gar nicht ihre Art.

Eve und Kata gehen an mir vorbei. Sie beachten mich nicht. Natürlich beachten sie mich nicht. Die würde es nicht mal interessieren, wenn ich vor ihrer Nase einen epileptischen Anfall kriegen würde, so einen richtigen mit Schaum vor dem Mund und Kopf auf den Boden hauen und allem. Keine Chance. Wenn du in der Elften bist, guckst du Neuntklässler mit dem Arsch nicht an. Ist so. In diesem Augenblick kommt Juri mit seinem Fahrrad oben an der Treppe an. Er trägt T-Shirt, Shorts und seinen Wireless-Kopfhörer auf den Ohren. Erst kurz vor der obersten Stufe bremst er ab und springt vom Rad. Er nimmt es auf die Schulter und kommt zu mir heruntergetrabt.

– Mann, Juri. Warum meldest du dich nicht?

Juri schiebt sich den Kopfhörer in den Nacken.

– Was?

– Warum du dich nicht meldest, hab ich gefragt.

Juri runzelt die Stirn.

– Wieso? Hab ich doch gestern, sagt er und geht weiter.

– Ja, einen Tag zu spät. Außerdem habe ich dreimal angerufen. Jetzt bleib doch mal stehen. Warum bist du Samstag nicht in die Ponderosa gekommen?

– Ich hab doch geschrieben, dass ich es verpeilt habe. Sorry. Ich musste meinem Vater im Autohaus helfen und hab total vergessen, dass wir uns treffen wollten.

– Alter, ich hab eine Stunde lang in der Ponderosa gewartet.

– In der *Ponderosa* …

– Ja, in der *Ponderosa*.

Juri bleibt vor dem Pausenhof stehen und nimmt das Rad von seiner Schulter.

– Kris, jetzt hör mir mal zu: Keiner sagt mehr *Ponderosa*. Ich nicht und Josie auch nicht. Bestimmt seit einem halben Jahr nicht mehr. Oder noch länger. Der Name ist echt durch. Wir sind doch keine zwölf mehr, oder? Wir haben gedacht, du merkst es auch irgendwann. Aber nein, du kommst immer wieder damit, Ponderosa hier, Ponderosa da, so langsam nervt das ein bisschen. Jetzt schau mich nicht so an. Erzähl lieber mal, was Samstag los war.

Göbel kommt vom Schulhof gestürmt und rempelt Juri an.

Der rempelt zurück, dann lachen sie und stoßen mit den Fäusten gegeneinander. Ich sehe ihnen zu, aber ich höre kaum, was sie sagen. Als hätte ich Watte im Ohr. *Wir haben gedacht, du merkst es auch irgendwann.*

Ich erzähle Juri nichts von Münze. Ich sage ihm, dass jemand das Schloss an der Tür aufgebrochen hat (was stimmt) und dass es wahrscheinlich ein Penner war (was teilweise stimmt). Mehr nicht. Weil, das mit der Ponderosa war schon ein ziemlicher Schlag in die Magengrube. Ich meine, was soll daran so schlimm sein, *Ponderosa* zu sagen? Ich habe mir das nicht ausgedacht, das war Josies Idee. Ich fand *Ponderosa* von Anfang an scheiße, nur wegen der Sache mit ihrem Vater habe ich dafür gestimmt. Okay, vielleicht habe ich nicht mitbekommen, dass der Name irgendwie out ist, aber hallo, die hätten mir das doch ganz normal sagen können, anstatt sich hinter meinem Rücken darüber aufzuregen.

Auch sonst rede ich nicht viel mit Juri, weil wir in jeder freien Sekunde Franz-Vokabeln lernen. Einen von uns erwischt es heute auf jeden Fall, haben wir gedacht. Aber dann nimmt der Garlich natürlich keinen dran, weder Juri noch mich, noch sonst jemand. War eigentlich klar. Der Garlich ist ein Meister der umgekehrten Psychologie. Wenn du denkst, dass du weißt, was er denkt, dann hast du schon verloren, weil er sich ja denken kann, was du denkst, deswegen macht er genau das Gegenteil. Wie heute eben. Der Garlich zieht seelenruhig seinen Stoff durch, als ob nichts gewesen wäre, ohne was wegen der Decke zu sagen (der Hausmeister hat das längst wieder in Ordnung gebracht). Das war eigentlich noch gemeiner, als Juri oder mich dranzunehmen, jetzt müssen wir nämlich noch weiter zittern. Je länger ich drüber nachdenke, desto sicherer bin ich mir, dass Juri mich letzte Stunde hängengelassen hätte. Was sollte das ganze Theater überhaupt? Wenn du abgefragt wirst, dann musst du da durch, dann laberst du nicht rum. Fertig.

Die letzten beiden Stunden fallen aus. Der Mathe-Müller ist krank, was für ein Glück. Ich habe keine Lust, mit Juri nach Hause zu gehen, also nehme ich den Umweg über den S-Bahnhof, am Mutantenkiosk vorbei. Der Mutantenkiosk heißt so, weil da nur Mutanten arbeiten. Ich glaube, es ist eine Familie, Vater, Mutter und Tochter. Alle drei megaunfreundlich. Die Alte ist die Schlimmste. Die mault schon rum, wenn du kurz in den Comics blätterst. Und die hat Fingernägel, so was habe ich noch nie gesehen. Superlang, eckig gefeilt und gelb vom Rauchen. Wenn du der nachts im Wald begegnest, kriegst du einen Schock fürs Leben. Dann denkst du, die Hexe aus *Blair Witch Project* hat dich erwischt. Seit ich mitbekommen habe, dass die die Fruchtgummis mit bloßen Händen nachfüllt, kaufe ich da nichts mehr, was nicht eingeschweißt ist. Aber ein Wassereis ist heute drin.

Als ich hinter dem S-Bahn-Damm aus der Unterführung komme, sehe ich Lonsdale und Everlast vor dem Mutantenkiosk stehen. Der Asphalt vor ihren Füßen ist voll mit Zigarettenstummeln und schaumigen Rotzflecken. Ihren Köter haben sie anscheinend zu Hause gelassen. Trotzdem, das Eis schenke ich mir. Den Typen komme ich nicht zu nah. Vor ein paar Monaten haben die hier in der Unterführung Friese das Handy gezockt. Angeblich. Bei Friese weißt du nie genau, der will sich ja immer wichtigmachen. Kann gut sein, dass er das Ding einfach verloren und sich die Geschichte mit den Rother-Brüdern nur ausgedacht hat. So oder so, weit hergeholt ist es nicht. Göbel hatte auch schon Ärger mit denen. Die machen einen immer blöd an: *Hey Arschgesicht, haste mal 'ne Kippe*, oder so was in der Art. Darauf darfst du natürlich nicht reagieren, da musst du einfach auf den Boden gucken und weitergehen. Wenn du dich auf ein Gespräch einlässt, hast du sofort Stress am Bein. Ich hole mir später im Aldi ein Wassereis.

Der Mutantenvater schaut aus dem Kioskfenster, das eingerahmt ist von Zeitungen und Zeitschriften, und bohrt mit dem kleinen Finger im Ohr. Die Rother-Brüder lehnen gegen den Stehtisch und trinken KöPi aus der Flasche. Everlast hat wie immer seine schwarze Everlast-Trainingshose an, Lonsdale ein weißes Ripp-Unterhemd. Beide haben die Haare superkurz, fast Glatze. Lonsdale guckt mich an. Er spuckt auf den Boden, nippt an seinem Bier, dann guckt er wieder weg.

Das hört sich jetzt vielleicht bescheuert an, aber ich bin ein bisschen enttäuscht, dass die mich in Ruhe lassen. Ich wäre in der richtigen Stimmung, denen die Meinung zu sagen. Das würde was geben, morgen in der Schule. Du hast dich mit den Rothers geprügelt? Nicht dein Ernst. Daher die blauen Flecken? Bist ein krasser Typ, Prosniak. Sich mit denen anzulegen, Hut ab. Juri hätte bestimmt alles ganz genau wissen wollen, aber ich hätte ihn auflaufen lassen, und die anderen auch, macht nicht so einen Aufstand, hätte ich gesagt, alles halb so wild. Hinter mir pfeift jemand. Jetzt also doch. Auf einmal kommt es mir gar nicht mehr cool vor, mit den Typen Stress zu kriegen. Was, wenn die sich richtig schlagen wollen? Also nicht nur rumschubsen und so, sondern richtig mit den Fäusten. Wieder ein Pfiff. Am besten, ich reagiere nicht drauf. Am besten, ich gehe einfach weiter.

– Hey Kris, bist du taub?

Jetzt drehe ich mich doch um. Die Rother-Brüder machen sich zwei neue Bier auf und beachten mich nicht. Der Mutantenvater sortiert die Magazine im Zeitungsständer. Ein Rentnerpaar und eine Mutter, die ihr Baby in einem Tuch vor dem Bauch trägt, gehen in Zeitlupe die Treppe zum Bahnhof hoch. Ein Zug fährt ein, die Zwanzig-nach-Bahn Richtung Stadt.

Ich entdecke sie auf der anderen Straßenseite, auf der Parkbank hinter dem Bolzplatz: Tonne und ein Typ, den ich noch nie gesehen habe. Was macht die denn hier? Ich dachte, die hat Grippe und ist zu Hause.

– Komm mal rüber, ruft sie und winkt mir zu.

Keine Lust, denke ich, will aber nicht unhöflich sein und gehe zu ihnen. Der Typ scheint etwas älter zu sein als wir, siebzehn, achtzehn vielleicht. Er trägt einen grünen Bundeswehrparka, für den es eigentlich viel zu warm ist, dazu ein schwarzes Hemd mit Stehkragen, schwarze Jeans und schwarze, spitz zulaufende Schuhe.

– Was machst du hier, Kris?

– Dasselbe könnte ich dich fragen.

– Wie spät haben wir es denn? Kurz vor zwölf, also vierte, nein, fünfte Stunde. Mathe beim Müller.

– Ist ausgefallen. Der Müller ist krank.

Der Typ stößt Tonne mit dem Ellenbogen an. Seine Augen sind dunkel geschminkt, glaube ich jedenfalls, vielleicht sehen die auch immer so aus. In der Brusttasche seines Parkas stecken ein gelbes Reclamheftchen und ein Kugelschreiber. Die beiden wechseln einen verschwörerischen Blick und Tonne nickt. Er holt einen angerauchten Stummel hinter seinem Rücken hervor, zündet ihn mit einem Zippo-Feuerzeug an und lehnt sich zurück. Der Rauch riecht süß und kräuselt sich in der Luft.

– Das ist übrigens mein Bruder Tonio. Tonio, Kris. Kris, Tonio. Willst du dich setzen?

– Nein, ich muss gleich wieder.

– Was ist mit dir los, Kollege, sagt Tonio und wedelt mit dem Joint herum. – Du machst ein Gesicht wie hundert Jahre Einsamkeit.

Tonne prustet und rammt ihrem Bruder den Arm in die Seite.

– Wie sehen denn bitte hundert Jahre Einsamkeit aus?

– Na, schau den mal an. Genau *so* sehen hundert Jahre Einsamkeit aus.

Sie lachen und klatschen sich ab. Ein mattes Geräusch, das in Tonnes Stulpen verpufft. Ich muss an meinen Traum denken, an die komische Fellmütze, die sie aufhatte, und an die verkrusteten Schlagadern, *Magst du mal anfassen?*

– Also Kris, sagt Tonne. – Was ist los? Warum machst du so ein Gesicht?

– Nichts ist los. Ist einfach ein Scheißtag heute.

– Willkommen im Club, sagt Tonne und fährt sich mit der Hand über die kurzen schwarzen Haare. – Für mich sind die meisten Tage in der Schule Scheißtage. Heute bin ich gar nicht erst hingegangen. Wenn mein Bruderherz zu Besuch ist, habe ich wenigstens einen guten Grund. Wir sehen uns ja sonst nie.

– Nie, sagt Tonio ironisch und hält mir die Tüte hin.

Ich schüttele den Kopf.

– Na gut, sagt Tonne. – *Nie* ist vielleicht ein bisschen übertrieben. Aber nicht oft, zwei-, dreimal im Monat? Tonio wohnt bei unserem Vater in der Stadt und muss außerdem immer für die Uni lernen. Da bleibt nicht viel Zeit. Und dann liegt die Siedlung auch noch *am Arsch der Welt.*

– Und wie oft kommst du mich besuchen? Lass mich kurz drüber nachdenken: Nie!

– Hallo? Ich bin die kleine Schwester und noch nicht alt genug für den weiten, gefährlichen Weg in die Stadt.

– Jaja. Und mit Papa hat das natürlich nichts zu tun.

– Wie kommst du denn auf die Idee?

Tonne grinst. Sie nimmt ihren Rucksack auf den Schoß und zieht den Reißverschluss auf.

– Ich hab was für dich, Kris. Hast Glück, dass ich es mitgenommen habe.

Sie holt ein ziemlich zerlesenes Taschenbuch aus dem Rucksack und hält es mir hin. *Die Selbstmord-Schwestern*. Ich nehme es entgegen und blättere darin. Manche Stellen sind mit Textmarker hervorgehoben, andere mit Kugelschreiber unterstrichen. Ein paar Seiten sind voller Notizen, superklein geschrieben, ich kann kein Wort entziffern.

– Schleppst du das immer mit dir rum?

– Nur, wenn ich es jemandem ausleihen will.

– Warum hast du es mir nicht gestern in der Schule gegeben?

– Damit alle dabei zusehen? Dann hätte ich es auch in Deutsch vorstellen können. Jetzt sei doch nicht so ungemütlich und setz dich mal hin.

Tonne rückt ein Stück zu ihrem Bruder. Ein Windstoß fährt mir in die Glieder. Der Mutantenvater kommt mit einem grünen Sack in der Hand aus dem Kiosk und stopft ihn in eine überfüllte Mülltonne. Die Rother-Brüder sind verschwunden. Vielleicht sind sie hoch zur Plattform und warten auf die nächste S-Bahn. Oder Schellack hat Arbeit für sie. Entrümpeln oder Anstreichen oder so was. Ich glaube, dass ist der einzige Job, den die haben, Drecksarbeit für Schellack erledigen.

Tonne stupst mich mit der Schuhspitze an.

– Hallo? Ich rede mit dir.

– Sorry, ich muss gleich weiter.

Tonio hat das Reclamheft aus der Tasche gezogen und blättert darin. Shakespeare, Die Sonette, Englisch und Deutsch.

– Mein Bruder ist manchmal ein bisschen autistisch, sagt Tonne entschuldigend. – Tonio, jetzt sei nicht so unhöflich.

– Schwester, du nervst, seufzt er und steckt das Heft zurück in seine Brusttasche.

Tonne ignoriert ihn.

– Bei welchem Projekt bist du gelandet, Kris?

– Bei der Schülerzeitung. Du?

– Bei der Theater-AG. *Momo 2.0 – Digitale Zeitdiebe* heißt das Stück.

– *Du* spielst Theater?

– Natürlich nicht. Ich darf das Bühnenbild pinseln und dann bin ich hoffentlich raus aus der Geschichte. Projekttage finde ich noch schlimmer als Unterricht. Ein einziger Albtraum. Morgen geht es los, richtig? Oder Mittwoch?

– Nein, morgen. Dienstag bis Donnerstag.

– Wir könnten schwänzen und was zusammen machen.

– Ähm, weiß nicht. Was willst du denn *machen*?

Sie hustet, wirft den Joint auf den Boden und tritt ihn mit dem Absatz aus.

– Hey, der war noch nicht tot, fährt Tonio sie an.

– Klar war der tot. Kris, hast du meine Nummer?

– Glaub nicht.

– Dann schreib sie dir auf.

– Mein Akku ist leer.

– Okay. Warte mal.

Sie holt einen Kugelschreiber aus dem Rucksack und kritzelt ihre Nummer auf meinen Unterarm. Tonia, schreibt sie drunter und malt einen Smiley dazu.

– Ruf an, wenn du Lust hast, sagt sie.

– Okay. Ich geh dann mal. Danke für das Buch.

– Klar. Also vielleicht bis morgen.

– Ja, vielleicht.

Tonne winkt zum Abschied, ich winke verlegen zurück. Ihr Bruder beugt sich nach vorne, kramt ein Plastiktütchen und Papers aus den Taschen seines Parkas. Er guckt nicht mal hoch, als ich gehe. Antonia und Antonio. Wie kann man auf die Idee kommen, seine Kinder so zu nennen? Also, vorausgesetzt, der Typ heißt Antonio, aber davon gehe ich mal aus. Das wäre ja so, als wenn ich eine Schwester hätte, die Kristina heißt. Total bescheuert. Tonnes Eltern sind nicht mal Italiener. Nicht dass ich wüsste, jedenfalls. Was, wenn die noch ein Kind gekriegt hätten, wie hätten sie das genannt? Anton? Antonie? Sobald ich außer Sichtweite bin, versuche ich die Nummer wegzuwischen. Sie geht nicht ab, auch nicht mit Spucke. Zu Hause werde ich es noch mal mit Wasser und Seife versuchen. Ich kann mir schon denken, was die anderen sagen, wenn die das sehen. *Krisser, hast du Tonne klargemacht?* Und dieser beknackte Smiley. Der grinst, als wollte er sich über mich lustig machen.

10 +++ Montag, der 27. April, nachmittags +++

A*n dem Morgen, als die letzte Lisbon-Tochter Selbstmord beging …* Ich blättere in den *Selbstmord-Schwestern*, kann mich aber nicht darauf konzentrieren. Dieser Depri-Kram interessiert mich auch nicht besonders. Außerdem geht mir nicht aus dem Kopf, was Juri gesagt hat. *Wir haben gedacht, du merkst es auch irgendwann.* Hallo? Als ob ich so schwer von Begriff wäre. Was denken die denn von mir? Halten die sich auf einmal für so viel erwachsener? Seit wann reden die überhaupt hinter meinem Rücken über mich? Und was ist jetzt mit Münze? Es bleibt wohl an mir hängen, was zu unternehmen. Bei Juri melde ich mich heute bestimmt nicht mehr und ich kann auch nicht ewig warten, bis Josie mal auf meine Nachrichten reagiert. Am einfachsten wäre es, meinem Vater alles zu erzählen. Der weiß, was zu tun ist, da bin ich mir sicher, mein Vater weiß immer, was zu tun ist. Wahrscheinlich wird er die Polizei anrufen. Die nehmen meine Aussage auf und das war's, dann bin ich raus aus der Sache und Münze geht mich nichts mehr an.

Ich klappe das Buch zu und lege es auf meinen Nachttisch. Bei meinem Bruder läuft Techno, superlaut. Wie kann man nur so einen Schrott hören? In der Küche räumt meine Mutter die Geschirrspülmaschine aus und klappert mit den Tellern.

Will ich denn überhaupt, dass mich Münze nichts mehr angeht? Wäre es nicht cool, wenn ich mehr über ihn herausfinden könnte? Wenn ich Juri und Josie die komplette Story präsentieren könnte, warum er untergetaucht ist, ob das was mit dem Streit zu tun hatte, und so weiter. Die würden Augen machen. Von wegen kindisch. Von wegen schwer von Begriff. Münze hat was von Schellacks Laube gesagt. Warum rede ich nicht einfach mal mit Schellack? Wird schon nicht so schlimm sein, der kennt mich doch. Ich springe auf und schaue aus dem Fenster. Alles grau. Sieht nach Regenjacke aus.

Drei, vier Klingeln auf einmal, das sollte reichen. Die Gegensprechanlage rauscht. Hallo?, fragt eine Stimme, wer ist da, eine andere, und bevor ich antworten kann, hat irgendjemand den Türöffner gedrückt. Die Eingangshalle ist leer. Hier siehst du nie jemanden, obwohl bestimmt hundertfünfzig Leute im Knochenhaus wohnen. *Betteln und Hausieren verboten* steht auf einem Messingschild an der Wand. Wenn man genau hinguckt, kann man noch den Penis erkennen, den Juri letztes Jahr druntergemalt hat, und die Tropfen, die senkrecht nach oben schießen. Rechts geht es zu den Briefkästen. Die meisten sind verkratzt oder eingedellt und voll mit Aufklebern, keine Werbung, keine Handzettel, keine kostenlosen Wochenzeitungen. Auf der linken Seite sind die Aufzüge, das Treppenhaus und Schellacks Büro. Ich bin zu spät. Sprechzeit war bis sechzehn Uhr, steht auf dem eingeschweißten DIN-A4-Zettel an der Tür, jetzt ist es kurz nach. Ich klopfe trotzdem, aber keiner macht auf. War ja klar. Schellack ist nie da, wenn du ihn brauchst, sagt Josie immer. Du musst zu ihm in den Schrebergarten gehen, da ist er öfter als hier. Also gut, nichts wie weg, bevor Josie zufällig nach unten kommt und mich sieht. Die denkt sonst noch, ich würde sie stalken.

Ich gehe raus, drehe eine Runde um das Knochenhaus, den Grünstreifen entlang, am Müllhäuschen vorbei und wieder zum Eingang. Keine Spur von Schellack. Soll ich wirklich in die Kolonie und nach ihm suchen? Es ist kühler geworden und es nieselt. Egal, ich gehe jetzt da hin. Morgen fallen mir bestimmt wieder hunderttausend Ausreden ein, es nicht zu tun. Also los.

Ich mache einen großen Bogen um die Unterführung und den Mutantenkiosk, gehe stattdessen die Hauptstraße runter, am Friedhof vorbei und auf der anderen Seite der Bahngleise zurück. Nicht dass ich noch mal Tonne und ihrem Bruder in die Arme laufe. Ich kann mir zwar nicht vorstellen, dass die immer noch auf der Parkbank sitzen und sich zudröhnen, aber sicher ist sicher. Die Kolonie liegt in einer Senke zwischen Siedlung und Stadtwald. Wenn du vor dem Haupteingang stehst, guckst du frontal auf die Autobahnbrücke, die hinter dem Gelände entlangführt. Hier siehst du erst richtig, was für ein Koloss das ist. Über den Dächern der Lauben hängen Deutschlandfahnen schlaff im Nieselregen, weiter hinten, schon fast bei der Brücke, steigt dunkler Rauch in den Himmel. Der Geruch von feuchtem Holz und verbranntem Plastik hängt in der Luft. Das Gittertor steht offen. Beide Flügel sind aufgeklappt und festgehakt, es scheint fast so, als ob Schellack mich erwarten würde. Sonst ist das Tor nämlich immer zu.

Ich war schon mal in Schellacks Schrebergarten, vor ein paar Jahren mit meinem Vater. Der und Schellack kennen sich von früher, die haben zusammen beim TSV Fußball gespielt. Mein Vater hat sich irgendein Werkzeug von ihm ausgeliehen, einen Spaten oder eine Heckenschere oder so was. Mein Bruder war auch dabei. Vorne an seinem Zaun haben wir gewartet, weil wir uns nicht reingetraut haben. Wir hatten halt richtig Schiss vor Schellack. Das ist alles schon ewig her. Heißt, ich habe keinen Plan, wo ich langmuss. Ungefähr Richtung Brücke, glaube ich, dann irgendwo rechts rein. Ich laufe den Hauptweg entlang, von dem alle paar Meter ein ungepflasterter Seitenpfad abzweigt, und versuche irgendetwas zu entdecken, das mir bekannt vorkommt. Da ist aber nichts, die Schrebergärten sehen alle gleich aus. Hohe Hecken, Holzhäuschen, Geräteschuppen, Gewächshaus, Blumenbeet, gemähter Rasen, gemauerter Grill. Ein Typ mit Outdoor-Jacke und braunem Westernhut stützt sich auf den Besen, mit dem er gerade den Weg gefegt hat, und guckt mich misstrauisch an. Ich kenne ihn vom Sehen, der ist Lehrer an der Realschule. Chemie oder Physik, darauf würde ich wetten, so was erkenne ich sofort. Ich nicke ihm zu und warte darauf, dass er was sagt, *wer bist du, was hast du hier verloren* oder so, aber er hält die Klappe. Ich sehe ja auch nicht wirklich assi aus. Trotzdem spüre ich seinen Blick in meinem Rücken, bis ich in einen Seitenweg abbiege. Erst dann höre ich den Besen wieder über das Pflaster schrubben.

Die Autobahn wird lauter. Jetzt ist auch das Klack-Klack zu hören. Vor einem halben Jahr hat es da oben einen heftigen Unfall gegeben. Ein BMW ist einem VW-Bus mit Vollgas hinten reingefahren. Wegen Blitzeis oder so. Der Bus hat sich zweimal gedreht, ist quer auf dem Mittelstreifen stehen geblieben und dann ist direkt der nächste reingerauscht. Bei dem Zusammenprall hat sich eine Stoßstange gelöst, ist über die Seitenabsperrung geflogen und hier in der Kolonie gelandet. Mitten in einem Sandkasten, wo im Sommer die Kinder spielen. Das Ding hat senkrecht im Sand gesteckt wie ein Messer im Braten, ich kann mich genau erinnern, das Bild war auf der Titelseite der Lokalzeitung. Juri hat das noch irgendwo, der fand das viel zu krass, um es wegzuwerfen.

Manchmal springen Leute von der Brücke. Hört man immer wieder. Ich weiß gar nicht, wie die das anstellen, so leicht kommst du zu Fuß nämlich nicht auf die Trasse. Okay, wenn du dich aus knapp hundert Metern Höhe in den Tod stürzen willst, dann lässt du dich von einem Gitter und ein bisschen Stacheldraht wahrscheinlich nicht aufhalten. In der Zeitung steht nie was Genaueres drin. Die wollen Nachahmern keine Tipps geben, deswegen. Ich schaue hoch zur Autobahn und stelle mir vor, da würde einer stehen. Was tust du dann? Die Polizei rufen? Die Feuerwehr? Was sagst du zu so jemandem, um ihn davon abzuhalten zu springen? Wie kann man überhaupt auf die Idee kommen, sich so umzubringen? Ich mach mir ja schon ins Hemd, wenn ich im Freibad auf dem Dreimeterbrett stehe *(jetzt stell dich nicht so an, Krisser, und spring endlich)*.

Beinahe wäre ich an Schellacks Parzelle vorbeigelaufen. Ich weiß nicht, ob ich die überhaupt wiedererkannt hätte, wenn Schellack nicht auf dem Rasen hocken würde. Er hält etwas in der Hand, eine Solarleuchte, glaube ich, so ein chromfarbenes Ding, das man in die Erde stecken kann. Lonsdale kommt mit einem Spaten auf der Schulter hinter dem Häuschen hervor und sagt etwas zu Schellack, das ich nicht verstehe. Vor Schreck gehe ich weiter, am nächsten Schrebergarten vorbei, bis zu den drei Kiefern, an denen der gepflasterte Weg endet. Mit Lonsdale habe ich nicht gerechnet. Der hat mich völlig aus dem Konzept gebracht. Ich brauche ein Taschentuch. Da ist aber keins in meiner Jackentasche, also wische ich mir mit dem Ärmel über die Nase. Jetzt habe ich Schellack gefunden, also muss ich auch mit ihm sprechen. Ich bleibe bei den Kiefern stehen und beobachte den Garten. Auf dem Rasen steht ein großer, nicht aufgespannter Sonnenschirm und vorne am Lattenzaun eine Gruppe brauner Rattanmöbel. Lonsdale ist wieder hinter der Laube verschwunden, Schellack kniet im Gras und buddelt ein Loch für die Solarleuchte. Er ist um die sechzig und für sein Alter ziemlich durchtrainiert. Sein Gesicht ist kantig und hat wenige, aber tiefe Falten, seine Haare sind kurz geschnitten und laufen über der Stirn M-förmig zusammen. Er trägt ein enges schwarzes T-Shirt und eine Camouflage-Armyhose. An der linken Hand fehlen ihm zwei Finger und der halbe Daumen. Ein Arbeitsunfall, mehr weiß man nicht. Es traut sich auch keiner danach zu fragen, sagt mein Vater. Schellack war früher bei der Bundespolizei, deswegen haben mein Bruder und ich uns immer die krassesten Geschichten ausgedacht. *Dem ist bestimmt eine Briefbombe in der Hand explodiert. Quatsch, dem sind die Finger weggeschossen worden, beim Shoot-out mit Terroristen oder der Russenmafia.*

Ich atme tief durch. Dann gehe ich zurück zu Schellacks Garten und räuspere mich. Schellack sieht mich mit zusammengekniffenen Augen an. Er richtet sich auf und wischt sich die Hände an seiner Hose ab.

– Was willst du?

– Guten Tag, Herr Schellack. Ich bin Kristian Pro …

– Ich weiß, wer du bist. Was hast du hier zu suchen?

Alles, was er sagt, klingt wie ein Vorwurf. Das war schon immer so. Du sprichst ihn an, und er guckt, als ob du seine Mutter beleidigt hättest. Typisch Polizist. Das kriegen die bestimmt so beigebracht, um einen einzuschüchtern.

– Es geht um Herrn Münzenthal, sage ich.

Schellack sagt nichts, kneift die Augen noch weiter zusammen.

– Ich habe ihn Samstag zufällig getroffen. Im Stadtwald. Wir haben uns kurz unterhalten, und als er gegangen ist, hat er sein Taschenmesser vergessen. Ich würde es ihm gern zurückgeben, aber er scheint irgendwie nicht mehr zu Hause zu wohnen. Wissen Sie vielleicht, wo ich ihn finden kann?

Schellack kommt zur Gartentür, öffnet sie, bittet mich aber nicht herein. Er reibt sich mit dem Stummel, der mal sein Daumen war, über das Kinn. Ich weiß nicht, ob das ein Tick ist, ob er das immer macht, wenn er nachdenkt, oder ob er mich irgendwie verunsichern will. Ich kann nicht anders, als hinzustarren. Ist wie bei den Pornoheften von Göbels Vater, an ekligen Sachen bleibe ich immer kleben.

– Woher soll ich das wissen, sagt Schellack. – Gib mir das Messer. Ich gebe es ihm, wenn ich ihn sehe.

– Ich habe es nicht dabei. Es liegt bei mir zu Hause. Ist denn mit Herrn Münzenthal alles in Ordnung? Er hat so komische Sachen gesagt. Über Leute, die hinter ihm her wären …

– Sicher ist mit dem alles in Ordnung, unterbricht Schellack mich. – Künstler sind manchmal ein bisschen komisch. Hör nicht auf das Geschwätz.

– Ich habe überlegt zur Polizei zu gehen, also für den Fall, dass er doch irgendwie Hilfe braucht.

Ich muss immer noch auf Schellacks Kinn gucken, obwohl er seine Hand schon längst weggenommen hat. Was wohl mit den fehlenden Fingern passiert ist? Vielleicht hat er sie aufgehoben und sie stehen da drüben in seiner Hütte in einer Vitrine, der Größe nach aufgereiht.

– Du lässt die Polizei aus dem Spiel, sagt er barsch. – Damit tust du niemandem einen Gefallen. Wolfgang am allerwenigsten.

– Schon gut. Ich habe mir nur Sorgen gemacht. Aber wenn Sie sagen, das alles okay ist mit ihm …

– Es ist alles okay. Geh jetzt nach Hause, ich muss hier weitermachen. Und kein Wort zur Polizei. Kein Wort zu niemandem. Das ist allein Wolfgangs Sache. Und das nächste Mal kommst du zu mir ins Büro, das hier ist ein Privatgrundstück.

Schellack klopft mit dem Stumpf ein paarmal rhythmisch gegen den Gartenzaun. Dann dreht er sich weg, hebt die Solarlampe auf und steckt sie in das Loch in der Erde. Erst jetzt sehe ich, dass Lonsdale vor der Hütte steht und uns beobachtet. Er hat sein T-Shirt ausgezogen und es sich wie ein Boxer über die

Schultern gelegt. Um den Hals hängt eine schwere Goldkette, auf seiner Brust prangt ein Tattoo, eine Faust mit dicken Ringen an den Fingern. Er wirft mir diesen *Was willst du*-Blick zu, den ich vom Bahnhof kenne, auf den man auf keinen Fall eingehen darf. Ist schon das zweite Mal heute, dass ich ihm über den Weg laufe. Wird Zeit, dass ich abhaue.

Schellack hat mich schneller abgewimmelt, als ich erwartet hatte. Es hat sich trotzdem gelohnt, mit ihm zu reden. Er hat mich nämlich auf eine Idee gebracht. Eigentlich hätte ich schon früher und von allein draufkommen müssen. Aber manchmal brauchst du halt jemanden, der dich mit der Nase drauf stößt. Als Schellack *Künstler* gesagt hat, hat es bei mir klick gemacht. Bis dahin habe ich gedacht, Münze fotografiert aus Spaß und in seiner Freizeit. Aber klar, wenn in seinem Arbeitszimmer ganze Regale voller Fotos stehen, muss doch mehr dahinterstecken, dann muss was im Netz über ihn zu finden sein. Glaube zwar nicht, dass der bei Instagram oder FB oder so ist, aber vielleicht hat er eine Website.

Wieder zu Hause setze ich mich vor den Laptop und gebe Wolfgang Münzenthal bei Google ein. Es gibt mehrere Hundert Treffer und sogar einen Wikipedia-Eintrag. Geboren am 20. Juni 1958 in Frankfurt am Main. Studium an der Kunsthochschule. Diverse Preise und Stipendien, nicht nur für Fotos, sondern auch für Collagen, Skulpturen und Installationen. Mir fällt das Ding auf seinem Balkon ein, das Drahtgestell mit der Tüte über dem Kopf. Und ich habe gedacht, das ist zum Jackenaufhängen. Sieht man mal wieder, dass ich von Kunst keine Ahnung habe. Ich gehe zurück zur Resultateliste und klicke einen Artikel aus der Lokalzeitung an. Es geht um eine Ausstellung von Münzes Bildern. Krass, der war damit schon in Japan und in den USA. Vor ein paar Jahren hat er hier in der Siedlung ausgestellt, unter dem Titel *Abandoned Sanctuaries. Fotografien und Fotomontagen von Wolfgang Münzenthal in der Galerie Lebrun*. Was auch immer *Abandoned Sanctuaries* bedeuten soll. Galerie Lebrun? Den Namen kenne ich doch.

Ich [18:25]: Hi.
Tonne [18:26]: Hi!
Ich [18:26]: Wollte dich was fragen.
Tonne [18:26]: Ja?
Ich [18:27]: Ist ein bisschen kompliziert. Hast du Zeit?
Tonne [18:27]: Klar.
Ich [18:27]: Ich ruf mal an.
Tonne [18:27]: OK.

Am Telefon klingt Tonnes Stimme sanfter als in echt. Das gibt es ja oft, Leute, die am Telefon ganz anders sind als in Wirklichkeit. Frau Renner zum Beispiel, die ist immer superkurz angebunden. *Juri ist nicht da, ruf später an*. Zack, aufgelegt. Vielleicht will die nicht lange telefonieren, weil ihre Kopfschmerzen sonst schlimmer werden. Kann ja sein, wegen Elektrosmog und so. Wenn ich bei Juri zu Hause bin, ist die jedenfalls supernett zu mir. Manchmal fragt sie mich, wie es meinem Bruder geht. Nach meinem Bruder fragt sonst niemand, schließlich ist der Unfall schon ewig her. Geht ihm ganz gut, sage ich meistens, obwohl ich gar nicht genau weiß, wie es ihm eigentlich geht. Frau Renner streicht mir dann immer aufmunternd über den Arm, so als ob ich das kaputte Bein hätte und nicht er. Mit Juri kannst du maximal drei Sätze am Telefon wechseln, dann hat er keinen Bock mehr. Oder keine Geduld, wasweißich, Juri ist einfach kein Telefontyp. Der will nicht lange rumlabern, der will sich verabreden, was ausmachen, sich treffen, wann und wo, losloslos.

Tonne hört sich am Handy nicht an wie Tonne, sondern wie eine nette Zwillingsschwester, die es nicht gibt. Mit ihr zu telefonieren ist nur halb so schlimm, wie ich befürchtet habe. Wir unterhalten uns zuerst ganz normal. Ich frage, wie lange sie beim Mutantenkiosk gesessen haben *(nicht mehr lang, halbe Stunde vielleicht)* und ob ihr Bruder noch da ist *(nee, der ist schon weg)*. Dann erzähle ich ihr von Münze. Also nicht alles, die Ponderosa zum Beispiel, die lasse ich natürlich weg. Ich sage, dass ich ihn im Wald getroffen habe, mehr nicht, und Tonne fragt auch nicht nach. Die anderen finden es bestimmt scheiße, dass ich mit ihr über Münze rede. *Das Bermuda-Dreieck, Kris. Nichts hören, nichts sehen, nichts sagen.* Aber die sind selbst schuld, die hätten mich halt nicht hängenlassen sollen. Außerdem, wie soll ich Tonne darum bitten, ihre Tante nach Münze zu fragen, wenn sie den Hintergrund nicht kennt?

Tonne findet die Geschichte total krass und verspricht mir, so viel wie möglich rauszukriegen. Natürlich ohne ihrer Tante zu sagen, dass Münze gerade auf einem ziemlich schrägen Trip im Wald unterwegs ist. Dann verabreden wir uns für morgen Nachmittag. Ich würde eigentlich lieber telefonieren, aber sie besteht darauf, dass wir uns treffen. Wieder auf der Parkbank, schlage ich vor, weil das ein bisschen abseits liegt und ich nicht will, dass uns jemand zusammen sieht. Tonne ist einverstanden. Gerade als ich das Handy weglegen will, vibriert es schon wieder.

Josie [19:19]: Hast du meinen Brief bekommen?

Mein Herz bleibt stehen. So fühlt es sich jedenfalls an. Welcher Brief? Ich stürme aus meinem Zimmer, zur Haustür und raus zum Briefkasten, aber da ist nichts. Auch nicht, als ich auf halbem Weg umdrehe und noch mal ganz genau nachschaue. Ich reiße die Tür zum Zimmer meines Bruders auf. Er sitzt vor seinem Laptop und chattet.

– Schon mal was von anklopfen gehört, Triefnase?, sagt er, ohne sich umzudrehen.

– War was für mich in der Post?

– Bin ich der Briefträger, oder was?

– Jetzt sag schon, du hast doch vorhin nachgesehen.

– Lass mich mal überlegen. Hm, ja, ich glaube, da war ein Brief für dich. Liegt in der Küche.

– Danke. Hättest ruhig was sagen können, du Schwachmat.

– Hab ich doch gerade. Jetzt hau ab, ich bin beschäftigt. Und klopf das nächste Mal an.

Ich finde den Brief auf der Küchenablage, unter einem Stapel Prospekte. Graues Umweltpapier, an den Ecken geknickt, mit Tesa zugeklebt und nicht besonders schwer. Es ist kein Absender drauf und auch keine Briefmarke. *Für Kris* steht auf der Vorderseite, das ist alles. Die Punkte über dem ü und dem i sind keine Punkte, sondern kleine eingedellte Kreise und das s läuft zu einem Schnörkel unter meinem Namen aus. Eindeutig Josies Schrift. Die erkennst du sofort, so rund und geschwungen, dafür reichen zwei Silben. Eine einzige hätte mir gereicht. Ich hole einen Kuli vom Schreibtisch und trenne den Umschlag auf. Zwei Blätter. Auf dem ersten ein Peanuts-Cartoon, mit Bleistift gezeichnet: Lucy hält Charlie Brown ein Gänseblümchen hin. Obendrüber, in einer Sprechblase, ein dickes SORRY. Das zweite Blatt ist ein Brief:

Kris-Kris,
wie geht es dir? Tut mir leid, dass ich Samstag so scheiße war, als du unten an der Tür warst. Ich wusste nicht, dass wir uns treffen wollten, und mir ging es echt beschissen wegen der Erkältung. Trotzdem hätte

ich nicht so sein sollen. Ich war einfach gestresst. Vor allem von meiner Mutter. Die hat mich am Abend vorher beim Rauchen erwischt. Du glaubst nicht, was die für einen Terror gemacht hat. Gerade die! Treibt es mit irgendwelchen Typen im Auto und dann macht sie mich an, weil sie mich mit einer Zigarette sieht. Dabei raucht die doch selbst! Du kannst dir nicht vorstellen, wie mich das aufregt. Gesagt habe ich nichts, obwohl ich kurz davor war. Ich meine, dass wir sie gesehen haben, unter der Brücke. Weil ich ihr dann ja erklären muss, was ich nachts mit dir im Wald zu suchen hatte.
Juri hat mir erzählt, dass du sauer auf ihn bist wegen dieser bekloppten Ponderosa-Sache. Du würdest überhaupt nicht mehr mit ihm reden. Nimm das doch nicht so ernst! Juri hat bestimmt total übertrieben. Kennst den doch. Der macht doch über alles und jeden seine Witze. Du nervst halt manchmal ein bisschen (Smiley), aber das tut Juri auch und ich bestimmt auch manchmal. Also nicht so oft wie ihr, aber ab und zu vielleicht (Smiley). Deswegen muss man sich doch nicht streiten!! Hast du morgen Zeit? Komm doch nachmittags vorbei, ich brauche jemand, der mir bei Mathe hilft (Doppelsmiley).
Josie.

Ich falte den Brief zusammen und schaue aus dem Fenster. Bei den Nachbarn flimmert der Fernseher, wie jeden Abend. Meine Mutter macht Abendessen für meinen Vater, der kommt gleich nach Hause. Die Kanzlei ist in der Stadt, mit dem Auto brauchst du ungefähr eine halbe Stunde – wenn kein Stau ist, und auf der Autobahn ist eigentlich immer Stau. Ich lege mich auf das Bett und betrachte den Cartoon. Im Prinzip ist es nur eine kleine Skizze, Charlie Brown und Lucy, Kinderkram, Josie wird nicht lang dafür gebraucht haben. Trotzdem. Auch wenn es nur die Peanuts sind: Es ist das erste Mal, dass sie etwas für mich gezeichnet hat. Es ist das erste Mal, dass ich überhaupt eine von ihren *Sachen* zu sehen bekomme. Ich streiche vorsichtig über das Papier und lege es auf meinen Nachttisch. Dann falte ich den Brief auseinander und lese ihn noch einmal. Abgesehen davon, dass Juri wieder Mist erzählt hat (von wegen, ich würde nicht mehr mit ihm reden), fällt mir auf, dass sie mit Josie unterschrieben hat. Nicht *LG Josie* oder *LG Jo*, wie sie es sonst immer macht, sondern einfach *Josie*, ohne das dämliche LG.

11 +++ Dienstag, der 28. April +++

Auf der Anrichte zischt die Kaffeemaschine. Die Kanne füllt sich tropfenweise, eine schwarze Suppe, dick wie Tinte. Josie trinkt seit neustem einen Kaffee nach dem anderen. Ist so ein *Ich mache auf erwachsen* Ding, wie die Zigaretten. Sie stellt ihre Tasse auf das Blatt mit den Übungsaufgaben und stempelt einen braunen Kaffeerand auf das Papier. Binomische Formeln. Eigentlich nicht so schwer, aber irgendwie kriegt sie es nicht hin. Sie flucht leise, presst die Stirn gegen ihre Handfläche, seufzt. Ich habe ihr erklärt, wie man die Formeln auflöst und umformt, jetzt will sie es selbst versuchen, ohne dass ich ihr helfe. Ihr Bleistift kratzt auf dem Papier, er ist auf beiden Seiten angespitzt und kaum länger als mein Daumen. Mit dem schreibt sie am liebsten, sagt sie, nicht mit Füller oder Kugelschreiber wie die anderen Mädchen aus ihrer Klasse, sondern mit einem runtergespitzten Bleistift. Sie hat bestimmt zehn Stück davon in ihrem Mäppchen.

Die Küchenuhr tickt. Ab und zu hört man den Aufzug durch das Knochenhaus rumpeln. Fruchtfliegen kreisen lautlos über einer Banane im Obstkorb. Durch das Fenster fällt weißes Licht, die Sonne scheint, zum ersten Mal seit Tagen. Trotzdem arschkalt draußen. Zwölf Grad oder so. Ich bin direkt von der Schule zu Josie gegangen. Das Schülerzeitungsprojekt ist eine Katastrophe. Die meisten sind älter als ich, viele aus der Zehnten und aus der Oberstufe. Alle halten sich für wahnsinnig wichtig und jede Kleinigkeit wird hundertmal rauf- und runterdiskutiert. Für meine Meinung interessiert sich dabei keine Sau. Bin ja nur aus der Neunten. Aus meiner Klasse ist außer mir noch Friese im Zeitungsprojekt, und weil der die Leute genauso kacke findet wie ich, klebt er die ganze Zeit an mir. Das nervt noch mehr als die Diskussionen.

Josie und ich sitzen jetzt seit anderthalb Stunden zusammen. Über den Brief haben wir noch nicht geredet. Auch nicht über Juri oder die Ponderosa, wir haben noch nicht mal über Münze gesprochen. *Wir machen erst mal Mathe, okay?*, hat sie gesagt, als ich reingekommen bin, zur Begrüßung sozusagen, also haben wir uns hingesetzt, als ob nichts gewesen wäre, und *erst mal Mathe* gemacht. Es ist schon das zweite Mal innerhalb einer Woche, dass ich mit ihr allein bin. Normalerweise würde Juri jetzt bei uns am Tisch sitzen und Hausaufgaben machen oder im Wohnzimmer auf der Couch rumlungern und Comics lesen. Aber im Moment ist Funkstille zwischen uns. Er hat sich gestern nicht mehr gemeldet und ich mich auch nicht. Keine Ahnung, ob Josie ihm wegen heute Bescheid gesagt hat. Entweder sie hat und er wollte nicht kommen oder sie hat es gelassen. Weil sie mit mir allein sein will, vielleicht?

Ich lege meinen Kopf in den Nacken und schließe die Augen. Es riecht nach Mietwohnung, nach staubigen Teppichen und Polstern. Komisch, dass der Geruch nicht auf Josie abfärbt. Göbel zum Beispiel, der riecht genau so, wie es bei Göbels zu Hause riecht, nämlich nach Schnitzel und Salatsoße. Ich rutsche näher an Josie ran und tue so, als ob ich ihr über die Schulter gucken wollte. Sie riecht wahnsinnig gut, nach Pfirsichshampoo, Kaffee und ein bisschen nach Kaugummi. Das ist besser als jedes Parfum, das ich kenne.

Obwohl es mir schwerfällt, lehne ich mich wieder zurück.

Josie ist immer noch am Rechnen. Sie trägt ein kurzärmeliges Top, schwarze Leggings und keine Socken, in der Küche ist es ziemlich warm, die Heizung voll aufgedreht. Meinen Pulli will ich trotzdem nicht ausziehen. Tonnes Nummer ist nämlich immer noch nicht ganz ab, und der dämliche Smiley auch nicht. Es ist zwar nicht mehr viel zu erkennen, aber trotzdem, keine Lust auf Erklärungen. Überhaupt, Tonne. Dass ich mich freiwillig mit der treffe, kommt mir heute ziemlich bescheuert vor. Telefonieren hätte doch gereicht. Aber jetzt ist es zu spät, um ihr abzusagen. Ich muss ihr schreiben, dass ich frühestens um halb fünf komme.

Josie lässt den Bleistift fallen, streckt die Arme in die Luft und gähnt. Ihr Top rutscht ein Stück nach oben, ein Streifen weißer Haut blitzt über dem Rand ihrer Leggins auf und das silberne Bauchnabelpiercing. Ich glaube, ich gucke ein bisschen zu lange hin, und sie merkt es.

– Ich kann nicht mehr, sagt sie und zupft sich das Shirt zurecht.

– Jetzt klappt es doch auch ganz gut, oder?

– Besser als vorher auf jeden Fall. Aber richtig kapieren werde ich den Mathe-Kram wohl nie. Warum auch, für was gibt's denn Computer?

– Frag das doch mal den Mathe-Müller, sage ich und putze mir die Nase.

– Ich glaube, den Vortrag erspare ich mir.

Josie springt auf und schlüpft in ihre Vans.

– Ich muss dir was zeigen, Kris-Kris.

– Okay. Also machen wir für heute Schluss mit Mathe?

– Ja. Zieh deine Schuhe an und komm mit.

– Gehen wir raus?

Sie umrundet den Tisch, nimmt Schlüsselbund und Jeansjacke von der Anrichte und grinst mich vielsagend an.

– Wart's ab, sagt sie.

Mein Herz klopft plötzlich so laut, dass ich befürchte, sie könnte es hören.

Normalerweise habe ich keinen Schiss vor Aufzügen. Aber die im Knochenhaus sind mir nicht geheuer. Das hat nichts mit dem Toten zu tun, ich bin ja nicht abergläubisch (es gibt Leute, die deswegen immer die Treppe nehmen, hat Josie mal erzählt, sogar welche, die ganz weit oben wohnen). Die Dinger bleiben einfach dauernd stecken. Josie ist das erst vor ein paar Wochen wieder passiert. Die hat sich auch noch drüber gefreut, weil es Dienstagmorgen war und sie deshalb Französisch verpasst hat. Ich wäre an ihrer Stelle nicht so cool geblieben. Sie war ja fast eine halbe Stunde da drin eingesperrt und die Kabinen sind wirklich megaeng.

Heute stört mich die Enge allerdings überhaupt nicht. Im Gegenteil, von mir aus könnte es ruhig einen Stromausfall geben. Ich hätte nichts dagegen, mit Josie festzusitzen, ganz alleine auf zwei Quadratmetern, abgeschnitten von der Außenwelt. Aber es passiert natürlich nichts, ohne Stopps und ohne Ruckeln kommen wir in der achtzehnten Etage an. Es dauert eine Sekunde, dann öffnet sich die Kabinentür. Vor uns liegt ein Flur, der aussieht wie unten im vierten Stock, nur viel heller, weil mehr Licht durch die Fenster kommt, und es stehen auch keine verstaubten Topfpflanzen rum. Doch kein Penthouse, denke ich. Jedenfalls keins über die ganze Etage. Josie will mir immer noch nicht verraten, wo wir hingehen. Als wir an der ersten Wohnungstür vorbei sind, nimmt sie mich an der Hand. Ich bin so überrascht, dass ich beinahe über meine eigenen Füße stolpere.

– Also, Kris-Kris, flüstert sie, ohne stehen zu bleiben. – Es darf uns keiner sehen. Vor allem Schellack nicht. Wenn der kommt, tun wir so, als ob wir uns im Stockwerk geirrt hätten. Dann gehen wir sofort zurück zum Aufzug und fahren wieder runter. Alles klar?

– Klar.

Sie hält meine Hand ganz leicht, fast ohne Druck, und führt mich den Flur hinunter. Ihre Finger sind knochig und kühl. Das hat was mit ihrem Kreislauf zu tun, hat sie mal gesagt, ihre Hände und Füße wären immer kalt, aber *kalt*, das finde ich ein bisschen übertrieben. Auf jeden Fall fühlt sich ihre Hand ziemlich gut an in meiner.

Wir biegen um die Ecke und bleiben vor einer weiß lackierten Eisentür stehen. Josie öffnet sie mit links, damit sie meine Hand nicht loslassen muss. Dahinter führen sieben, acht Stufen hinauf zu einer weiteren Tür. Jetzt lässt sie mich doch los, springt die Treppe hoch und holt einen Schlüssel aus der Jackentasche. Meine Hand schwebt in der Luft, als ob sie sie immer noch festhalten würde. Ein Sonnenstreifen fällt durch den Türspalt. Josie verschwindet im Licht.

Das Dach ist mit Steinplatten gepflastert, einige sind gesprungen oder haben Risse, aus den Fugen wächst Moos und Löwenzahn. Zwei Antennen ragen in den Himmel und sehen aus wie Tannenbäume aus Metall. In einem Steinbecken, ungefähr so groß wie ein Swimmingpool, liegen Kieselsteine. Auch hier sprießt Unkraut aus allen Ecken und Lücken. Vor dem Becken steht ein Malereimer, randvoll mit Regenwasser. Ein ausgefranster Pinsel schwimmt darin. Es ist windig. Josie hat den Kragen ihrer Jeansjacke hochgestellt und lehnt sich gegen die brusthohe Betonmauer, die das Dach umgibt.

– Das ist ein Ausblick, was?

Josie hat Recht. Man hat einen Hammerblick über den Stadtwald auf die Autobahnbrücke, auf die Kolonie mit den rechteckigen Schrebergärten, die Kaserne und den S-Bahnhof, sogar den Mutantenkiosk sieht man, wenn man genau hinschaut, und ganz hinten die Frankfurter Skyline und das Industriegebiet mit seinen Glastürmen und Schloten. Zwischen den Baumkronen am Horizont glaube ich sogar die Schornsteine der alten Brauerei zu erkennen.

– Seit Mittwoch musste ich ständig darüber nachdenken, was hier oben ist, sagt Josie und schaut zur Brücke. – Also bin ich hochgefahren, wie du gesagt hast. Die Tür zum Dach war natürlich abgeschlossen. Aber ich weiß ja, wo bei Schellack das Board mit den Schlüsseln hängt. Und ich weiß, dass er sein Büro offen lässt, wenn er rausgeht, eine rauchen.

– Du hast ihm den Schlüssel geklaut? Das hast du dich getraut? Du bist ja krass. Meinst du, Schellack hat noch nicht bemerkt, dass der fehlt?

– Nein, wie denn? Der Schlüssel ist doch längst wieder an seinem Platz. Ich habe mir am Bahnhof einen nachmachen lassen. Hat nur fünf Euro gekostet.

Mein Herz fängt wieder an zu klopfen. Wahnsinn, auf was für Ideen Josie immer kommt. Jetzt grinst sie mich an, als ob sie genau wüsste, was ich denke. Sie holt ihre Zigaretten aus der Tasche, steckt sich eine in den Mund und hält mir die Packung hin. Ich nehme mir eine. Wenn Juri dabei gewesen wäre, hätte ich das gelassen. Weil, der hätte sich mit Sicherheit über mich lustig gemacht. *Jetzt rauchst du plötzlich, oder was? Hat Josie dich endlich rumgekriegt?* Bei dem Wind ist es gar nicht so leicht, die Zigaretten anzuzünden. Das Feuerzeug geht ständig aus, obwohl wir unsere Hände vor die Flamme halten. Erst als wir hinter der Mauer in die Knie gehen, klappt es.

– Ich habe Münze getroffen, sage ich und nehme einen Zug.

Josie nimmt ihre Zigarette aus dem Mund und starrt mich an.

– Du hast was?

Ich erzähle ihr, dass ich Münze in der Hütte getroffen habe (ich sage *Hütte* und nicht *Ponderosa*, keine Ahnung, ob ihr das auffällt, sie lässt sich jedenfalls nichts anmerken). Dass er ziemlich angepisst war, weil ich ihn gesehen habe, dass er sich aber schnell abgeregt hat und sogar ein bisschen redselig geworden ist. Dass er glaubt in eine geschlossene Anstalt zu müssen und dass er sich deswegen im Wald versteckt. Ich erzähle ihr, dass ich mich gestern in die Kolonie geschlichen habe, um mit Schellack zu reden, dass der mich gnadenlos hat abblitzen lassen, obwohl er was wissen muss, weil er ja mit Münze in Kontakt steht. Wie hätte er ihm sonst das Messer geben wollen? Dann erzähle ich ihr, was ich aus dem Netz über Münze weiß. Von Tonne sage ich erst mal nichts. Gibt ja auch nicht viel zu sagen. Vielleicht weiß ihre Tante auch nicht mehr, dann war das sowieso eine Sackgasse und nicht der Rede wert.

Josie vergisst mal wieder, an ihrer Kippe zu ziehen, hält sie die ganze Zeit nur zwischen den Fingern. Eine Krähe fliegt über unsere Köpfe und stürzt sich die Knochenhausfassade herunter wie ein Turmspringer ins Becken.

– Bin ich froh, dass er lebt, sagt sie und steht auf, um der Krähe hinterherzusehen. – Irgendwie erinnert mich Münze an meinen Vater. Der war auch so, ich weiß nicht, wie ich es sagen soll, ein bisschen crazy? Die Nacht, als Münze bei uns geklopft hat, zum Beispiel. Ich dachte, ich habe ein Déjà-vu, das war wie früher. Mein Vater, wie er sturzbesoffen nach Hause kommt und Krach macht und alle aus dem Bett schmeißt. Deshalb war meine Mutter wahrscheinlich auch so angenervt. Alte Wunden. Die hat meinem Vater ja nie verziehen, dass er uns alleinegelassen hat.

– Was kann denn dein Vater dafür, dass er krank geworden ist?

Josie presst die Lippen aufeinander und stützt sich auf die Brüstung.

– Nichts. Alles. Schwer zu sagen.

– Das verstehe ich nicht.

– Ich habe das noch nie jemandem erzählt, Kris-Kris. Also, mein Vater. Der ist nicht an Krebs gestorben. Er hat sich, na ja, totgesoffen. Meine Mutter hat das mit dem Krebs erfunden, als wir in die Siedlung gezogen sind. Sie wollte nicht, dass alle wissen, dass mein Vater ein Alki war. Sonst bist du ja in so einer Assi-Ecke, weißt du? Ich habe das einfach nachgeplappert, so lange, bis ich es fast selbst geglaubt habe. Aber heute finde ich das nicht mehr fair ihm gegenüber. Mein Vater war halt so, wie er war. Da muss man doch nichts schönreden. Alkoholsucht ist nichts anderes als eine Krankheit. Verstehst du, was ich meine?

Ich nicke, auch wenn ich mir nicht ganz sicher bin. Krebs kann ja jeder kriegen, da kannst du nicht viel machen. Aber süchtig werden, nach Alkohol? Es ist doch deine eigene Entscheidung, wie viel du trinkst. Oder nicht? Okay, wahrscheinlich ist das irgendwie in dir drin, veranlagt in deinen Genen, ob du für sowas anfällig bist. Und bei Krankheiten ist das im Prinzip genauso. Warum werden sonst manche Leute krank und andere nicht? Das hat ja nicht nur was damit zu tun, ob du Sport machst und viel Obst isst und so. Also mein Vater hat bestimmt keine Alkoholsucht in den Genen, der trinkt höchstens mal ein Glas Wein zum Essen. Komischer Gedanke, dass der irgendwann nicht mehr da sein könnte, so wie Herrr May.

– Ich habe Münze echt gemocht, fährt Josie fort. – Als er dann verschwunden ist, das war schon wieder so ein Déjà-vu. Auf einmal war er weg, genau wie mein Vater.

Josie scheint sich daran zu erinnern, dass sie eine Zigarette in der Hand hält. Stirnrunzelnd betrachtet sie die Spitze, die nicht mehr glüht, sondern schwarz ist, und wirft den Stummel auf den Boden.

– Gut, so plötzlich ist das bei meinem Vater natürlich nicht gekommen. Es hat Monate gedauert, über ein halbes Jahr hat er im Krankenhaus gelegen, bevor er gestorben ist. Heute kommt es mir vor, als ob das Schlag auf Schlag gegangen wäre.

Sie schaut wieder Richtung Autobahn. Ich weiß nicht, was ich sagen soll. Alles, was mir im Kopf herumgeht, kommt mir dämlich und platt vor, *ich kann dich verstehen* und *das tut mir leid*, was für bescheuerte Floskeln. Also sage ich nichts, sondern nehme ihre Hand. Josie guckt mich zwar nicht an, aber sie drückt leicht zu. Das heißt, dass es okay ist. Eine Weile sehen wir schweigend zur Brücke. Dann dreht sich Josie zu mir und legt ihren Kopf an meinen Hals. Vorsichtig nehme ich sie in den Arm. Ihre duftenden Haare kitzeln ein bisschen, aber nicht unangenehm, ich kann ihre Brüste durch den Pullover spüren und ihre Beckenknochen. Hoffentlich merkt sie nicht, wie meine Jeans sich ausbeult, das wäre echt peinlich, merkt man das denn, durch den Stoff? Egal, ich kann sowieso nichts dagegen machen. Loslassen werde ich sie jedenfalls nicht. Ich könnte stundenlang so stehen bleiben. Die Temperatur könnte auf den Gefrierpunkt fallen oder unter null, ich würde mich trotzdem keinen Millimeter bewegen, es könnte anfangen zu regnen oder zu hageln oder zu schneien, der Wind könnte zu einem Sturm werden, der die Antennentannenbäume vom Dach fegt, alles um uns herum könnte einstürzen und in sich zusammenfallen, die Autobahnbrücke, die Kaserne, die Schornsteine der Brauerei, die Skyline, wie am Ende von *Fight Club*, ich würde genau so stehen bleiben und Josie nicht loslassen.

Sie drückt sich ein Stück von mir weg und sieht mich an, mit einem glasig verträumten Blick, der meinen Magen einen Salto schlagen lässt. Ihr Gesicht kommt näher, ihr Mund kommt näher, ihre Lippen. Sie schließt die Augen, öffnet sie wieder und hält inne. Dann geht sie einen Schritt zurück, schaut verlegen zu Boden, räuspert sich. Ich verstehe nicht, was los ist. Habe ich was falsch gemacht? Dann dringt es zu mir, wie durch eine meterdicke Betonmauer, das Klingeln, das Vibrieren in meiner Hosentasche, das immer lauter wird. Hektisch ziehe ich mein Telefon aus der Tasche, lasse es beinahe fallen und fange es gerade noch auf. *Tonne* leuchtet auf dem Display, dann wird es dunkel. Ein Anruf in Abwesenheit. Verdammt noch mal. Ich schalte das Handy aus und stecke es weg.

– Ruf ruhig zurück, sagt Josie.

– Nee, ist nicht wichtig. Mache ich später.

Josie kommt wieder auf mich zu, aber nicht so nah wie eben. Das Verträumte ist aus ihren Augen verschwunden, sie sieht wieder hellwach aus.

– Danke fürs Aufmuntern, sagt sie und reibt sich fröstelnd die Hände.

– Ja. Natürlich. Gerne.

– Du bist mir wirklich wichtig. Das weißt du, oder? Und du bist echt süß.

Sie neigt den Kopf zur Seite und lächelt mich an.

– Du bist auch süß, stottere ich und bereue es in der gleichen Sekunde, weil, Josie ist überhaupt nicht süß, Josie ist cool, hübsch, schlagfertig, witzig, ohne albern zu sein, oft auch nachdenklich, manchmal ein bisschen schroff, manchmal ziemlich dickköpfig, aber doch nicht *süß*, das habe ich ihr einfach nachgeplappert, weil mein Gehirn rotiert (du bist mir wirklich wichtig, hat sie gesagt, du bist mir wirklich wichtig), anstatt seine Arbeit zu machen und einen anständigen Satz hervorzubringen.

Josie lächelt trotzdem und fährt mir mit der Hand über den Arm.

– Du hast ja Gänsehaut. Ist dir auch so kalt? Also ich friere mir den Hintern ab. Komm, lass uns reingehen.

Tonne sitzt mit verschränkten Armen in einem alten Cordsessel und ist stinksauer. Vor ihr auf dem Tisch steht eine dampfende Tasse Kamillentee, die ich ihr ausgegeben habe und die sie noch nicht angerührt hat. Wir sitzen im Bunker, ganz hinten in der Ecke. Ich habe sie gleich zurückgerufen, als ich von Josie weg bin. Das war, kurz nachdem wir vom Dach gekommen sind. Zurück in der Wohnung hat es nämlich Stress mit ihrer Mutter gegeben. Frau May war zurück von der Arbeit und hat sich superkrass aufgeregt über das Chaos in der Küche. Dabei hat es da gar nicht so übel ausgesehen. Es lagen halt unsere Sachen rum und auf dem Tisch waren ein paar Kaffeeränder, nichts Dramatisches. Aber Frau May war richtig geladen. Die hatte eine Fahne, die hab ich schon gerochen, als wir zur Tür reingekommen sind. Josie war so angepisst, dass ich zum Abschied nur eine flüchtige Umarmung gekriegt habe.

– Eine halbe Stunde lang hab ich gewartet, sagt Tonne. – Und als ich dich anrufe, drückst du mich weg.

– Ich hab dich nicht weggedrückt. Das Handy war auf leise.

Tonne nimmt die Teetasse jetzt endlich in die Hand. Sie hält sie dicht vor ihre gespitzten Lippen und pustet.

– Tut mir leid, sage ich. – Das Zeitungsprojekt hat länger gedauert, als ich gedacht habe, das ist ja nicht wie normaler Unterricht, wo es nach fünfundvierzig Minuten klingelt und alle wissen, dass die Stunde vorbei ist. Dann war ich bei Josie und es hat sich irgendwie alles verzögert. Sorry, ich hab die Uhr nicht im Blick gehabt.

Tonne schüttelt den Kopf und schaut rüber zum Kicker. Drei Jungs aus der Oberstufe stehen drum herum und trinken Bionade. Im Hintergrund läuft *Cro*, im Bunker läuft eigentlich immer *Cro*, wenn gerade kein Radio an ist, oder Jan Delay. Der Bunker ist ja auch kein richtiges Café mit Kuchen und Kellnern und allem, sondern einfach nur der Keller im evangelischen Jugendzentrum. Es stehen ein paar abgeranzte Sessel rum, dann gibt es noch den Kicker und einen Theologiestudenten, der hinter dem Tresen Getränke verkauft. Es war Tonnes Idee herzukommen, nicht meine, aber was hätte ich machen sollen, Nein sagen war nicht drin, das hätte ich nicht bringen können. Ich verstehe ja, dass sie sich aufregt. War nicht gerade nett von mir, sie sitzenzulassen, das gebe ich zu. Aber warum musste sie ausgerechnet in *diesem* Augenblick anrufen? Okay, ich bin selbst schuld. Ich hätte mein Handy lautlos stellen oder gleich ganz ausmachen sollen. Noch besser: Ich hätte ihr heute Morgen absagen sollen, dann wäre es gar nicht so weit gekommen, dann würden Josie und ich jetzt vielleicht noch auf dem Dach stehen und knutschen.

– Was gibt's denn da zu grinsen?

Tonnes Gesichtszüge haben sich ein bisschen entspannt, aber motzig ist sie immer noch. Sie trägt einen engen schwarzen Rollkragenpullover, dazu einen schwarzen Rock, der ihr bis zu den Knien geht, dunkle, kaputte Strumpfhosen und wie immer die gelben Docs.

– Ich habe nicht gegrinst, sage ich. – Ich habe nachgedacht. Jetzt mal ernsthaft. Ich hab mich dreimal entschuldigt. Was soll ich denn noch machen?

Vorne poltern die Bälle durch das Kugellager im Kickertisch. Tonne zieht die Stulpen über ihren Händen zurecht und seufzt.

– Du bist komisch, Kris, weißt du das? Erst bist du total abweisend, dann rufst du mich plötzlich an und erzählst mir das von Münze. Und heute lässt du mich hängen, kommst über eine Stunde zu spät und tust dann auch noch so, als ob das alles nicht so schlimm wäre.

– Das habe ich doch gar nicht gesagt.

– Man merkt es dir an.

Tonne nimmt den Teebeutel aus der Tasse, wickelt den Faden um das Säckchen und legt ihn auf die Untertasse. Sie lehnt sich zurück in den Sessel und betrachtet ihre Fingernägel. Aus den Boxen rauscht es, die *Cro*-CD ist durch, aber der Student kapiert es entweder nicht oder hat keine Lust mehr auf die Musik. Auf dem Tisch liegt ein abgegriffenes Kartenblatt, ich hebe es auf und lasse es durch meine Finger gleiten.

– Ich habe mit meiner Tante geredet, sagt Tonne schließlich. – Sie kennt Münze.

– Und? Was hat sie gesagt?

– Viel. Ist eine ziemlich tragische Geschichte. Willst du sie hören?

– Ja, klar. Erzähl.

– Okay. Tante Sylvie und *Wolfgang* kennen sich nicht erst durch die Galerie, sondern schon viel länger, von der Kunsthochschule. Sie haben zusammen studiert und eine Zeit lang sogar in einer WG gewohnt. Auch nach dem Studium haben sie sich noch regelmäßig getroffen. Nach der Sache mit seiner Tochter hat sich das allerdings geändert. Nicht sofort, aber nach und nach ist der Kontakt abgerissen.

– Wieso, was war mit der?

– Jetzt wart doch mal ab. Das ist alles schon länger her, bald zehn Jahre, ganz genau hat sich Tante Sylvie nicht erinnern können. Münze war mit seiner Frau und seiner Tochter im Urlaub. In Andalusien, da haben sie ein Ferienhaus, eine richtige kleine Villa mit Palmen und Pool und allem Drum und Dran. Die Tochter muss damals ungefähr in unserem Alter gewesen sein, fünfzehn oder sechzehn. Am letzten Abend ist sie noch mal an den Strand, sich mit Freunden treffen. Von dort ist sie nie zurückgekommen. Die Polizei hat eine riesige Suchaktion gestartet, aber sie ist bis heute nicht wieder aufgetaucht. Wahrscheinlich wollte sie baden gehen und ist zu weit rausgeschwommen. Eine Leiche haben sie allerdings nie gefunden.

Tonne rutscht nach vorne auf die Sesselkante.

– Münze hat sich anscheinend nie davon erholt. Seine Ehe auch nicht. Vor zwei oder drei Jahren haben seine Frau und er sich getrennt. Münze ist ins Knochenhaus gezogen und hat angefangen zu trinken. Seitdem hat meine Tante ihn nur noch selten gesehen. Er hat sich total abgeschottet und trifft sich nicht mehr mit Freunden.

Einer der Typen am Kicker stößt einen Jubelschrei aus.

– Mann, das ist wirklich übel. Und, hat deine Tante nicht gefragt, warum du das alles wissen willst?

– Doch. Ich habe ihr gesagt, dass er ein Nachbar einer Freundin von mir ist …

Tonne stockt, schaut über meine Schulter.

– Oh nein, nicht der.

– Was ist los?

Ich drehe mich um. Göbel kommt die Stufen runter. Er hat uns noch nicht gesehen, weil er mal wieder auf seinem iPhone rumtippt. Nessa kommt hinter ihm her, nebeneinander geht ja nicht, weil Göbel so breit und die Kellertreppe ziemlich eng ist. Sie begrüßen die Typen am Kicker, Nessa Küsschen links, Küsschen rechts, dann entdeckt Göbel uns.

– Krisser, ruft er und kommt rüber. – Alles klar? Hi Tonne.

Tonne sieht ihn an, ohne eine Miene zu verziehen.

– Okay, Dicker, ich mache heute mal eine Ausnahme und lasse mich auf dein Niveau herab. Ich weiß nicht, ob dein Wasserkopf die Information verarbeiten kann, aber ich habe einen Vornamen. Gut, der ist wahrscheinlich zu schwer für dich, sind ja mehr als zwei Silben, also lass es am besten bleiben und sprich mich einfach nicht mehr an.

– Wow, du kannst ja sprechen. Danke für den Hinweis. Ich werde es mir merken, Tonne. Ups …

Göbel grinst. Er geht zum Tresen und bestellt was zu trinken. Nessa setzt sich neben uns und streckt mir die Hand entgegen.

– Ich bin die Vanessa, sagt sie, obwohl Göbel uns schon zweimal vorgestellt hat und wir seit Monaten Facebookfreunde sind.

– Kris. Wir kennen uns.

– Ja, richtig, jetzt wo du es sagst. Und wie heißt deine Freundin hier noch mal?

– Antonia. Ich kann auch selber reden.

– Wir sind nicht zusammen, sage ich.

– Ich geh mal eine rauchen, sagt Tonne.

Sie hängt sich ihre Tasche über die Schulter und lässt mich mit Nessa allein. Super. Ich habe keine Ahnung, was ich mit der reden soll. Juri würde jetzt irgendein Thema aus dem Ärmel schütteln, ohne lange nachzudenken, aber mir fällt irgendwie nichts ein.

– Kannst du Kartentricks?, fragt Nessa und guckt auf den Stapel in meinen Händen.

– Ich? Nein. Du?

– Nein.

Schweigen.

– Wir spielen manchmal Doppelkopf in der Schule, sage ich. – Das ist wie Skat, nur zu viert.

– Ich find Skat blöd.

– Okay. Ist wohl eher ein Spiel für Jungs, glaube ich.

Göbel kommt mit zwei Gläsern Cola zurück.

– Bärchen, ist das 'ne Zero?, fragt Nessa.

– Nee, das ist richtige Cola.

– Ich wollte aber 'ne Cola Zero.

– Hatten sie nicht.

– Dann kannste die selber trinken.

– Jetzt stell dich doch nicht so an wegen dem bisschen Zucker.

– Vergiss es, Bärchen.

Göbel lässt sich auf Tonnes Platz fallen. Er setzt sein Glas an und trinkt es in einem Zug halb leer.

– So, sagt er und rülpst in seine Faust. – Was läuft mit dir und Tonne?

– Nichts läuft mit Tonne. Wir haben uns zufällig hier getroffen.

– Du bist allein hergekommen?

– Nein. Doch. Ich war vorhin bei Josie und da dachte ich, ich schau mal rein, liegt ja auf meinem Heimweg.

– Oh shit, und dann triffst du Tonne hier. Herzliches Beileid.

– Ach, so übel ist die auch wieder nicht.

Die *Cro*-CD läuft wieder. Göbel steht auf und geht pinkeln. Nessa versucht nicht mal mehr, mit mir ins Gespräch zu kommen. Sie hat sich eine alte GALA geschnappt und blättert sie durch. Gerade als ich anfange mich zu wundern, wo Tonne bleibt, bekomme ich eine Nachricht.

Tonne [17:12]: Ich bin weg. Keine Lust auf Göbel und seine Tussi.

Kein Sorry, kein Gruß. Und zu mir sagt sie, ich wäre komisch.

12 +++ Mittwoch, der 29. April +++

Als ich die Tür zur Ponderosa öffne, flattert mir eine Taube entgegen, streift meinen Kopf und bringt sich auf einem Baum in Sicherheit. Vor Schreck wäre ich beinahe über die Einkaufstüte gefallen, die ich hinter mir abgestellt habe. Die Taube hat natürlich alles vollgeschissen, vor allem der Campingtisch sieht richtig übel aus. Nur die Matratze ist verschont geblieben, die habe ich zum Glück an die Wand gestellt, bevor ich Samstag weg bin. Jetzt bloß nicht tief einatmen. Das Zeug ist megagiftig, hab ich mal gelesen, da kannst du Lungenkrebs von kriegen, wenn du ohne Mundschutz rangehst.

Ich sehe mich um. Der Boden ist voll mit Zweigen und Stöckchen, Federn, Grashalmen, Laub und Tannennadeln. Unter dem Hocker liegen die Reste einer Ratte, aus der die Därme quellen wie tote Regenwürmer. Das kommt davon, wenn man die Tür nicht abschließt. Ich ziehe meinen Pulli aus, binde ihn mir über Mund und Nase und räume unseren Kram vor die Tür. Dann kehre ich die Hütte aus und mache eine Horde Käfer platt, die plötzlich aus einem Loch im Fußboden geschossen kommen. Die Ratte schiebe ich mit dem Handfeger auf die Schippe und werfe sie ins Gebüsch. Ich wische die Möbel sauber, dann trage ich alles wieder rein. Als Letztes stelle ich die Aldi-Tüte auf den Tisch. Zur Sicherheit mache ich einen Knoten oben in die Schlaufe, damit keine Viecher drangehen. Ich gehe wieder raus, schraube die Halterung an die Tür, die Münze abgebrochen hat, und hänge das Vorhängeschloss dran. Den Schlüssel lasse ich stecken, damit Münze reinkann, wenn er die Sachen holen kommt. Hauptsache, die Tauben bleiben draußen.

Letzte Nacht habe ich geträumt, dass mir jemand das Ponderosafoto geklaut hat. Ich bin aufgewacht, habe die Kisten mit den Comics und Postkarten aus dem Schrank geholt und nachgeguckt, ob es noch da ist. Es war natürlich noch da, also habe ich alles wieder eingeräumt und mich zurück ins Bett gelegt. Ich konnte dann lange nicht einschlafen, weil mir dauernd die gleichen Gedanken durch den Kopf gegangen sind: Was, wenn Münze zurückkommt und merkt, dass das Bild fehlt? Was, wenn die Polizei rausfindet, dass nur wir als Täter in Frage kommen? Wie konnten wir Münze überhaupt beklauen? Als ob er nicht schon genug Probleme hätte. Gut, das mit seiner Tochter, das konnten wir ja nicht ahnen. Aber Juri hätte das Foto trotzdem nicht einfach mitnehmen dürfen, das war scheiße. Und ich bin mit schuld, weil ich ihn nicht daran gehindert habe.

Irgendwann, es muss schon drei oder halb vier gewesen sein, habe ich dann beschlossen was zu tun. Gleich nach der Schule war ich bei Aldi und hab eingekauft, Brot, Wurst, Butterkäse, Nescafé. Was auch immer er hier im Wald treibt, Essen wird er gebrauchen können. Dann habe ich Schellack eine Nachricht auf einen Zettel geschrieben: dass ich Vorräte für Herrn Münzenthal kaufe und zusammen mit dem Taschenmesser dort lasse, wo ich ihn im Wald getroffen habe, dass er Herrn Münzenthal bitte Bescheid geben soll und dass ich immer noch denke, dass man die Polizei verständigen sollte. Ich habe meine Handynummer druntergekritzelt und den Zettel auf dem Weg zur Ponderosa in Schellacks Briefkasten geworfen. Natürlich hätte ich es lieber vermieden, den um etwas zu bitten. Aber mir ist keine andere Möglichkeit eingefallen, wie ich Münze kontaktieren könnte.

Mit Josie habe ich gerade telefoniert. Die findet die Idee, Münze zu helfen, richtig gut. Bei ihr zu Hause ist gerade alles scheiße. Der Neue, der Typ vom Beifahrersitz, hat mit ihrer Mutter Schluss gemacht und die hat jetzt natürlich brutal schlechte Laune. Deswegen war sie gestern auch so auf Krawall gebürstet. Abends hat sie eine komplette Flasche Campari getrunken, hat Josie erzählt, bis sie irgendwann mit dem leeren Glas in der Hand vorm Fernseher eingeschlafen ist. Dabei wüsste sie doch, was das Trinken anrichten kann. Weiter hat Josie nicht geredet. Sie hat geschluckt und dann das Thema gewechselt.

– Tu mir einen Gefallen, Kris-Kris. Vertrag dich wieder mit Juri, okay? Ihr seid meine besten Freunde. Es macht mich echt fertig, wenn ihr euch streitet. Ich habe schon genug Ärger zu Hause, das reicht mir.

Über das, was auf dem Dach passiert ist, haben wir nicht gesprochen. Hat sich nicht ergeben. Ich weiß auch nicht, was jetzt zwischen uns ist. Ich weiß nur, dass ich ständig an sie denken muss, den ganzen Tag, in jeder Minute, und dass ich an gar nichts anderes denken *will* als an Josie. Am Freitag ist Feiertag, da treffen wir uns in der Hütte, nur sie und ich. Juri kann nicht, hat Josie gesagt, der hat den ganzen Tag Basketball. Mir läuft ein richtiger Schauer den Rücken runter, wenn ich daran denke. Also nicht so ein eiskalter Splatterfilmschauer, sondern ein warmer, angenehmer Schauer. Es soll superschönes Wetter werden am Freitag. Ich stelle mir vor, wie Josie und ich zusammen auf der Matratze in der Sonne liegen und sie irgendwann ihr Top auszieht, weil ihr heiß ist. Ich stelle mir vor, dass sie nur einen BH drunter hat, einen weißen mit Spitzen, und wie ihre kastanienbraunen Haare auf die nackten Schultern fallen … Okay, Schluss damit. Das bringt doch nichts. Weil, am Ende läuft es doch sowieso ganz anders.

Ich muss mich beeilen, bin gleich mit Juri verabredet. Ich habe ihm gestern schon geschrieben, ganz unabhängig von Josie. Es ist Zeit, dass wir uns aussprechen und die Sache aus der Welt schaffen. Er hat auch gleich geantwortet und wir haben uns auf dem Neuen Spielplatz verabredet. Nicht gerade der Ort, den ich mir vorgestellt habe, aber gut, ich hätte ja was anderes vorschlagen können. Mir ist auf die Schnelle halt nichts eingefallen. Auf die Ponderosa hatte ich keine Lust, allein schon weil ich das Wort nicht schreiben wollte, und *die Hütte* war mir auch zu blöd. Juri denkt sonst noch, er kann darüber bestimmen, was ich sage und was nicht.

Der Neue Spielplatz liegt am Ende des Neubaugebiets hinter dem Bahndamm. Außer Sandkästen und Schaukeln und dem ganzen Kinderkram gibt es einen Basketballcourt, Tischtennisplatten und eine Half-Pipe aus Beton. Auf der Grünfläche zwischen den Pappeln hocken welche aus der Zehnten mit einem Kasten Bier und hören Musik über Bluetooth-Lautsprecher. Projekttage sind ja ein bisschen wie Ferien. Du musst zwar früh aufstehen, aber dafür gibt's keine Tests und keine Noten. Tarek und Schneider sind auch dabei, glaube ich, genau kann ich es nicht erkennen, weil ich einen großen Bogen um die Pappeln mache. Juri sitzt auf einer der Tischtennisplatten und spielt mit seinem Handy. Neben ihm stehen eine Glasflasche, von der er das Etikett abgepult hat, und zwei Plastikbecher. Zur Begrüßung hält er mir einen Becher hin.

– Berentzen. Saurer Apfel, sagt er, als ich mich neben ihn setze und daran rieche.

– Wo hast du den denn her?

– Vom Mutantenkiosk. Der Alte hat zwar misstrauisch geguckt, aber dann hat er die Flasche doch rausgerückt. Mein Schülerausweis ist halt eine Eins-A-Fälschung. Ausweise fälschen kann der Schneider, das muss man ihm lassen. Auf Schneider.

– Auf Schneider.

Wir stoßen an. Das Zeug ist ultrasauer. Keine Ahnung, warum alle darauf abfahren. Am liebsten würde ich den Rest wegkippen, aber das kann ich natürlich nicht bringen, die Flasche kostet mindestens einen Zehner. Außerdem, hätte der Obermutant gecheckt, dass Juri gerade mal fünfzehn ist, hätte das echt Ärger geben können. Weil, wenn der erwischt wird, wie er Schnaps an Minderjährige vertickt, kann er seinen Kiosk dichtmachen.

– Wie läuft es bei der Schülerzeitung?, fragt Juri.

– Geht so, sage ich. – Die Leute nerven. Die ganze Zeit wird diskutiert und es kommt nichts dabei rum. Lena und Isa aus der Elften, kennst du die? Die sind die Schlimmsten. Und dann der Öko-Typ, der immer mit seinen ausgelatschten Birkenstock rumläuft. Und Friese …

– Friese ist auch dabei? Oh Mann. Ich habe gestern erst dran denken müssen, wie wir den mit dem Super-Soaker durch den Wald gejagt haben. Weißt du noch?

– Klar weiß ich das noch. Friese hat geschrien wie ein Ferkel. Ich glaube, der hat am Anfang gar nicht gepeilt, dass du in den Tank gepinkelt hast.

– Stimmt, sagt Juri und lacht.

– Wie ist dein Projekt?, frage ich ihn.

Juri nimmt einen großen Schluck und wischt sich mit dem Handrücken über den Mund.

– Ach, Basketball ist eigentlich ganz okay. Sind viele Nullen dabei, aber was soll's. Was richtig scheiße ist: Gestern nach dem Training ist mein Rad geklaut worden. Vorm Aldi in der Wissmannstraße. Der Fahrradständer war voll, und weil ich nicht anders rangekommen bin, hab ich es vorne am Rad angeschlossen. Das war natürlich selten blöd. Ich war gar nicht lange drin, fünf Minuten vielleicht, und als ich rausgekommen bin, war nur noch das Vorderrad da. Schnellspanner, das geht ruckzuck. Hat natürlich niemand mitgekriegt. Dabei gehen beim Aldi ständig Leute rein und raus.

– Scheiße. Das Fixie?

– Ja. Und mein Vater will mir kein Geld für ein neues geben. Obwohl er eine Diebstahlversicherung hat. Selbst schuld, hat er gesagt, so ein Rad muss man richtig festschließen. Wenn ich wieder eins wollte, müsste ich mir halt einen Job suchen. Zeitungen austragen oder so. Er hätte früher auch immer nebenher gearbeitet.

– Kann mir vorstellen, wie sich das angehört hat, sage ich. – Hätte mein Vater genauso sagen können.

Komisch eigentlich, dass mein Vater Herrn Renner nicht leiden kann. Bei so was haben sie auf jeden Fall die gleiche Einstellung. Juri kippt den Berentzen in einem Zug runter, nimmt die Flasche und füllt sich nach bis zum Rand. Dann streckt er sie mir entgegen. Ich nicke, obwohl ich das Zeug wirklich zum Kotzen finde.

– Und jetzt, frage ich. – Warst du schon bei der Polizei?

– Nein, hab 'ne Online-Anzeige gemacht. Aber das bringt eh nichts, das Ding ist weg, das krieg ich nicht wieder. Und für ein Neues fehlt mir die Kohle.

Juri legt sich mit dem Rücken auf die Tischtennisplatte, schiebt den Arm unter seinen Kopf und lässt die Füße baumeln. Die letzten Strahlen der Abendsonne scheinen durch die Blätter der Pappeln und spiegeln sich auf der Rutsche. Jemand hat mit Edding *Rambo was here* auf das Metall gekritzelt. Der gleiche Schriftzug wie an der Ponderosa, nur das *e* am Ende kann man kaum lesen. Wer ist eigentlich so bescheuert und schmiert das überall hin? Wer nennt sich bitte ernsthaft *Rambo*? Nach dem zweiten Becher schmeckt der Berentzen gar nicht mehr so übel. Göbel behauptet, er könne eine Flasche alleine trinken und wäre nicht mal ansatzweise voll. Ich glaube ihm kein Wort. Gut, Göbel hat zwar bestimmt zehn Kilo mehr drauf als ich, aber das hat ja nicht nur was mit dem Gewicht zu tun. Münze zum Beispiel, der ist superdünn, der müsste dann schon nach einem halben Glas betrunken sein. Ob der die Sachen schon aus der Ponderosa geholt hat? Hoffentlich ist der kein Vegetarier, sonst habe ich die Wurst umsonst gekauft. Ich muss Juri jetzt endlich einweihen, der weiß ja von nichts. Mit dem Becher in der Hand lege ich mich neben ihn. Die Platte ist voller Sand. Winzige, rote Milben oder Spinnentierchen wuseln zwischen den Sandkörnern herum. Die Sonne blendet ein bisschen, aber sie ist schön warm und sowieso gleich weg.

– Was ich dir schon die ganze Zeit erzählen wollte …

– Na da bin ich ja mal gespannt.

– Letzten Samstag habe ich in der Pondero… ähm, also in der Hütte, im Wald …

Juri stößt mir den Ellenbogen in die Seite.

– Schon gut. Sag halt, was du willst.

– Äh, okay, und warum das jetzt so plötzlich?

Juri hat den Handrücken auf die Augen gelegt und zuckt mit den Schultern. Der kann sich auch nicht entscheiden. Montag hat er sich noch voll aufgeregt und jetzt ist es ihm auf einmal egal? Vielleicht hat Josie ihm ins Gewissen geredet, genau wie mir. Ja, bestimmt hat sie das. *Lass ihn halt sagen, was er will*, das hört sich definitiv nach Josie an.

Juri richtet sich auf und hält mir seinen Becher hin.

– Sind wir okay?, fragt er.

– Sind wir, antworte ich.

Wir stoßen an und trinken und damit ist die Sache abgehakt und nicht weiter der Rede wert. So einfach ist das. So was können nur Jungs. Mädchen hätten jetzt stundenlang rumdiskutiert, wir trinken Berentzen, machen ein paar Spinnentierchen platt und gut ist.

Ich erzähle Juri jetzt die ganze Story, von Münze und Schellack und Tonne und der verschwundenen Tochter, ich rede und rede, und wenn Juri ab und zu nickt, höre ich seinen Hinterkopf über den Sand auf der Platte schrubben. Zwischendurch versuchen wir, uns Sauren Apfel aus der Flasche in den Hals zu kippen, was im Liegen gar nicht so einfach ist.

Wahnsinnig spannend scheint Juri meine Geschichte nicht zu finden. Dafür, dass wir uns tagelang den Kopf darüber zerbrochen haben, was mit Münze passiert sein könnte, reagiert er sogar ziemlich gleichgültig. Es interessiert ihn viel mehr, seit wann ich was mit Tonne zu tun habe.

– Ihr beiden seid jetzt also *best friends*, sagt er und unterdrückt ein Lachen.

– So ein Blödsinn. Ich hab sie zufällig am Mutantenkiosk getroffen, da haben wir uns halt kurz unterhalten.

– Unterhalten? Mit Tonne? Die muss dich echt gernhaben. Und was war im Bunker?

Göbel. Der kann aber auch nichts für sich behalten. Bestimmt erzählt der überall rum, dass zwischen mir und Tonne was läuft. Wenn so ein Gerücht erst einmal in der Welt ist, dann klebt das an dir wie ein alter Kaugummi, das kriegst du nicht mehr los, dann musst du dir die Sprüche anhören, bis du alt und fleckig bist.

– Jetzt vergiss doch mal Tonne, sage ich. – Findest du es nicht krass, dass Münze in der Hütte war?

– Doch, klar. Hast du Josie schon davon erzählt?

– Ja, natürlich.

Vielleicht liegt es an den drei Bechern Berentzen, ich kann jedenfalls nicht anders als grinsen, wenn ich an sie denke.

– Was ist?

– Ach nichts.

– Sag schon.

– Nichts ist.

– Jetzt lass dich nicht so feiern.

– Also gut. Wir haben uns gestern getroffen, Josie und ich. Zum Mathelernen, bei ihr zu Hause, die schreiben nächste Woche einen Test. Als wir fertig waren, wollte Josie mir unbedingt was zeigen. Wir sind in den achtzehnten Stock gefahren, da gibt es nämlich eine Tür zum Dach …

– Ach ja, das Dach. Mit mir war sie auch schon da oben. Die Aussicht ist nicht schlecht, aber von der Sparkasse kannst du noch viel besser sehen.

– Okay. Wirklich? Wann denn, also, ähm, wann wart ihr denn da oben?

– Weiß nicht mehr genau. Vor ein paar Tagen.

Ich nehme einen großen Schluck, direkt aus der Flasche. Irgendwie habe ich gedacht, das mit dem Dach wäre eine Sache zwischen Josie und mir, dass ich der Einzige wäre, dem sie den Ausblick zeigt. Immerhin habe ich sie erst darauf gebracht, sich da oben umzusehen. Wieso trifft sie sich überhaupt mit Juri, ohne mir Bescheid zu geben? Warum hat sie nichts davon erzählt? Und was haben die beiden auf dem Dach gemacht?

Ich rutsche an die Kante und springe von der Tischtennisplatte. Mir wird ein bisschen schwindelig, weil ich zu schnell aufgestanden bin. Ich stütze mich auf meine Oberschenkel und atme durch. Drüben bei der Gruppe mit dem Bierkasten lacht ein Mädchen. Sie erinnert mich an Josie, obwohl ihr Lachen null Komma null nach Josie klingt.

– Ist was, Kris?

– Nein, alles okay.

– Machst du etwa schon schlapp von dem bisschen Apfel?

– Ich mach nicht schlapp, du Penner.

Ich richte mich auf und stemme die Arme in die Seite.

– Juri, sag mal ganz ehrlich. Wenn Josie was von dir wollen würde. Nur so hypothetisch. Würdest du dann was mit ihr anfangen?

Er stützt sich auf seine Ellenbogen und guckt mich überrascht an.

– Ich? Wie kommst du denn da drauf?

– Sag einfach.

– Mann, du stellst Fragen. Josie sieht schon gut aus, klar. Aber sie ist nicht mein Typ. Ich stehe auf richtige Frauen. So wie Kata oder Eve. Josie ist ja noch ein bisschen unreif. Körperlich, meine ich.

Er hält seine Hände vor die Brust und lässt sie auf und ab wippen.

– Und was ist mit dir?

– Ähm. Geht mir genauso.

Ich bin immer noch durcheinander. War das auf dem Knochenhaus für Josie vielleicht gar nichts Besonderes? Wollte sie mich denn wirklich küssen oder habe ich mir das nur eingebildet? Jetzt weiß ich gar nicht mehr, was ich denken soll. Und deswegen gebe ich vor Juri auch nicht zu, dass ich mich irgendwie in sie verknallt habe. Am Ende hat Josie alles ganz anders gemeint und ich habe es wieder nicht kapiert. So wie mit dem *Ponderosa*-Sagen. Außerdem, so wie Juri gerade über sie geredet hat, werde ich ihm erst recht nichts erzählen. Okay, wir machen oft Witze über ihre Brüste. Dass die kleiner sind als die *Manboobs* von Göbel zum Beispiel. Und noch ganz anderes Zeug. Was du über Mädchen halt so sagst. Trotzdem. Ich habe da irgendwie keine Lust mehr drauf.

Drüben zwischen den Pappeln lösen sich zwei Schatten aus der Gruppe und kommen auf uns zu. Tarek und Schneider. Passiert eher selten, dass ich mich freue die zu sehen, aber heute ist definitiv eine Ausnahme. Damit ist das Josiethema nämlich erst mal abgehakt.

– Stören wir euch bei irgendwas?, fragt Schneider grinsend.

Mir kommt mein Schulhoftraum in den Sinn. Hat Schneider gesagt, er hält mich für schwul? Als die über Josie und mich …?

– Der Schülerausweis ist echt bombe geworden, sagt Juri zu ihm. – Willst du einen Schluck Saurer Apfel?

Schneider nickt und nimmt Juris Becher entgegen. Tarek stellt eine Tüte mit Bierflaschen auf die Tischtennisplatte und gibt eine Runde Kippen aus. Sogar Juri nimmt sich eine, obwohl du den sonst mit Zigaretten jagen kannst.

– Ich muss immer rauchen, wenn ich was getrunken habe, behauptet er und legt sich wieder auf die Tischtennisplatte.

– Kommt ihr Samstag zu Göbels Party?, fragt Tarek und drückt mir ein Bier in die Hand.

– Göbel redet seit Tagen von nichts anderem, sagt Schneider und rollt mit den Augen.

Schneider und Göbel sind eigentlich gut befreundet, aber sie reden immer schlecht übereinander. Was Juri hinter meinem Rücken wohl über mich sagt?

– Denke schon, sage ich und schaue rüber zu ihm.

Juri reagiert nicht. Gedankenverloren guckt er in den sternklaren Nachthimmel, an dem der Große Wagen heute deutlich zu erkennen ist. Ein Satellit zieht über unsere Köpfe hinweg. Tarek meint, das wäre ein Flugzeug, aber dafür ist das Ding viel zu schnell und zu hoch.

Kurz nach halb zehn brechen wir auf. Die Flasche Saurer Apfel ist leer, das Bier ist alle und die Kippen auch. Juri will uns weismachen, dass er eine Abkürzung durch den Wald kennt, bei der man *mindestens* fünf Minuten spart. So ein Blödsinn. Jedes Mal, wenn wir uns ins Gebüsch schlagen, landen wir irgendwo in der Brennnesselpampa. Kein Wunder, erstens ist es stockdunkel, zweites sind wir alle vier betrunken und drittens gibt es keine Abkürzung. Ich wette, querfeldein brauchst du sogar länger. Wenigstens nachts, weil du tierisch aufpassen musst, dass du nirgends hängenbleibst und stolperst. Ohne Licht bist du im Wald echt aufgeschmissen. Ich hoffe für Münze, dass er eine Taschenlampe dabeihat. Zu Hause habe ich noch eine alte, die hätte ich ihm eigentlich in die Tüte packen können, aber so weit habe ich vorhin irgendwie nicht gedacht.

Wir kommen kurz hinter dem S-Bahnhof raus, an dem kleinen Park mit dem Ententeich, in den mein Bruder und ich früher unser Kleingeld geschmissen haben. Also nur Centmünzen, vielleicht mal einen Zehner, mehr nicht. Weil's Glück bringt, hat er gesagt, und ich habe ihm natürlich geglaubt. Klar, wenn du klein bist, glaubst du deinem großen Bruder jeden Scheiß. Nach seinem Unfall haben wir nichts mehr reingeworfen. Weil, was für eine Verarschung. Okay, niemand weiß, was passiert wäre, wenn wir kein Geld in den Teich geworfen hätten. Dann wäre ich jetzt vielleicht Einzelkind. Kann man so oder so sehen. Egal.

Wir stellen uns ans Ufer, lassen die Hosen runter und pinkeln rein. Alle vier gleichzeitig, synchron, wie auf Knopfdruck. Normalerweise kann ich nicht auf Kommando, aber betrunken geht's. Es plätschert und schäumt und blubbert wie der Springbrunnen in der Fußgängerzone.

– Wer am weitesten kommt, sagt Schneider und rutscht vor an den Uferrand.

Juri und Tarek machen es ihm nach. Ich schwanke schon ein bisschen und bleibe, wo ich bin. Nicht dass ich vornüberkippe und im Schilf lande. Wie viel Geld wohl auf dem Grund liegt? Ist bestimmt ein richtiger Schatz. Es haben ja nicht nur wir Münzen ins Wasser geworfen. Vielleicht hat die auch schon jemand rausgefischt. Vielleicht gibt es Leute, die nur darauf warten, dass wieder so ein Vollpfosten Geld im Teich versenkt, um dann danach zu tauchen.

– Was lachst du?, fragt Juri und zieht sich die Hose hoch.

– Nur so, bin bisschen betrunken.

– Ich auch. Muss jetzt heim. Sehen uns!

Er wirft die Arme in die Luft und verabschiedet sich Richtung Villenviertel.

Tarek geht einen Schritt zurück und tritt Schneider in den Hintern. Der wedelt mit den Armen und kann sich gerade noch ins Gleichgewicht bringen.

– Du Penner, wenn ich da reingefallen wäre. Das kriegst du zurück.

Tarek lacht hysterisch und läuft den Bahndamm runter. Schneider fummelt an seinem Gürtel, dann rennt er Tarek hinterher.

– Bis morgen, rufe ich ihnen nach.

In der Unterführung am S-Bahnhof ist es ziemlich düster. Zwei Neonleuchten sind kaputt, eine dritte flackert wie ein Stroboskop. Motten flattern um die Lampen. An der Decke hängen Spinnen und Spinnweben, an einer Stelle tropft Wasser auf den Boden. Konzertplakate kleben in dicken Lagen an der Wand. Ich suche nach einem *Tag* von Rambo, finde aber nichts. *Rambo wasn't here.*

Hat sich am Ende des Tunnels etwas bewegt? Schwer zu erkennen im Strobolicht. Also, als Mädchen würde ich hier nicht alleine durchgehen, im Dunkeln schon gar nicht, da hätte ich echt Schiss. Wenn hier was passiert, hört dich kein Mensch. Höchstens die vom Mutantenkiosk, aber der hat schon längst zu. Sonst ist in der Gegend ja nichts und um die Zeit fährt auch keine S-Bahn mehr. Da vorne ist doch jemand. Oder bin ich total bescheuert? Was würde ich drum geben, mich unsichtbar machen zu können. Dann würde ich ganz entspannt durch den Tunnel schlendern.

Jetzt sehe ich sie. Zwei Typen, sie kommen mir entgegen. Es sind die Rother-Brüder, Lonsdale und Everlast. Was wollen die von mir? Hat Friese doch keinen Scheiß erzählt, haben die ihm wirklich das Handy gezockt? Okay, ganz ruhig, keine Panik. Vielleicht gehen die einfach so hier lang. Ist ja nicht verboten. Ich lasse es nicht drauf ankommen, sondern drehe um und laufe zurück. Tarek und Schneider können noch nicht weit sein, die haben nur ein paar Minuten Vorsprung, die habe ich ruckzuck eingeholt, wenn es sein muss. Hinter mir quietschen Schuhsohlen über den Boden. Die Rothers kommen mir nach. Fuck. FUCK.

Ich renne so schnell wie noch nie. Hundert Meter unter elf Sekunden wären drin, da könnte ich drauf wetten. Aber Lonsdale ist noch schneller. Kurz vor dem Ausgang kriegt er mich. Er stößt mich gegen die Wand, packt mein Kinn und drückt mir sein Knie so fest in den Bauch, dass mir die Luft wegbleibt. Everlast kommt keuchend dazu.

– Mach hin, blafft Lonsdale ihn an.

– Halt die Fresse, sagt Everlast außer Atem und zieht mir das Portemonnaie aus der Hosentasche.

Er holt die beiden Zwanziger raus und wirft es auf den Boden. Dann nimmt er mir das Handy ab und zeigt es seinem Bruder. Der schüttelt den Kopf.

– Zu alt das Teil.

Everlast zuckt mit den Schultern und lässt es fallen. Das Scheppern hallt durch den ganzen Tunnel. Lonsdale lässt mein Kinn nicht los. Er presst meinen Kopf gegen die Wand und ist mit seinem Gesicht so nah an meinem, dass ich seinen Atem riechen kann. Er stinkt nach Bier und Zigaretten. Seine Eckzähne sind schief und spitz, seine Augen rot und verquollen, in der Pupille spiegeln sich die Lichtblitze der Neonlampe. Ich versuche nicht hinzusehen, gucke stattdessen hoch an die Decke, wo eine Motte in einem Spinnennetz zappelt. Verdammt, was wollen die denn noch von mir?

– Kein Wort, zu niemandem, klar? Keine Polizei. Halt dich raus. Keine Polizei.

Ich versuche zu nicken, aber Lonsdale hält mein Kinn so fest, dass ich meinen Kopf kaum bewegen kann. Ja, zische ich durch die Zähne. Er lässt mich los, nimmt sein Knie runter und boxt mir in den Magen. Der Schmerz zuckt wie ein Blitz durch meinen Körper. Ich sacke zusammen. Ich will schreien, aber ich bekomme keine Luft. Schlägt er noch mal zu? Ich reiße die Arme über meinen Kopf. Mein Herz rast, das Klopfen dröhnt in meinen Ohren. Wo bleibt der Schlag?

Als das Dröhnen nachlässt, höre ich, wie sich Schritte entfernen. Langsam, ganz langsam nehme ich die Arme runter. Lichtblitze. Motten, die gegen die Neonröhren schlagen, tack tack tack. Irgendwo wird ein Auto gestartet. Lonsdale und Everlast sind weg. Ich stehe auf und lehne mich gegen die Wand. Tränen laufen über meine Wangen. Ich habe gar nicht gemerkt, dass ich heule. Mir wird schlagartig übel. Mein Magen krampft, ich muss mich übergeben. Ein hellgrüner Strahl schießt aus meinem Mund. Es stinkt nach saurem Apfel.

13 +++ Donnerstag, der 30. April +++

Logisch, dass ich nachts schlecht geschlafen habe. Ich hatte auch wieder so einen Traum. Kein Wunder nach der Sache in der Unterführung, könnte man denken, aber die Rother-Brüder kamen gar nicht drin vor. Es ging um die Ponderosa. In meinem Traum steht die nicht im Wald, wo sie hingehört, sondern mitten in der Wüste. Also nicht in einer Sandwüste mit Dünen und Kamelen und Beduinen und allem, es ist so eine Art Mondlandschaft, da sind nur Steine und Geröll. Drin finde ich Münze bäuchlings auf der Matratze. Er hat dieselben Sachen an wie letztens, Hemd, Stiefel, die 501. An seinem Kopf klafft eine offene Wunde. Mir ist sofort klar, dass er tot ist, so wie er da liegt, das Gesicht platt auf der Matratze, bewegungslos. Seine linke Hand steckt in einer irgendwie unnatürlichen Position unter seinem Körper, die rechte hat er weit von sich gestreckt. Es fehlen zwei Finger. Daumen und Zeigefinger, genau wie bei Schellack. Sie müssen vor kurzem abgeschnitten worden sein. Die Hand und der Boden, alles ist voll Blut. Ich taste meine Jeans nach dem Handy ab, um Hilfe zu rufen. In meiner Vordertasche ist etwas, aber kein Handy. Das muss noch in der Unterführung liegen, da, wo Everlast es hingeworfen hat. Jetzt sehe ich das Blut vorne auf meiner Jeans. Ein Fleck in der Leiste, der immer größer wird. Ich fasse in meine Hosentasche und ziehe etwas Warmes, Weiches heraus: Es sind Münzes Finger.

Vor Schreck werfe ich sie gegen die Wand. Plötzlich steht Tonne neben mir. *Komm schon, wir müssen abhauen*, sagt sie und nimmt mich an der Hand, *die denken, du hast ihn umgebracht.* Blödsinn. Warum sollte ich Münze umbringen? Was hätte ich davon? Im Gegenteil, ich wollte ihm doch helfen. Ich sage Tonne, dass ich einen Geheimweg kenne, der uns zum Knochenhaus führt, aber sie winkt ab. *In der Siedlung bist du nicht mehr sicher.* Draußen gehen Scheinwerfer an, durch jede Ritze fällt grelles Licht in die Ponderosa. *Waffe fallen lassen und Hände hinter den Kopf*, ruft eine verzerrte Lautsprecherstimme. War das Garlich? Was für eine Waffe meint er? *Die hier*, sagt Tonne und deutet auf das Taschenmesser mit der blutverschmierten Klinge in meiner Hand. Ich will es fallen lassen, aber es bleibt an meinen Fingern kleben.

Morgens haben wir Redaktionssitzung und es geht mal wieder alles an mir vorbei. Wir hocken im Stuhlkreis in den Gruppenräumen der Schule und diskutieren die Artikel, die in die Projektausgabe kommen sollen. Ich habe keinen geschrieben, als Einziger von fünfzehn. Hätte sich eh niemand für interessiert. Außerdem habe ich gerade wichtigere Dinge auf der Platte. Da kann Lena gucken, wie sie will. Lena macht wie immer auf Chefredaktion. Sie trägt heute einen Hut mit breiter Krempe, damit auch alle wissen, wer im Mittelpunkt steht.

Keine Polizei, hat Lonsdale gesagt. Mann, wenn ich nur an den denke, tut mir der Magen weh. Dann kann ich wieder seinen Atem riechen und sehe sein Gesicht vor mir, die kleinen, gelben Zähne, das Flackern in seinen Pupillen. Auf meinem Bauch habe ich einen blauen Fleck von seiner Faust. Wenn ich bloß irgendeinen Kampfsport könnte. Karate oder Thai-Boxen oder so was. Dann hätte ich es dem aber gezeigt. Ich muss mir Pfefferspray besorgen, falls so was noch mal passiert. Wobei,

Göbel sagt, das bringt nichts. So schnell kriegst du das gar nicht ausgepackt und am Ende sprühst du dir das Zeug nur selbst ins Gesicht. Oder die Rothers erledigen das für dich. Göbel hat ja schon länger Schiss vor denen. Er gibt es zwar nicht zu, aber ich weiß es. Everlast hat ihn mal in den Hintern getreten, richtig fest, das hat Juri mir erzählt, der war dabei. Göbel redet da nicht drüber. Kann ich gut verstehen, ich habe ja auch niemandem was gesagt. Bin halt nicht Friese, der rumläuft und jedem seine Geschichte drückt. Mir ist das irgendwie peinlich. Klar, die waren zu zweit, außerdem sind sie älter als ich, was hätte ich machen sollen. Ich hatte keine Chance gegen die, keiner von uns hätte eine Chance gehabt, nicht mal Juri, obwohl der sauschnell rennen kann. So betrunken, wie er war, wäre nicht mal der davongekommen. Trotzdem ist es ätzend zuzugeben, dass du abgezockt worden bist. Weil, Opfer sein ist einfach scheiße. Da kannst du hunderttausend gute Ausreden haben, Opfer bleibt Opfer.

Keine Polizei, hat Lonsdale gesagt. Ich soll sie nicht verpfeifen, habe ich gedacht, wegen den vierzig Euro und überhaupt. Später im Bett ist mir wieder eingefallen, dass er noch was anderes gesagt hat: *Halt dich raus*. Das ergibt doch keinen Sinn. Wo soll ich mich raushalten? Okay, Lonsdale hat einen IQ wie eine Scheibe Toastbrot, ich sollte mich nicht darüber wundern, dass er sich komisch ausdrückt. Oder könnte er die Sache mit Münze gemeint haben? Dass ich mich da raushalten, dass ich deswegen nicht zur Polizei gehen soll? Er war in Schellacks Garten und hat unser Gespräch mit angehört, er weiß, dass ich Münze getroffen habe und was ich von Schellack wollte. Aber was geht den das alles an?

Mein Handy vibriert. Ein Wunder, dass es noch funktioniert. Nachricht von Tonne, ein bisschen schwer zu entziffern, weil das Display zersplittert ist.

Tonne [11:30]: Was gibts Neues von Münze?

Kein Hallo, keine Grüße, typisch Tonne halt.

Ich [11:31]: Nix. Sitze beim Zeitungsprojekt und schlaf gleich ein.

Juri hat mir heute Morgen geschrieben. Er hat einen brutalen Schädel und will nie wieder Saurer Apfel trinken. Bei mir geht es eigentlich. Vielleicht, weil ich gekotzt habe. Aber das habe ich Juri nicht gesagt. Sonst hätte ich ja zugeben müssen, was in der Unterführung passiert ist. Das Problem ist, dass ich dann auch mit keinem über Lonsdale reden kann. Oder soll ich Josie davon erzählen? Nein, vor der will ich erst recht nicht wie ein Opfer dastehen.

Tonne [11:35]: Hier ist es auch nicht besser. Gestohlene Zeit im wahrsten Sinne. Das Bühnenbild sieht jedenfalls scheiße aus. Später mal tel?

Soll ich Josie morgen eigentlich was mitbringen? Blumen vielleicht, oder ist das kitschig? Was soll die in der Ponderosa mit Blumen? Am besten lasse ich es sein. Wir haben ja kein Date oder so. Oder haben wir eins? Wie wäre es mit einem Freundschaftsband? Blödsinn, Freunde sind wir ja schon. Also doch Blumen?

Ich [11:39]: OK.

Was, wenn Josie nichts von mir will? Wenn sie mich auf dem Dach wirklich nicht küssen wollte? Wie scheiße stehe ich dann da, mit meinem Blumenstrauß in der Hand? Andererseits stehe ich dann so oder so scheiße da, mit oder ohne Blumen. *Du bist mir wirklich wichtig, Kris-Kris.* Was soll das überhaupt heißen, *wichtig*? Wichtig für was? Als Kumpel, als Freund, der ihr zuhört? Oder noch wichtiger? Und immer dieses *süß*. Kaninchen sind süß. Oder Hundewelpen. Süß, das ist doch das Gleiche wie niedlich. Wollen Mädchen mit Jungs zusammen sein, die *niedlich* sind?

Tonne [11:40]: OK, bis später!

Jetzt wird Frieses Artikel über Garlich diskutiert. Der Garlich kommt dabei viel zu positiv weg, finde ich, aber ich habe am Anfang nicht richtig zugehört, also sage ich besser nichts. Zum Glück gibt es bei den Projekttagen keine Noten, sonst würde ich hundertpro durchrasseln. Wieder vibriert es in meiner Hosentasche. Was will Tonne denn noch?

Nummer unbekannt [11:41]: Heute Abend um acht unter der Autobahnbrücke. Komm allein. W. M.

Lena schiebt sich genervt den Hut aus der Stirn, weil ich aufgesprungen bin und Frieses Vortrag unterbrochen habe. Muss mal aufs Klo, sage ich, drängele mich an den anderen vorbei und gehe vor die Tür. Dort lese ich die Nachricht ein zweites Mal. W.M.? Wolfgang Münzenthal? Da will mich doch jemand verarschen. Juri würde ich zutrauen, dass er sich für so was extra eine Prepaid-Karte zulegt. Das würde zu ihm passen, dem macht es einen Riesenspaß, Leute zu verscheißern. Göbel wäre auch so ein Kandidat, aber der weiß ja nichts von Münze. Oder ist die Nachricht echt? Schellack könnte Münze meine Nummer gegeben haben. Aber warum sollte der sich bei mir melden? Vielleicht will er sich für die Lebensmittel bedanken. Oder hat das was mit gestern Abend zu tun? Ich schaue den Flur hoch und runter. Das Schulgebäude ist wie ausgestorben, die meisten Projekte sind draußen oder in der Turnhalle. Bevor ich wieder reingehe, sehe ich noch einmal über meine Schulter. Keiner da. Es hätte mich nicht gewundert, wenn Juri und Göbel plötzlich irgendwo aufgetaucht wären und sich totgelacht hätten über ihren Superwitz.

Es ist kurz nach acht, ich bin ein bisschen zu spät. Autos und Lastwagen tuckern Stoßstange an Stoßstange über die Brücke, auf der Spur stadtauswärts ist Stau. Es riecht nach Abgasen und Benzin. Ein Windstoß schüttelt die Brennnesselbüsche und setzt die Pfütze in Bewegung, auf der immer noch die aufgeweichte Marlboropackung treibt. Münze ist nirgends zu sehen. Oder ist er schon wieder weg? Nein, das kann nicht sein. Bei manchen Leuten weißt du zwar nie, aber hey, fünf Minuten Verspätung sind doch nichts, da haut man nicht einfach ab. Am Ende bin ich doch reingelegt worden und kriege gleich eine Nachricht von Juri: *Stehst du immer noch unter der Brücke und wartest??* Ich fahre mit der Schuhspitze durch die Pfütze. Wellen breiten sich aus und schwappen durch den kaputten Bildschirm in das Gehäuse des Fernsehers. Tonne glaubt nicht, dass mich jemand verarschen will. Wer soll denn auf so eine Idee kommen, hat sie gesagt, das bringen nicht mal deine beschränkten Freunde. Sie hat angerufen, als ich gerade von zu Hause los bin. Ehrlich gesagt war ich ziemlich froh sie am Ohr zu haben und nicht alleine zum Bahnhof gehen zu müssen. Ich bin natürlich nicht durch die Unterführung, sondern außen rum. Da ist jetzt wie eine Sperre in meinem Kopf, ein unsichtbares Absperrband vor dem Eingang. Es reicht schon, dass ich in die Nähe komme, und ich kriege kalten Schweiß auf der Stirn.

Tonne und ich haben fast den ganzen Weg bis zur Brücke geredet. Mit ihrem Telefonzwilling kannst du dich echt gut unterhalten. Wir haben uns überlegt, was ich Münze fragen soll. Nimm einen Zettel und schreib es dir auf, hat sie gesagt. Eine Wahnsinnsidee. Als ob ich mich vor ihn hinstellen und Fragen von einem Zettel ablesen würde.

Plötzlich ist er da. Genau wie letztes Mal, boom, wie ein Geist. Mit seiner Ledertasche in der Hand steht er auf dem Betonsockel des Brückenpfeilers. Also doch keine Verarsche, ich hätte fast nicht mehr dran geglaubt. Er springt vom Sockel, kommt auf mich zu und streckt mir die Hand entgegen. Seine Sachen sind noch dreckiger als beim letzten Mal, dafür stinkt er nicht ganz so krass nach Schweiß. Womit wischt der sich eigentlich den Hintern ab, frage ich mich, als wir uns steif die Hände schütteln, und vor allem, wie wäscht der sich danach die Finger? Seine Augen sind noch unruhiger als sonst. Ich versuche nicht darauf zu achten, weil mich das total nervös macht.

– Junge, haben die dir was getan?

– Wer? Die Rother-Brüder?

– Na, diese Glatzen. Was weiß ich, wie die heißen.

– Was heißt getan … Vierzig Euro haben sie mir geklaut. Und mein Handy haben sie kaputt gemacht.

Münze schaut hoch zur Autobahntrasse und seufzt. Dann stellt er die Ledertasche auf den Sockel und öffnet die Schnallen. Er holt ein Bündel zusammengefalteter Zehneuroscheine raus, fährt sich mit dem Daumen über die Zunge und fängt an die Scheine zu zählen.

– Hör zu, Junge, sagt er, als er fertig ist. – Hier hast du zweihundert Euro. Als Entschädigung, und für die Lebensmittel, die du mir besorgt hast. Damit sind wir quitt.

Er hält mir die verkrumpelten Zehner hin. Ich bin so perplex, dass ich nicht weiß, was ich machen soll. Münze dauert das zu lange. Er nimmt meine Hand, drückt die Scheine hinein und schließt meine Finger zu einer Faust. Zweihundert Euro. Das ist brutal viel Geld, fünfmal so viel, wie ich im Monat von meinen Eltern bekomme. Aber damit lasse ich mich trotzdem nicht abspeisen.

– Was wollten diese Typen von mir? Ich habe denen doch nichts getan.

– Jesses, gibst du dich immer noch nicht zufrieden? Vergiss einfach, was passiert ist, und kauf dir was Schönes von dem Geld. Für dich oder deine kleine Freundin. Hübsches Mädel, kommt ganz nach der Mutter. Wie heißt sie noch gleich? Josie? Die wird sich sicher über ein Geschenk von dir freuen.

Für einen Moment ist es still unter der Brücke. Kein Verkehrslärm, und das kommt hier wirklich selten vor, kein Wind in den Baumwipfeln, nicht mal Vogelgezwitscher. Ich lasse die Scheine durch meine Finger gleiten, dann lege ich das Geld neben Münzes Tasche.

– Ich will das nicht. Ich will wissen, was das alles soll.

Münze scheint allmählich die Geduld zu verlieren. Er hebt die Hände und lässt sie auf seine Oberschenkel klatschen. Jetzt zieht er gleich das Taschenmesser, schießt es mir durch den Kopf, ich hätte das Geld nehmen und abhauen sollen. Zum Glück weiß Tonne Bescheid. Die kann der Polizei sagen, wo ich bin, und die können sofort eine Suchaktion starten, mit Hubschraubern und Hundestaffeln. Aber wer weiß, ob die rechtzeitig kommen. Vielleicht hat Münze mich dann schon erledigt und unter ein paar Ästen im Wald verscharrt. Nein, so verrückt ist der nicht. Und selbst wenn, wie soll der mich kriegen, Münze ist nicht Lonsdale.

– Herrgott, sagt er schließlich. – Schellack hat die Glatzen nicht im Griff. Die haben sich verselbstständigt, das musste ja so kommen. Schellack ist ein Schwachkopf, wenn er denkt, er könnte die kontrollieren. Er hätte die niemals auf dich hetzen dürfen, auch wenn er ihnen noch so oft eingebläut hat, dass sie dir nichts tun sollen.

Münze macht eine Pause und streicht sich über den Bart. Schellack? Ist das sein Ernst? Was hat der denn damit zu tun?

– Ich brauche noch zwei Tage, fährt Münze fort. – In zwei Tagen kannst du von mir aus zur Polizei gehen, wenn du willst. Bis dahin habe ich alles geklärt. Am Samstagabend treffe ich die Moni. Entweder sie lässt sich umstimmen oder ich bin weg. Wegen Schellack und den Glatzen brauchst du dir keine Sorgen zu machen. Denen geht's nur ums Geld. Sobald ich die bezahlt habe, interessieren die sich nicht mehr für dich.

– Ich verstehe das alles nicht. Wofür bezahlen? Und wer ist diese Moni?

Münze wendet sich ab, geht ein paar Schritte. Ich befürchte schon, dass er mich stehenlässt und wieder im Wald verschwindet, aber da ist ja noch seine Tasche auf dem Sockel. Er umrundet die Pfütze, verpasst dem Fernseher einen Tritt und kommt dann wieder auf mich zu.

– Du gibst keine Ruhe, oder? Warum interessiert dich das alles überhaupt? Was Schellack für mich besorgt, kann dir egal sein. Und Moni war meine Frau. Kaum zu glauben, aber das war sie mal. Und jetzt will sie dafür sorgen, dass ich eingewiesen werde. Dabei ist *sie* die Wahnsinnige, die sich selbst verletzt. Würgt sich mit einem Strick, fast bis zur Besinnungslosigkeit. Schlägt mit dem Kerzenständer auf sich ein, bis sie überall blaue Flecken hat.

– Was? Warum tut sie das?

– Junge, bist du schwer von Begriff? Natürlich damit alle denken, *ich* wäre das gewesen.

Münze schweigt, sieht sich um, aber da ist niemand außer uns. Oben rumpelt ein schwerer Lkw über die Brücke, drei Achsen, klackklackklack.

– Die Moni ist schlau. Sie weiß, dass mir niemand glauben wird, wegen der Sache kurz nach der Scheidung. Es ging um unsere Tochter, Janie, und weil die Moni immer behauptet, ich wär schuld. Aber das ist eine andere Geschichte. Mir ist die Hand ausgerutscht, eine Ohrfeige, nicht fest, ich habe mich noch bremsen können. Aber für die Polizei bin ich seitdem einer, der Frauen schlägt. Habe ja alles zugegeben. Warum hätte ich lügen sollen? Ich habe Mist gebaut und wollte dafür geradestehen. Aber die denken jetzt natürlich, wer einmal zuschlägt, macht's auch ein zweites Mal. Die Moni hat mich also in der Hand. Entweder ich gebe Janie auf oder ich lande in der Psychiatrie.

Er betrachtet seine Handflächen, so als ob ihm jetzt erst auffallen würde, wie schmutzig sie sind. In der Ferne ist eine Polizeisirene zu hören. Münze zuckt zusammen.

– Sie kommen, murmelt er, packt seine Tasche und schließt hektisch die Schnallen.

– Nimm das Geld, sagt er dann und deutet auf die Scheine, die er nicht angerührt hat. – Nimm es und geh. Ich habe dir mehr gesagt, als du eigentlich wissen darfst. Bis Sonntag redest du mit niemandem darüber, klar? Und lass dich nicht mehr bei Schellack blicken. Schellack ist dumm, dumm und gefährlich.

Münze klemmt die Tasche unter seinen Arm und sieht sich um. Mit einem Satz springt er hoch auf den Sockel, läuft um den Pfeiler und verschwindet im Dickicht. Die Sirene ist immer noch zu hören, ein bisschen lauter als eben, und für eine Sekunde denke ich, vielleicht hat Münze Recht, vielleicht kommt gleich die Polizei über den Feldweg und nimmt die Verfolgung auf. Vielleicht nehmen sie mich fest, weil sie denken, ich hänge mit drin. An die Wand! Hände über den Kopf! Beine auseinander! Aber es kommt niemand. Die Sirene wird leiser. Dann verliert sie sich ganz im Autobahnrauschen.

Als ich den S-Bahnhof hinter mir gelassen habe, atme ich auf. Ich bin den halben Weg gerannt, weil ich da vorbei sein wollte, bevor es richtig dunkel ist. Habe es gerade so geschafft. Jetzt muss ich erst mal mit jemandem reden, also rufe ich Tonne an. Der muss ich nicht viel erklären, die weiß, was los ist, und vor allem interessiert sie sich dafür. Juri will ich nicht volllabern. Aus irgendeinem Grund will der ja plötzlich nichts mehr von Münze wissen. Ich glaube fast, er ist ein bisschen neidisch, dass ich so viel rausgefunden habe. Er hat es ja nicht so gerne, wenn andere im Mittelpunkt stehen. Okay, vielleicht bilde ich mir das nur ein. Trotzdem will ich jetzt nicht mit ihm darüber sprechen. Josie sehe ich morgen, die werde ich auch nicht anrufen. Mit Josie telefonieren ist was Besonderes, das will ich nicht zwischen Tür und Angel, da brauche ich meine Ruhe für.

Vielleicht weiß Tonne weiter. Ich checke das alles nämlich nicht. Münzes Ex erpresst ihn, damit er seine Tochter aufgibt? *Aufgeben*, was soll das heißen? Und was hat das alles mit Schellack zu tun? Es muss daran liegen, dass ich so aufgeregt bin, dass mir tausend Dinge durch den Kopf gehen, die ich loswerden will, jedenfalls erzähle ich Tonne von gestern Nacht.

– Das gibt es ja nicht! Ist alles okay mit dir?

– Ja, alles halb so wild. Hab einen Schlag in den Magen bekommen, mehr nicht. Tut auch nicht mehr weh. Also, nicht mehr so richtig. Sonst ist alles in Ordnung.

– Du musst die Arschlöcher anzeigen, Kris.

– Nein. Ich will Münze nicht auffliegen lassen. Außerdem sind die Rothers noch keine achtzehn, die kriegen doch nur eine Jugendstrafe. Und nächste Woche stehen die dann wieder vorm Mutantenkiosk und haben einen Riesenhals auf mich.

– Gut. Und was willst du stattdessen machen? Wegen Münze, meine ich.

– Erst mal abwarten. Bis Sonntag jedenfalls. Was Besseres fällt mir im Moment nicht ein.

– Warum erzählt Münze dir das alles eigentlich? Der kennt dich doch kaum.

– Ich weiß es auch nicht. Ich denke, er hat ein schlechtes Gewissen, weil mich die Rother-Brüder seinetwegen überfallen haben. Vielleicht wollte er auch einfach mit jemandem reden, der hockt ja schon seit zwei Wochen allein im Wald. Oder er ist wirklich nicht ganz richtig im Kopf. Du müsstest mal seine Augen sehen, Tonia. Die machen dich wahnsinnig, wenn du länger hinguckst.

– *Tonia*?

– Was soll ich denn sonst sagen?

– Nein, nein. Ist schon richtig, Kris.

14 +++ Freitag, der 1. Mai +++

Josie [8:52]: Treffen doch bei mir z. H.? Selbe Zeit. Bringst du das Foto von Münze mit?

Als ich aufgewacht bin, habe ich sofort und noch halb im Schlaf auf mein Handy geschaut. Hätte ja sein können, dass Münze sich gemeldet hat. Hat er aber nicht. Stattdessen zwei Nachrichten, die von Josie und ein *Gute Nacht* von Tonne. Dann hat das Handy einen schrägen Ton von sich gegeben und ist abgestürzt. Scheint doch mehr kaputt zu sein als nur das Display.

Es ist um einiges wärmer als gestern, über zwanzig Grad sollen es heute werden. Fühlt sich an wie Sommer. Keine Ahnung, warum Josie bei dem Wetter nicht zum Aussichtspunkt will. Okay, dann habe ich die Ponderosa halt umsonst aufgeräumt, aber egal, der Frühjahrsputz ist sowieso fällig gewesen. Nächstes Mal sind die anderen dran. Und sagen wir mal so: Wenn wir es uns gemütlich machen wollen, dann ist Josies Bett sowieso besser als die alte Matratze in der Hütte. Ob Josie den gleichen Gedanken gehabt hat? Mann Mann Mann, ich mache mir viel zu viel Hoffnung. So was geht immer schief. Am besten rechnest du mit dem Schlimmsten, dem Supergau, dann wirst du auch nicht enttäuscht. Ich stelle mir also vor, wie Josie mich abblitzen lässt, so richtig hardcore, ohne mit der Wimper zu zucken: *Kris-Kris, sag mal, spinnst du? Hast du ernsthaft geglaubt, dass wir, dass du und ich …?*

Blumen habe ich auch keine besorgt. Blumen würden das Schicksal herausfordern. So ähnlich wie bei Friese, der schon seit Jahren mit einem Kondom im Portemonnaie rumläuft. Das ist ja quasi eine Lizenz zum Nichtficken. Müsste ihm mal jemand sagen. Gut, vielleicht liegt es auch daran, dass Friese so viel Müll erzählt und er deswegen keine abkriegt.

Du hast natürlich ein Problem mit der Supergau-Taktik, wenn die Wirklichkeit schlimmer ist als der schlimmste Fall, den du dir ausgedacht hast. Heißt in meiner Situation: wenn wir gar nicht drüber reden, wie es mit uns weitergeht, wenn alles ungeklärt bleibt. Oder konkret: wenn statt Josie plötzlich Juri in der Tür steht.

– Hi Kris, komm rein.

Ich muss geguckt haben wie ein Zombie, so richtig bescheuert mit offenem Mund. Was macht der denn hier? Ich versuche meine Überraschung zu überspielen.

– Hey Juri. Cool, dass du da bist.

Es gelingt mir nur so halb. Juri merkt trotzdem nichts, glaube ich, oder er lässt sich nichts anmerken. Er schlurft vornweg durch den Flur mit der Garderobe, an der bestimmt zwanzig Jacken hängen oder mehr (die Mays haben einen ausgeprägten Jackenfetisch, sagt Josie manchmal und nicht ohne Stolz), durch das Wohnzimmer, wo er sich eine Flasche Sprudel vom Tisch nimmt und so selbstverständlich daraus trinkt, als wäre er zu Hause. Josie liegt auf dem Balkon in einem Liegestuhl und winkt mir träge durch die Scheibe zu.

– Spielst du heute kein Basketball?, frage ich vorsichtig.

– Nein. Die spielen ja in der Halle. Da habe ich keine Lust drauf, bei dem Wetter.

Er drückt mir zwei Gläser in die Hand, dann gehen wir raus zu Josie. Es ist richtig heiß auf dem Balkon. Der Himmel leuchtet hellblau, nur ein einziger ausgefranster Wolkenfetzen ist zu sehen. Josie hat die Hosenbeine umgeschlagen und streckt ihre dünnen weißen Waden in die Sonne. Das Trägertop hat sie bis über den Bauchnabel aufgewickelt, auf ihrer Nase sitzt eine Sonnenbrille mit rotem Plastikgestell. Ich muss mich zwingen nicht auf ihr Piercing zu starren und gucke stattdessen zu Juri. Er hat sich auf die andere Liege gehockt und zieht seine Schuhe aus. Anscheinend ist er nicht einfach so vorbeigekommen, sonst würde Josie mir doch ein Zeichen geben, Schulterzucken, Augenrollen, irgendwas. Sie hätte mir ja mal Bescheid geben können. Zum Glück habe ich keine Blumen dabei. Mann, wäre das peinlich gewesen, wenn ich mit einem Blumenstrauß angetanzt wäre. Juri hätte sich vom Balkon geschmissen vor Lachen.

– Setz dich, Kris. Oder geh mir aus der Sonne, sagt Josie grinsend und deutet auf den Klappstuhl in der Ecke.

Ich nehme den Stuhl und hocke mich zwischen die beiden. Irgendwie ist die Stimmung komisch. Keiner sagt was und das kommt echt selten vor bei uns. Keine Ahnung, was mit den anderen los ist. Eigentlich wollte ich Josie von gestern erzählen, aber weil Juri da ist, sage ich erst mal nichts. Umso überraschter bin ich, als er auf einmal mit Münze anfängt.

– Kris, wir haben gerade über das Foto geredet. Du hast es doch dabei, oder? Gut. Wir müssen uns mal Gedanken machen, was wir damit anfangen. Also, bevor es bei dir im Schrank verstaubt, weißt du?

– Okay. Was stellst du dir vor?

– Wir könnten es im Internet verticken, haben wir uns überlegt.

Josie stupst ihn mit dem großen Zeh an.

– Das war deine Idee, sagt sie. – Nicht meine.

Juri winkt ab.

– Auf Ebay kannst du für eins von Münzes Fotos fast tausend Euro kriegen, sagt er. – Für ein einziges, Kris. Je nach Motiv und Größe und so, das habe ich gestern gecheckt. Wartet, ich zeig's euch.

Juri holt sein Smartphone aus der Tasche und tippt darauf herum.

– Das können wir nicht bringen, sage ich. – Wenn das Foto so viel Geld wert ist, dann müssen wir es auf jeden Fall zurückgeben.

– Ach was. Münze kriegt das doch gar nicht mit. Du hast selber gesagt, dass der jetzt auf Aussteiger macht und nicht wiederkommt.

– Da bin ich mir nicht mehr so sicher. Außerdem, darum geht es doch gar nicht. Wir können mit dem Foto nicht machen, was wir wollen. Es gehört uns einfach nicht.

– Wo ist denn der Unterschied, ob es bei dir rumliegt oder bei jemand anderem?

– Das ist ein Riesenunterschied.

Der Wolkenfetzen steht immer noch am Himmel. Sieht aus wie angeklebt. Irgendwo im dritten Stock rattert eine Bohrmaschine. Josie zündet sich eine Zigarette an und seufzt. Weil wir uns streiten oder wegen dem Lärm, ich weiß es nicht. Dass die sich traut hier zu rauchen. Wo ist ihre Mutter überhaupt?

– Was denkst du?, frage ich sie.

Josie guckt zu Juri, dann zu mir.

– Das ist eure Sache, ich halt mich da raus. Ihr wart zusammen drüben, also müsst ihr das miteinander ausmachen.

Ich atme laut aus. Irgendwie hätte ich erwartet, dass sie zu mir hält. Ich bin doch eindeutig im Recht.

– Also was jetzt, sagt Juri.

– Du brauchst doch nur Geld, damit du dir ein neues Rad kaufen kannst.

– So ein Schwachsinn. Das hat überhaupt nichts damit zu tun.

Juri zieht sich das T-Shirt über den Kopf und rückt den J-Anhänger zurecht. Seine Haut ist immer noch braun, obwohl Fuerte schon wieder drei Wochen her ist.

– Ich habe das Bild mitgenommen, sagt er. – Du hast nur auf dem Balkon rumgestanden und die Hosen voll gehabt. Also kann ich auch entscheiden, was damit passiert.

– Vergiss es. Du hast doch schon am nächsten Tag das Interesse daran verloren. Doch, das hast du, und ich wäre von Münze fast damit erwischt worden. Ich habe es dann in Sicherheit gebracht, also kann ich genauso gut entscheiden, was wir damit machen.

– Das heißt?

– Das heißt, dass wir es zurückbringen.

– Bitte, sagt Juri und verschränkt die Arme. – Dann mach. Traust dich eh nicht.

Josie schiebt sich die Sonnenbrille auf die Stirn und sieht mich an. Keine Ahnung, was sie denkt. Zeig's ihm, vielleicht. Oder zeig's mir, zeig mir, dass du dich traust. Ich nehme den Rucksack von den Schultern und hole das Bündel Zeitungspapier heraus, in das ich das Foto eingeschlagen habe. Dann lehne ich mich über die Brüstung und schaue nach unten.

– Das wollen wir doch mal sehen, sage ich und ziehe mich an der Trennwand hoch. – Wo lag das Foto?

– Auf dem Schreibtisch, sagt Juri zögerlich.

Er kriegt wieder rote Flecken im Gesicht, wie letztens in Französisch. Ich winke ihm und Josie mit dem Zeitungsbündel zu und steige nach drüben auf die andere Seite.

Auf Münzes Balkon schleiche ich mich an der Skulptur vorbei und ducke mich unter das Fenster. Ich hätte vorher klingeln und checken sollen, dass auch niemand in der Wohnung ist. Schellack zum Beispiel, der hat bestimmt einen Zweitschlüssel. Wenn der mich erwischt … Ich verstehe zwar immer noch nicht, wie der in der Sache mit drinhängt, aber Münze hat mich ja extra vor ihm gewarnt. Ich kneife mir in den Handrücken, um den Gedanken an Schellack zu vertreiben. Hilft nicht wirklich, mein Mut ist verflogen. Am liebsten würde ich wieder rüber zu den anderen, aber das kann ich nicht bringen. Ich würde mich vor Josie komplett lächerlich machen. Große Klappe, nichts dahinter, würde sie denken. Mit so einem will die doch nicht zusammen sein, die will doch keinen Angeber, der bei allem gleich den Schwanz einzieht. Komm schon, Kris, Krisser, du musst nur reingehen und das Foto auf den Schreibtisch legen, das schaffst du, das dauert nicht lang, kein Grund, Schiss zu haben. Du klaust ja nichts. Du machst das Gegenteil von Klauen, du rückst Dinge gerade, die Juri verbockt hat.

Ich strecke meinen Kopf über das Fenstersims und spähe durch die schmutzige Scheibe. Niemand zu sehen. Hoffentlich ist noch offen. Ich drücke leicht gegen den Rahmen der Balkontür. Sie gibt nach. Ich warte einen Moment, bis ich sicher bin, dass wirklich keiner da ist, dann gehe ich rein. Drinnen hat sich nichts verändert. Der Tisch, die Küche, die Essensreste, die inzwischen fast vollständig mit grünem Schimmel überzogen sind, die nackte Glühbirne an der Decke, die Notizzettel auf dem Boden. *Sometimes they never come back*. Warum hat Münze das aufgeschrieben? Geht es um seine Tochter? Ich checke das nicht. *Manchmal kommen sie nicht zurück*. Ich spreche den Satz leise nach, vielleicht hilft das, vielleicht funktioniert mein Hirn dann besser. Manchmal kommen sie nicht zurück, niemals, du kannst es nicht voraussehen und nicht verhindern, so ist das

Leben. Soll es das bedeuten? Soll es daran erinnern, dass nichts hält und nichts bleibt, dass irgendwann jeder dran ist und *nie wieder zurückkommt*, du und deine Familie und deine Freunde, Leute, die du leiden kannst, und Leute, die du nicht leiden kannst, der Garlich, der Mathe-Müller, Friese, der Preußler, Tonne, Josie und Juri, dass die alle irgendwann weg sind und niemals wiederkommen?

Ich stecke den Zettel ein. Keine Zeit, weiter darüber nachzudenken. Außerdem sind da jetzt meine Fingerabdrücke drauf. Die Polizei kommt bestimmt mit der Spurensicherung, wenn die irgendwann rausfinden, dass Münze verschwunden ist. Am besten, ich fasse gar nichts mehr an. Und fahre mir nicht durch die Haare, sonst haben die eine eins a DNA-Spur. Wo sind die anderen Zettel, die ich in der Hand hatte? Auf dem einen stand eine Buchstaben-Zahlen-Kombination, CZ irgendwas. Ich sehe sie nicht. Egal, die haben mich ja in keiner Datenbank, also können sie meine Fingerabdrücke auch nicht zuordnen.

Münzes Arbeitszimmer ist größer, als ich gedacht habe. Deckenhohe Metallregale nehmen zwei Wände ein. Die Fächer sind mit roten Buchstaben auf Kreppband markiert, A-C, D-E, und so weiter, in jedem Fach stapeln sich Papiere, Dokumente, Zeichnungen, Skizzen und Fotos. Ich wickele das Ponderosabild aus der Zeitung. In der Mitte hat es einen Knick von Juris Hosenaktion und an der Seite einen kleinen Riss, aber das wird schon keiner bemerken.

Auf dem Schreibtisch herrscht Chaos: Gleich vier Tassen mit eingetrockneten Kaffeerändern stehen herum, Macbook, Drucker und Grafiktablet sind unter Zeitungen, Magazinen und Kopierpapier begraben, ein Büro-Ordner ragt weit über die Kante, nebendran liegt eine auseinandergefaltete Landkarte. Es ist eine Karte vom Stadtrand und der Umgebung, die Siedlung ist drauf, die alte Kaserne, der Stadtwald, die Kolonie, die

Nachbarorte, die S-Bahn-Strecke und natürlich, dick und gelb, die Autobahn. Eine Stelle in der Nähe der Brücke ist mit Kugelschreiber markiert. Ich schaue genauer hin. Also wenn ich es jetzt nicht völlig verchecke, müsste da die Hütte sein. Doch klar, hier ist der Grillplatz, da die Brücke, das ist definitiv die Ponderosa. Warum hat Münze die Stelle angekreuzt? War das sein Ziel? Hat das Bild deswegen hier auf dem Schreibtisch gelegen?

Ich lege das Foto neben die Karte. Dabei fällt mir die Pinnwand hinter dem Schreibtisch auf. In der Mitte hängt ein Schnappschuss von Münze mit zwei Frauen im Arm, eine Strandpromenade mit Palmen und Blumenkübeln im Hintergrund. Wahrscheinlich Frau und Tochter. Das Mädchen ist hübsch, das sieht man, auch wenn sie die Zunge rausstreckt und sich die Ohren langzieht. Das Bild ist ein paar Jahre alt, Münze ist um einiges jünger. Er hat ein kariertes Hemd an, aufgeknöpft bis zum Bauchnabel, dazu ein rotes Halstuch und Sonnenbrille. Seine Haare sind länger als heute, blond gefärbt und stehen zu allen Seiten ab. Die Frau trägt ein weißes Kleid und hohe Korkschuhe, sie hat die Augen zugekniffen und wirft dem Fotografen einen Kuss zu.

Um das Foto hat Münze ausgeschnittene Zeitungsartikel gepinnt. Sieht aus wie beim Tatort, wo sie den Täter in die Mitte hängen und alle Hinweise und Spuren drum herum. Bei manchen Artikeln ist die Schrift schon ziemlich verblasst. Einer ist aus der Lokalzeitung: *Deutsche Touristin vermisst*, ist die Überschrift. *In Almuñécar/Andalusien wird eine deutsche Touristin vermisst. Die siebzehnjährige Janie Münzenthal wurde zuletzt am Montag, den 11. April 2005, am Stadtstrand von Almuñécar gesehen. Ein Großaufgebot der Polizei sucht nach der jungen Frau, die zusammen mit ihren Eltern an der Costa Tropical ihre Ferien verbrachte. Es wird vermutet, dass die Gymnasiastin beim Schwimmen ins offene*

Meer abgetrieben wurde. Okay, das wusste ich schon alles. Der nächste Artikel ist vom Januar 2008 und wieder aus der Lokalzeitung. Darin steht, dass die Ermittlungen im Fall Janie Münzenthal auf Betreiben der Eltern wieder aufgenommen wurden. Einem Privatdetektiv ist es gelungen, einen Taxifahrer ausfindig zu machen, der in der fraglichen Nacht ein junges Mädchen gesehen haben will, auf das Janies Beschreibung passt. Dann ein Artikel aus 2010, ich lese nur die Überschrift: *Ermittlungen im Fall Münzenthal eingestellt. Zeuge als unglaubwürdig eingestuft.*

Eine Tür fällt ins Schloss. Ich zucke zusammen und gehe hinter dem Schreibtisch in Deckung. War das drüben bei Josie oder hier? Bitte lass es nicht Schellack sein, oder die Rothers. Ich taste nach meinem Handy. Wenn die es sind, wähle ich sofort 110. Auch wenn ich dann wegen Einbruch vor Gericht und ins Gefängnis muss, mir egal. Alles ist besser, als noch mal von Lonsdale in die Mangel genommen zu werden. In meinen Ohren pocht es, sonst höre ich nichts. Vorsichtig schleiche ich zur Tür und schaue durch den Spalt ins Wohnzimmer. Niemand zu sehen. Was jetzt? Warten, ob jemand kommt, oder schnell auf den Balkon und verschwinden? Meine Stirn wird heiß, ich fühle mich, als ob ich Fieber hätte. Wieso mache ich so einen Scheiß? Was habe ich hier zu suchen? Warum habe ich Juri das Foto nicht verkloppen lassen? *Halt dich raus. Kein Wort zu niemandem.* Ich sehe wieder durch den Türspalt. Da ist keiner. Vielleicht ist Frau K. nach Hause gekommen. Oder Josies Mutter. Dann habe ich allerdings ein echtes Problem.

Auf Zehenspitzen gehe ich ins Wohnzimmer. Ich laufe zwischen Münzes Wäsche und den Notizzetteln hindurch zum Balkon. Ich öffne die Tür, schlüpfe nach draußen und ziehe sie lautlos zu. Als ich die Gestalt in der Wohnung sehe, bleibt mir fast das Herz stehen. Ich brauche eine Sekunde, bis ich es kapiere, bis ich den Jungen vor mir erkenne, dann fangen wir beide erleichtert an zu grinsen. Wie bescheuert kann man sein. Der Junge, das bin ich. Mein Spiegelbild in der Fensterscheibe.

– Was ist eigentlich in letzter Zeit mit dir los, Kris-Kris?

– Was meinst du?

– Sonst bist du immer so … zurückhaltend. Vor zwei Wochen, zum Beispiel, hast du dich nicht in Münzes Wohnung getraut. Und heute spazierst du da rein, als ob es das Selbstverständlichste auf der Welt wäre.

– Das war doch eine ganz andere Situation.

– Was war daran anders?

– Weiß auch nicht. War es halt.

Josie lehnt sich zurück in den Liegestuhl. Der Himmel ist jetzt nur noch blau und Sonne. Wie im Sommerurlaub. Juri ist nach Hause gegangen, während ich drüben war. Der geht doch noch Basketball spielen, mehr hat Josie nicht gesagt. Was für ein schlechter Verlierer. Ich hatte mich schon gefreut sein Gesicht zu sehen, wenn ich zurückkomme. Na ja, dafür bin ich jetzt endlich mit Josie allein.

– Also, da stand 11. April 2005, sagt Josie. – Bist du sicher?

– Ja, ganz sicher. Wieso?

– Warte mal kurz.

Josie schlüpft in ihre Hausschuhe, geht nach drinnen und kommt mit ihrem Handy zurück.

– Wusste ich es doch. Der 11. April, das war der Samstag vor drei Wochen, als ich den Krach drüben gehört habe.

– Meinst du, das hat was zu bedeuten?

– Ich weiß es nicht.

– Am 11. April 2005 verschwindet Münzes Tochter spurlos. Genau zehn Jahre später flieht Münze aus seiner Wohnung und versteckt sich im Wald. Warum?

– Vielleicht hat er sich an dem Abend mit seiner Exfrau gestritten.

– Hast du nicht gesagt, da war ein Mann?

– Ich habe gesagt, dass ich die andere Person schlecht hören konnte. Es könnte auch eine Frau gewesen sein. Nehmen wir mal an, es war seine Ex. Die beiden streiten sich. Wegen der Tochter, Janie. Frau Münzenthal, heißt die überhaupt noch so? Egal, Frau Münzenthal verlangt also von ihrem Exmann Janie endlich *aufzugeben*. So hat Münze es doch gesagt, oder?

– Ja, genau so.

– Was soll das bedeuten? Dass er die Suche nach Janie aufgeben soll? Was auch immer ihr das bringt. Weil Münze sich weigert, droht sie, ihn wegen Körperverletzung anzuzeigen, und knallt sich mit dem Kerzenständer eins rein. Total krank. Also vorausgesetzt, Münze hat die Wahrheit gesagt. Kannst ja mal deine neue beste Freundin fragen, wie es ist, sich selbst zu verletzen.

– Meine neue beste Freundin? Meinst du Tonne? Wer hat dir das denn erzählt?

– Ich habe meine Quellen, sagt Josie und zieht die Augenbraue hoch. – Also weiter: Münze wirft sie raus und geht auf den Schock einen trinken. Ihm wird klar, dass sie ihn in der Hand hat und dass die Polizei ihr glauben wird. Also taucht er unter und hofft, sie irgendwie zur Vernunft bringen zu können, damit sie die Anzeige zurückzieht. Wann will er sie noch mal treffen?

– Diesen Samstag. Also morgen.

Josie hockt sich neben mich auf die Liege und seufzt.

– Ist das alles kompliziert. Na ja. Was sollen wir jetzt machen?, fragt sie.

– Auf keinen Fall zur Polizei. Am Ende kriegen die noch raus, dass Juri und ich in seiner Wohnung waren.

– Nein, du Nase. Ich meine, was *wir* jetzt machen. Heute. Meine Mutter kommt in einer halben Stunde, bis dahin will ich hier raus sein.

Ich drehe mich weg, damit sie nicht sieht, dass ich rot werde.

– Wir könnten …, sage ich. – Ich meine … aufs Dach vielleicht?

– Ach nein, da ist es jetzt viel zu heiß. Lass uns zum Aussichtspunkt gehen, das hatten wir doch sowieso vor.

In der Ponderosa ist alles noch so, wie ich es vor zwei Tagen hinterlassen habe, nur die Alditüten sind weg. Ob Münze in der Nähe ist? Hat er ein neues Zelt auftreiben können? Oder hat er sich vielleicht mit Sperrholz einen Verschlag gebaut? Das haben wir früher gemacht, lange bevor wir die Ponderosa entdeckt haben. Sperrholz findest du überall in der Siedlung. Auf dem Gelände vom Raiffeisen-Markt zum Beispiel, da hat Juri mit Schneider mal eine Europalette geklaut. Komisch eigentlich, dass Münze noch keinem aufgefallen ist. Wir leben ja nicht in Kanada oder in Russland, wo du tagelang durch die Wildnis wandern kannst, ohne einem Menschen zu begegnen (das stelle ich mir jedenfalls so vor). Gut, zur Hütte kommt auch selten jemand. Zwei Tage will er noch im Wald bleiben, hat Münze gesagt. Und dann? Was passiert dann?

Wir tragen die Matratze aus der Hütte und den Hügel hoch. An einer Stelle im Halbschatten lassen wir sie ins Gras fallen. Ich hebe einen abgebrochenen Flaschenboden auf und schleudere ihn in die Büsche. Josie wirft sich auf die Matratze und schüttelt ihre Flipflops von den Füßen. Sie holt ein frisches Päckchen Bensons aus ihrer Tasche, zieht die Folie ab und steckt sich eine an. Ich setze meinen Rucksack ab und lege mich neben sie.

– Was hast du denn alles dabei?, fragt Josie.

– Ach, nicht viel, antworte ich. – Ein Buch, Handy, was gegen Heuschnupfen, das war's.

Ich nehme das Buch aus meinem Rucksack und zeige es ihr.

– *Die Selbstmord-Schwestern*? Ist das gut?

– Bis jetzt ganz okay.

Ich sage ihr natürlich nicht, von wem ich es habe. Keine Lust zu erklären, warum Tonne mir Bücher leiht. Nicht dass Josie auf ganz falsche Gedanken kommt.

– Um was geht es?, fragt sie.

– Um fünf Schwestern, die sich umbringen wollen, weil sie superreligiöse Eltern haben, die ihnen nichts erlauben.

– Hört sich ja komisch an. Warum laufen die nicht einfach von zu Hause weg?

– Keine Ahnung. So weit bin ich noch nicht.

– Liest du mir was vor?

– Okay, klar. Den Anfang?

– Wo du gerade bist.

Josie dreht sich auf den Rücken, schiebt sich ihre Umhängetasche unter den Kopf und schließt die Augen. Ich schlage das Buch auf und räuspere mich. *Am populärsten war damals die Theorie, die Dominic Palazzolo die Schuld gab.* Nach ein paar Zeilen merke ich, dass ich doch besser vorne angefangen hätte. Ein Text, den du kennst, liest sich nämlich viel besser. So verhaspele ich mich andauernd. Wie soll ich mich auch konzentrieren können, wenn Josie nur ein paar Zentimeter neben mir liegt? Zum Glück hat sie die Augen zu. Wenn sie mich jetzt noch angucken würde, wäre es ganz aus. Ich vermurkse die einfachsten Sätze. Sätze, die ein Legastheniker, ohne zu stottern, aussprechen könnte. Und meine Nase läuft auch schon wieder.

Josie sagt nichts. Sie öffnet die Augen, nimmt einen letzten Zug von ihrer Zigarette und drückt sie ins Gras. Dann sieht sie mich an mit diesem verträumten Josieblick und auf einmal liegt ihre Hand auf meiner. Sie ist wärmer als das letzte Mal, als sie mich im Knochenhaus zum Dach geführt hat, viel wärmer, und fühlt sich wahnsinnig gut an.

– Du musst atmen, flüstert Josie und erst jetzt merke ich, dass ich die Luft angehalten habe. – Lies weiter.

Ich befürchte, dass ich vor Aufregung noch mehr stottern muss, aber plötzlich lese ich fehlerfrei, als ob ich Satz für Satz auswendig könnte. Josie ist ganz still, nur ihr Brustkorb hebt und senkt sich leicht bei jedem Atemzug. Sonst ist sie immer zappelig und wackelt mit den Füßen oder trommelt mit den Fingern auf ihrem Oberschenkel. Eine Fliege landet auf meiner Wange. Ich wackele mit dem Kopf, aber sie lässt sich nicht verscheuchen und krabbelt über meinen Nasenflügel hoch zur Stirn. Ich will weder das Buch noch Josies Hand loslassen, soll mir das Vieh doch sonst wohin kriechen, ins Ohr oder hinten über den Nacken den Rücken runter, egal. Hoffentlich ist mein Handy auf lautlos. Wenn jetzt jemand anruft, dann schmeiße ich das Teil auf den Müll und kaufe mir nie, nie wieder ein neues, das schwöre ich.

Ich lese Absatz für Absatz, Seite für Seite, ohne zu kapieren, *was* ich da eigentlich lese und worum es gerade geht, die Worte hüpfen direkt von meinem Auge auf die Zunge. Ich glaube, Josie ist eingeschlafen. Oder sie döst nur ein bisschen. Ich weiß nicht, ob sie noch zuhört oder mitkriegt, was in der Geschichte passiert, aber das ist auch nicht wichtig. Hauptsache, sie nimmt ihre Hand nicht weg.

– Lies weiter, Kris-Kris, sagt sie schläfrig.

Auf dem Rückweg erzählt Josie von früher. Von ihrer Zeit in der Siedlung vor dem Sommerlager, bevor sie Juri und mich kennengelernt hat. Das waren zwar nur ein paar Wochen, aber die müssen die Hölle gewesen sein. Sie hat das Knochenhaus gehasst und ein bisschen hasst sie es heute noch. Alles so klein und eng, nicht nur die Wohnung, auch die meisten Leute, klein und eng im Kopf. Typen wie Schellack, die dich ankacken, wenn du dein Fahrrad am Treppengeländer anschließt und nicht an den Metallbügeln hinterm Haus. Münze war eine Ausnahme, aber den hat sie ja auch erst später besser kennengelernt.

Früher hatten sie ein Haus in einem hübschen, kleinen Vorort. Und sie hatten den Schrebergarten, die *Ponderosa*, wo sie im Sommer jedes Wochenende verbracht haben. Als Josies Vater dann nicht mehr da war, hat sich Frau May die Miete für das Haus nicht mehr leisten können. Sie hat den Job bei der Spedition gefunden, und dann sind sie in die Siedlung gezogen.

Während wir den Waldweg entlanglaufen, kann ich es kaum erwarten, dass sich unsere Hände berühren und aneinander haften bleiben, aber das tun sie nicht. Als ich es darauf anlege und scheinbar zufällig über Josies Handrücken streiche, passiert nichts, im Gegenteil, unsere Hände scheinen sich abzustoßen wie gleich gepolte Magnete.

– Für meine Mutter war das natürlich auch nicht leicht. Die war das erste halbe Jahr nur am Arbeiten. Dann hat es plötzlich klick gemacht, dann hat ihre *Ich will wieder leben*-Phase angefangen mit dem Weggehen und den Männergeschichten. Manchmal wünschte ich, es hätte mit Rolf geklappt. Gut, der Typ war ein Spießer, aber irgendwie hatte der meine Mutter im Griff. Vor allem hat sie nicht getrunken, als sie zusammen waren. Nichts, keinen Tropfen. Wäre ich bloß nicht immer so scheiße zu ihm gewesen. Andererseits, wenn ich mir Rolf ernsthaft als Stiefvater vorstelle, kriege ich Pickel.

Josie lacht. Einerseits, andererseits, es ist immer das Gleiche mit ihr. Sie weiß einfach nie, was sie will.

– Mach dir keine Vorwürfe. Dass die sich getrennt haben, hat bestimmt nichts mit dir zu tun.

– Das sagst du doch nur so. Woher willst du das wissen?

– Wenn Rolf wirklich gewollt hätte, wenn es ihm wirklich ernst mit deiner Mutter gewesen wäre, hätte er sogar dich ertragen.

– *Sogar* mich?

Josie pikst mir den Finger in die Rippen. Ich versuche ihren Arm zu fassen zu bekommen, aber sie ist schneller und zieht ihn weg. Wir sind inzwischen vor dem Knochenhaus angelangt. Eine Sekunde vergeht, in der wir nicht wissen, was wir machen sollen, dann umarmen wir uns. Ich spüre ihre Hände auf meinem Rücken, rieche das Pfirsichshampoo und auf einmal ist es wieder wie oben auf dem Knochenhaus, alles um uns verschwindet, überall nur Himmel und Licht, und die Zeit steht still. Dann lässt sie mich los. Jetzt müssen wir uns küssen, denke ich, jetzt ist es so weit, aber Josie macht einen Schritt zurück.

– Bis morgen, Kris-Kris, sagt sie und geht.

Vor der Tür dreht sie sich noch einmal um, wirft mir einen Handkuss zu und verschwindet in der Eingangshalle. Ich antworte nicht, sage nicht mal tschüss und stehe immer noch wie festgetackert an derselben Stelle, als Josie schon längst im Fahrstuhl und auf dem Weg nach oben sein muss.

15 +++ Samstag, der 2. Mai +++

Ich bin aufgewacht und hatte ein Zucken im Magen wie vor einem Vokabeltest bei Garlich. Nachdem ich geduscht und gefrühstückt habe, ist es ein bisschen besser geworden, aber nur ein bisschen. Heute Abend ist Göbels Party. Heute Abend rede ich mit Josie, egal was passiert. So geht das ja nicht weiter. Dieses *beinahe, beinahe hätte sie, beinahe hätten wir*, diese Ungewissheit, die macht mich fertig. Ich traue mich aber auch nie was zu sagen. Zu viel Schiss, dass ich alles vermassele. Wie bei der *Endgame*-Erweiterung von *Wastelands 3*, da verliere ich auch immer, weil ich zu wenig auf Risiko spiele. Wenn ich was getrunken habe, fällt mir das bestimmt leichter, und deswegen ist Göbels Party die Chance. Ich habe extra das grüne T-Shirt mit dem Stern vorne drauf angezogen, das Josie mir letztes Jahr zum Geburtstag geschenkt hat. Als Glücksbringer sozusagen. Ist mein Lieblingsshirt, ich habe es so gut wie nie an, das hole ich nur für ganz besondere Anlässe aus dem Schrank.

Juri kommt auch, klar. Bin mal gespannt, wie das wird. Ich habe ihn seit gestern, als er einfach so abgezischt ist, nicht mehr gesprochen. Je länger ich drüber nachdenke, desto bescheuerter finde ich es, dass er das Foto verkaufen wollte. Juri kriegt im Monat ungefähr doppelt so viel Taschengeld wie ich, der hat es doch überhaupt nicht nötig. Da ist er wie sein Vater. *Der Renner macht auch aus allem Kohle*, hat mein Vater mal gesagt, als er glaubte, ich würde es nicht mitkriegen. Mit Sicherheit wollte Juri sich von dem Geld ein neues Fixie kaufen. Als ob er nicht ein paar Monate warten könnte, bis er genügend gespart hat. Nein, es muss unbedingt sofort und das teuerste sein.

Um acht breche ich auf. Ich muss allein zu Göbel gehen, Josie trifft sich bei Nele, weil sie dort übernachtet. Frau May weiß natürlich nichts von der Party, sonst müsste Josie allerspätestens um halb zehn wieder zu Hause sein. Und Juri, na ja, wie gesagt. Wir haben nicht mehr gesprochen. Meine Mutter wollte mich fahren, aber ich laufe lieber. Sich von Mama zur Party bringen zu lassen geht gar nicht. Außerdem muss ich ja noch zum Mutantenkiosk. Klar habe ich Schiss, dass die Rother Brüder da rumlungern, aber was soll ich machen, ich habe Göbel versprochen einen Sixpack mitzubringen. Zum Aldi kann ich nicht gehen, die Kassiererinnen kennen mich, die verpfeifen mich bei meinen Eltern – wenn sie mir überhaupt was verkaufen.

Es ist ein warmer Abend und ein bisschen riecht es schon nach Sommer, nach frisch gemähtem Gras und feuchter Luft. Vom Bolzplatz kommen Schreie, ich höre Getrampel und den Ball, wie er gegen den Stahlgitterzaun knallt. Der Zaun ist ziemlich hoch, aber manchmal schießt doch einer drüber. Ist mir auch schon passiert. Dann landet der Ball in den Büschen oder auf dem Parkplatz, mit Pech auf einem der Autos, und das gibt Stress. Vielleicht ist mein Bruder ja dabei. Ich würde eigentlich gerne mal sehen, wie der sich schlägt. Aber ich habe keine Zeit, ich muss jetzt das Bier besorgen.

Am S-Bahnhof trinken vier aufgebrezelte Tussis Sekt aus Piccoloflaschen und warten auf die Bahn in die Stadt. Die Rothers sind Gott sei Dank nicht da. Vor dem Kiosk steht der Physiklehrertyp, den ich im Schrebergarten getroffen habe, und unterhält sich mit der Mutantenfrau. Ich warte, bis sie mich anguckt, bestelle einen Sixpack Beck's und eine Packung Lucky Strike und lege zwei von Münzes Zehnern auf den Bezahlteller. Die Alte merkt nicht, wie mir die Pumpe geht. Sie krallt sich die Scheine mit ihren Pornoschippen und verschwindet hinten im Kiosk.

– Bist du überhaupt schon sechzehn?, fragt der Physiklehrer und schaut mich kritisch an.

Seine Augen sind groß und wässrig, er hat Spucke in den Mundwinkeln.

– Klar, sage ich. – Schon fast siebzehn. Und Sie?

Der Typ verzieht keine Miene. Lehrer bleiben ja immer Lehrer, egal wo sie sind. Für die ist die ganze Welt ein Klassenzimmer. Und alle Jugendlichen sind Schüler, denen man auf die Finger gucken muss. Wenn er mich nach meinem Perso fragt, bin ich am Arsch. Mein Schülerausweis reißt es auch nicht raus, der ist so schlecht gefälscht, das merkt sogar ein Blinder. Die Hexe kommt zurück und stellt den Sixpack auf den Tresen. Wechselgeld und Kippen legt sie daneben. Ich stecke alles ein und klemme mir das Bier unter den Arm.

– Auf Wiedersehn, sage ich freundlich.

Die Alte murmelt irgendwas, der Typ sagt nichts. Der hat anscheinend schon einen im Tee, so wie der guckt. Ich gehe langsam Richtung Bahnhof. Bloß nicht zu schnell, das fällt auf. Nach ein paar Metern drehe ich mich noch mal um. Die Hexe ist nicht mehr zu sehen und der Typ interessiert sich schon nicht mehr für mich. Mann, ich wünschte, Josie hätte mitgekriegt, wie cool ich das gerade durchgezogen habe.

Mit dem breitesten Grinsen aller Zeiten traue ich mich jetzt sogar in die Unterführung. Tagsüber ist es da drin ja nur halb so gruselig wie nachts. Ich fange trotzdem sofort an zu schwitzen. Sind die Rother-Brüder auch wirklich nicht da? Was, wenn die auf der anderen Seite rumstehen? Mir ist plötzlich gar nicht mehr nach Grinsen zu Mute. Am liebsten würde ich umdrehen, aber das geht nicht. Ich kann ja nicht für den Rest meines Lebens den Umweg um den Bahnhof laufen. Dort, wo Lonsdale mich erwischt hat, ist ein eingetrockneter Kotzfleck auf dem Boden zu sehen. Ich drücke den Sixpack mit beiden Händen vor meine Brust und renne das letzte Stück. Als ich wieder draußen bin, atme ich tief durch. Der Teich liegt ruhig in der Sonne, oben auf der Plattform höre ich die Tussis lachen. Lonsdale und Everlast sind nirgends zu sehen.

Um kurz nach halb neun bin ich vor der Göbelvilla. Ein ganz modernes Haus, direkt am Waldrand, monstergroßer Garten, aber ziemlich nah an der Autobahn. Der Zubringer zur Brücke ist nicht weit weg, an manchen Stellen kannst du durch die Bäume und Sträucher die Scheinwerfer der Autos blitzen sehen.

Aus dem Keller kommt Musik und Stimmengewirr. Am Balkon hängt eine bunte Lichterkette, auf den Stufen zur Haustür stehen brennende Teelichter. Göbel hat sich richtig Mühe gegeben. An der Tür klebt ein Zettel: *Party!*, und dann ein Pfeil, der um die Ecke zeigt. Den Weg durch den Garten kenne ich, schließlich habe ich die halben Osterferien in Göbels Keller verbracht. Auf dem Rasen stehen eine Hollywoodschaukel und drei Sonnenliegen. Eigentlich hätte Göbel auch draußen feiern können, aber der fand den Keller besser, weil, da kriegen die Nachbarn nichts mit und du kannst die Musik richtig aufdrehen.

Vor der Kellertreppe bleibe ich stehen. Gleich kommt der peinliche Moment, wenn du auf eine Party kommst und alle gucken dich an. Dann denken die bestimmt, warum ist der Prosniak allein, hat der wieder Krach mit Juri oder mit Josie, Mensch, die haben vielleicht Probleme, wie im Kindergarten, von wegen Bermuda-Dreieck, was ist das überhaupt für ein T-Shirt, der kommt sich wohl megacool vor. Ich kneife mir in die Hand, um mich abzulenken, dann gehe ich die Stufen runter und mache die Tür auf. Die Musik ist so laut, dass erst mal keiner merkt, dass ich gekommen bin. Göbel hat den Hometrainer, die Hantelbank und den Computertisch in die Ecke geräumt und neben der Couch ein paar Stühle aufgestellt, auf denen aber keiner sitzt. An den Wänden hängen Kindergöbelfotos, eine USA-Flagge und ein Poster mit der Skyline von Manhattan bei Nacht. Die Göbels sind Amerikafans.

Josie und Juri stehen bei Friese, dem Preußler und Lara. Tarek ist da, Schneider, Göbel natürlich, Nessa mit ihren Freundinnen und – ich glaube, ich sehe nicht richtig – Tonne und ihr Bruder. Sie sitzen auf der Couch in der Ecke wie zwei Ebola-Kranke, mit denen keiner in Kontakt kommen will. Ich stelle den Sixpack auf den Biertisch und gehe zu Josie und Juri. Der Preußler zählt gerade die Überlebensregeln aus *Zombieland* auf, die kennt er alle auswendig. Sonst redet der Preußler nicht viel, aber wenn es um Zombiefilme geht, ist er ganz vorne mit dabei. Von *Dawn of the Dead* bis *Resident Evil*, der Preußler hat sie alle gesehen.

– Cooles T-Shirt, sagt Josie und streicht mir über den Arm.

Sie hat die Haare zu einem Pferdeschwanz gebunden, was ihr richtig gut steht. Das macht sie ja sonst nie, weil sie ihre Ohren so hässlich findet. Und sie hat sich die Augen geschminkt, das ist auch eine Ausnahme. Um den Hals trägt sie eine dünne Silberkette, die unter ihrem Top verschwindet.

– Du … du siehst super aus, sage ich.

Es ist mir egal, ob die anderen das peinlich finden, aber es hört sowieso niemand, auch Josie nicht, weil die Musik so laut ist und Göbel dazwischenplärrt.

– Krisser, läuft's?

Sein iPhone leuchtet in der Hosentasche auf. Er zieht es raus und fängt an zu tippen.

– Klar, alles gut. Ich hab den Sixpack da auf den Tisch gestellt …

– Alter, du hast Bier mitgebracht? Hab ich doch literweise da.

– Was? Du hast doch gesagt …

Göbel schaut auf und klopft mir auf die Schulter.

– Bist halt ein höflicher Mensch, Krisser. Ich weiß das zu schätzen.

Juri streckt mir die Hand entgegen und ich schlage ein. Er scheint mir die Sache mit dem Foto nicht mehr krummzunehmen. Bei Juri geht das manchmal ziemlich fix, bei der Ponderosa-Geschichte war es ja auch nicht anders.

– Sag mal, hast du Tonne eingeladen?, fragt er Göbel.

Der guckt zu ihr rüber und verzieht den Mund.

– Ja, letztens nach Bio. Hab mich mit Tarek über die Party unterhalten und die hat halt nebendran gesessen. Ich bin ja ein netter Typ, ihr kennt mich doch, also habe ich sie gefragt, ob sie kommen will. Hab gedacht, die lacht mich aus oder zeigt mir den Stinkefinger oder so, wie immer halt. Aber nein, sie hat gesagt, dass sie es sich überlegt. Ja, genauso hab ich auch geguckt. Und jetzt ist sie tatsächlich da. Also mich stört's nicht, ehrlich nicht, bin ja tolerant und alles. Außerdem, Krisser freut sich doch bestimmt, habe ich gedacht.

Er grinst und klopft mir wieder auf die Schulter. Ich sage nichts, es ist mir zu blöd, darauf zu antworten. Soll Göbel doch denken, was er will.

Tonio trägt seinen Bundeswehrparka, obwohl es im Keller warm und stickig ist. Er macht ein ultragelangweiltes Gesicht und gähnt, ohne sich die Hand vor den Mund zu halten. Tonne hat ihre Augen dick und schwarz umrandet und auch die Lippen dunkel angemalt. Statt Stulpen trägt sie breite Nietenarmbänder um die Handgelenke, außerdem einen schwarzen Rock und zerrissene Nylons. Sie würde eigentlich gar nicht schlecht aussehen, wenn sie, na ja, wenn sie nicht Tonne wäre.

– Also euch hätte ich hier echt nicht erwartet, sage ich.

– Ich nehme das als Kompliment, antwortet Tonio.

– Wir dachten, ein paar coole Leute könnten der Party nicht schaden, sagt Tonne.

– Ein paar ist gut, sagt Tonio. – Man bräuchte einen ganzen Bus voll und die Party wäre immer noch weit entfernt von *cool*.

– Tonio, denk dran, was du mir versprochen hast. Kommt, lasst uns was zu trinken holen.

Tonne springt auf und geht zum Biertisch. Göbel hat den kompletten Schnapsvorrat seiner Eltern aufgefahren: Absolut Vodka, zwei Flaschen Jack Daniels, Jim Beam, Tanqueray Gin, Eierlikör, Baileys, Baccardi. Den Sauren Apfel hat er selbst besorgt, zusammen mit dem älteren Bruder von Friese (der besorgt dir alles aus dem Supermarkt, solange du ihn mittrinken lässt). Ich nehme mir ein Bier aus der mit Eiswürfeln gefüllten Plastikwanne und suche einen Öffner, finde aber keinen.

– Gib mal her, brüllt Tonio, weil wir direkt neben der Box stehen, und nimmt mir die Flasche aus der Hand.

Mit einem Feuerzeug hebelt er den Kronkorken ab, so richtig mit Wucht, dass das Ding an die Decke knallt und Göbel vor die Füße rollt. Der guckt kurz zu uns rüber, runzelt die Stirn, dann dreht er sich wieder weg. Zwinkernd gibt mir Tonio die Flasche zurück und wir stoßen an.

– Kennst du die alle?, fragt er und deutet mit seiner Flasche in den Raum.

– Ja, die meisten sind Schulfreunde. Aus unserer Klasse.

– Wusste gar nicht, dass meine Schwester Schulfreunde hat.

– Hat sie auch nicht wirklich.

– Aha. Und was bist du?

– Ich? Keine Ahnung …

Tonne hat sich einen Vodka Lemon gemixt und stellt sich zu uns.

– Um was geht's?

– Um nichts. Kris, kümmer dich ein bisschen um meine Schwester, okay? Ich versuche mir jetzt die Jungs schön zu saufen. Glaube allerdings nicht, dass eine Flasche dafür reicht.

Er schnappt sich den *Absolut* und trottet zurück zur Couch.

– Die Jungs?, frage ich Tonne.

– Jetzt tu nicht so, als ob du es nicht gewusst hättest.

Ich habe *es* nicht gewusst. Göbel bestimmt auch nicht, der hätte vorhin sonst mit Sicherheit was gesagt. *Das ist Tonnes warmer Bruder* oder so.

– Ich habe viel über Münze nachgedacht, sagt Tonne.

Hinter ihrem Rücken stehen Josie und Nele und unterhalten sich. Ich könnte Josie die ganze Zeit anstarren. Noch ein Bier, dann gehe ich zu ihr hin. Dann nehme ich sie an der Hand, führe sie hoch in den Garten und setze mich mit ihr auf die Treppen vorm Haus oder in die Hollywoodschaukel. Und dann sage ich ihr, dass ich auf dem besten Weg bin, mich in sie zu verknallen. Was natürlich die Untertreibung des Jahrhunderts ist. Aber egal, so fange ich an. Mal abwarten, wie sie darauf reagiert.

– … da musst du echt vorsichtig sein, sagt Tonne.

– Wie bitte? Sorry, war gerade in Gedanken.

– Mann, Kris. Bist du schon betrunken?

– Tut mir leid. Was war?

– Ich habe gestern noch mal mit Tante Sylvie gesprochen, habe ich gesagt. Über das, was Münze dir über seine Exfrau erzählt hat. Also, Münze ist damals nach der Trennung anscheinend komplett durchgedreht. Richtig Terror soll er gemacht haben. Angeblich hat er ihr immer wieder die Autoreifen zerstochen und einmal soll er ihr sogar die Zeitung im Briefkasten angezündet haben. Total gefährlich, das ganze Haus hätte abfackeln können. Tante Sylvie hat mir das vorher nicht erzählt, weil sie nicht schlecht über Münze reden wollte. Der Typ scheint jedenfalls total irre zu sein. Pass bloß auf, falls du den wieder triffst.

Josie redet immer noch mit Nele. Sie hat noch nicht ein Mal zu mir rübergeguckt. Seit sie mich begrüßt hat, tut sie so, als wäre ich Luft.

– Hast du gehört, was ich gesagt habe?

– Jaja, ich soll vorsichtig sein. Hab's kapiert.

Tonne soll sich nicht so aufspielen. Nur weil sie ein paar Infos von ihrer Tante bekommen hat, tut die so, als ob sie voll Bescheid wüsste. Ich trinke mein Bier leer und nehme mir ein frisches aus dem Eiswasser. Juri hat sich zu Josie und Nele gestellt. Er sagt etwas und die beiden Mädchen fangen an zu kichern.

– Komme gleich wieder, sage ich zu Tonne und schiebe mich an ihr vorbei.

– Hi Kris, sagt Nele. – Hast du das mit den Rother-Brüdern mitgekriegt?

– Nein, was ist mit denen?

– Die sind verhaftet worden.

– Echt? Woher weißt du das?

– Bin gleich wieder da, murmelt Josie und geht zur Treppe, die hoch ins Erdgeschoss führt.

Was ist denn mit der los? Kaum bin ich da, haut sie ab. Habe ich Mundgeruch oder was stimmt nicht? Warum läuft die vor mir weg? Gestern haben wir noch auf dem Aussichtspunkt gelegen und uns an den Händen gehalten. Und jetzt tut sie so, als ob wir uns nicht kennen würden.

– Lenas Vater ist doch Polizist, fährt Nele fort. – Der hat ihr gesagt, dass sie die beiden heute abgeholt hätten. Angeblich haben die mit Drogen gehandelt und Waffen verkauft. Lena konnte das nicht so genau sagen. Oder sie wollte nicht, weil ihr Vater das eigentlich gar nicht erzählen darf.

– Waffen? Ach du Scheiße. Hoffentlich gehen die jetzt in den Knast.

Der Gedanke, dass Lonsdale im Tunnel ein Butterfly oder so etwas dabeigehabt haben könnte, schnürt mir die Luft ab. Ich zwicke mir in die Hand und sehe mich nach Josie um. Ist die nach oben gegangen?

Göbel kommt aus der Küche und balanciert ein Tablett mit einer Flasche Sambuca drauf.

– Jeder einen Shot, ruft er und verteilt Schnapsgläser.

Sambuca im Mund anzünden ist gar nicht so schwer. Göbel hat es uns gezeigt: Du nimmst einen großen Schluck aus der Flasche, legst den Kopf in den Nacken und zündest das Zeug an. Du lässt die Flammen einen Moment aus deinem Mund züngeln, dann schluckst du alles runter. Wichtig ist, dass deine Lippen trocken sind und kein Alkohol drauf ist, sonst verbrennst du dich. Ist aber niemandem was passiert. Nicht mal Friese. Göbel und Schneider sind danach hoch in den Garten, ins Rosenbeet pinkeln. Lass mal die Blumen düngen, hat Göbel gesagt und sich halb totgelacht darüber. Der Typ mit der Kapuze, einer von Göbels Gamer-Freunden, hat sein Handy an die Anlage gehängt. Irgendein Trashmetal dröhnt aus den Lautsprechern, richtig übel. Der Kapuzentyp und Tarek hüpfen wie wahnsinnig durch den Keller und pogen. Beinahe wäre Tarek ausgerutscht und hingeflogen. Jetzt geht die Musik aus. Die Mädchen klatschen. *Solln das, lass doch mal an* beschwert sich Tarek, aber Göbel hört nicht drauf. Er steckt den Stöpsel zurück in den Mac und lässt seine Playlist laufen.

Keine Ahnung, wo Josie ist. Ich habe sie eben kurz über die Tanzfläche huschen sehen, aber jetzt ist sie schon wieder weg. Ich setze mich neben Juri und den Preußler auf die Hantelbank und wir prosten uns zu. Sie trinken Jim Beam mit Cola, der Preußler kann sich nämlich endlich besaufen, weil Lara gerade abgeholt worden ist. Tonne steht bei Friese und seinem Bruder. Kaum zu glauben, aber sie lacht.

– Die wollen Tonne abfüllen, sagt Juri. – Die tun so, als ob sie mit ihr trinken würden, machen sich aber nur Apfelsaft mit ein bisschen Vodka ins Glas. Bei Tonne genau andersrum. Ich sag dir, die kotzt gleich, die kotzt hier gleich die Bude voll.

– Meinst du echt?

Ich sehe mich um. Tonio ist noch draußen, mit Nele kiffen. Also gehe ich besser mal hin und rede mit Tonne. Vorhin ist sie mir zwar ziemlich auf den Zeiger gegangen, aber jetzt tut sie mir doch ein bisschen leid. Ich hole mir ein neues Bier aus der Wanne und stelle mich neben sie.

– Hör mal, flüstere ich ihr ins Ohr. – Die wollen dich besoffen machen.

Tonne legt die Stirn in Falten. Dann trinkt sie ihr Glas auf ex.

– So what? Du hast doch eh keine Lust, dich mit mir zu unterhalten, also kann ich mich auch betrinken.

– Soll ich dir noch einen holen?, fragt Friese und grinst.

– Klar, sagt Tonne. – Aber bitte nicht wieder so 'ne Kindermischung wie eben.

– Mach doch keinen Scheiß, Tonia, sage ich.

– Ich kann so viel Scheiß machen, wie ich will. Seit wann kümmert dich das?

– Jetzt sei doch nicht eingeschnappt. Nur weil ich eben nicht richtig zugehört …

– Komm, Kris, zieh Leine. Hau ab. Das meine ich ernst.

– Wie du willst.

Tonne kann mich mal. Wollte ihr doch bloß helfen. Als ich mich abwende, wird mir ein bisschen schwindelig. Der Sambuca knallt plötzlich ganz schön rein. Tarek kommt auf mich zu. Nein, zwei Tareks kommen auf mich zu. Ich kneife die Augen zusammen und halte mich am Biertisch fest. Es ist doch nur einer. Er schnappt sich ein Bier und verschwindet wieder. Ich muss mal Pause machen mit dem Trinken, glaube ich. Am besten, ich gehe kurz nach oben.

Über die Marmortreppe schleiche ich mich in den ersten Stock und suche nach dem Bad. Unten gibt es zwar auch ein Klo, aber da gehen alle hin und ich brauche einen Moment Ruhe. Göbels Eltern sind nicht zu Hause. Zwei Wochen Urlaub auf den Florida Keys, wie jedes Jahr. Im Badezimmer stütze ich mich auf das Waschbecken, drehe den Hahn auf und spritze mir kaltes Wasser ins Gesicht. Ich betrachte mich im Spiegel. Meine Augen sind rot, von meinem Kinn perlt Wasser und tropft auf den Boden. Auf der Glasablage unter dem Spiegel liegen Haargummis, Zahnbürsten, ein rosa Epiliergerät.

Ich muss an die Schamhaarpornos von Göbels Vater denken und an die *Wastelands*-Sessions unten im Keller. Kommt mir ewig her vor. Was seitdem alles passiert ist. Münze verschwindet. Ich treffe ihn zweimal im Wald. Ich steige in seine Wohnung ein. Die Rother-Brüder bedrohen und verprügeln mich. Und irgendwie habe ich ständig Stress mit Juri. Früher haben wir nie Streit gehabt. In den letzten drei Wochen dafür umso öfter. Und letztens in Französisch? Hätte ich fast eine Sechs wegen ihm bekommen.

Aber am meisten hat sich natürlich zwischen Josie und mir verändert. Nein, zwischen uns hat sich *alles* verändert. Warum eigentlich gerade jetzt? Wir kennen uns doch schon so lange. Komisch, auf welche Gedanken dich ein Epilady bringen kann. Was, wenn es mit Josie nichts wird? Machen wir dann einfach weiter wie vorher, sie und Juri und ich, so als ob nichts gewesen wäre? Ich würde zu gerne wissen, was in ihr vorgeht. Warum ignoriert sie mich heute Abend? Habe ich was Falsches gesagt oder gemacht? Ich schaue auf die Uhr. Es ist nach zehn. Ich gehe besser wieder runter.

Draußen auf dem Gang höre ich ein Geräusch, ein Stöhnen. Es kommt aus Göbels Zimmer. Ich muss wirklich betrunken sein, ich gehe nämlich hin und öffne die Tür. Leise, und nur einen Spaltbreit. Es ist dunkel, aber nicht zu dunkel, um die beiden Gestalten auf dem Bett zu erkennen. Nessa und jemand, der definitiv nicht Göbel ist. Der Typ hat seine Hand in ihrer Hose, sie knutscht ihm den Hals ab. Es ist Schneider. Ausgerechnet Schneider. Wenn Göbel das rauskriegt. Bevor sie mich bemerken, schließe ich die Tür und verschwinde.

Auf der Treppe kommt mir Nele entgegen. Kreidebleich und völlig aufgelöst rennt sie an mir vorbei. Friese läuft ihr hinterher und versucht sie zu beruhigen. *Alles nicht so schlimm, echt nicht.* Ich frage ihn, was los ist, aber er bleibt weder stehen noch antwortet er. Unten ist Licht an und die Musik leise gedreht. Ein Stuhl fällt um, jemand schreit. Ich springe die letzten Stufen herunter. Auf der Tanzfläche haben sich Tonio und Göbel ineinander verhakt. Tarek und der Kapuzentyp versuchen Göbel wegzuziehen, Tonne klammert sich an ihren Bruder. Jetzt schaffen sie es, die beiden zu trennen. Tarek schiebt Göbel in eine Ecke und redet auf ihn ein wie ein Ringrichter. Von Josie und Juri keine Spur. Neben mir steht der Preußler und kratzt sich im Nacken.

– Was ist denn hier passiert?, frage ich ihn.

– Ha, da hast du was verpasst. Nele hat gekotzt, drüben gegen die Wand. Siehst du die Spritzer auf dem Holz? Ich sag dir, das geht nie mehr weg. Tarek hat alles aufgenommen, kannst du dir gleich angucken. Oder morgen auf YouTube. Göbel hat jedenfalls einen Riesenaufstand gemacht. Der ist richtig ausgetickt wegen der Kotze an der Wand und seinen Eltern und allem. Tonnes Bruder ist dazwischengegangen und hat Göbel angemotzt, dass er Nele nicht so anschreien soll. Und du kennst ja Göbel. *Verpiss dich von meiner Party, du Schwuchtel*, hat er gesagt. Irgendjemand hat ihm wohl gesteckt, dass der Typ ein Homo ist. Den Rest hast du gesehen.

Tonne zieht ihren Bruder an uns vorbei zur Kellertreppe. Kurz vor dem Absatz dreht sich Tonio um und zeigt Göbel den Mittelfinger. Dem platzt jetzt richtig der Kragen, gleich drei Leute müssen ihn zurückhalten. Ich gehe Tonne nach und packe sie am Arm.

– Wir hauen ab, sagt sie und windet sich aus meinem Griff.

– Moment. Hast du Juri und Josie gesehen?

Zwei Stufen über mir bleibt sie stehen und sieht auf mich herunter.

– Das ist alles, was dich interessiert? Ob ich die beiden gesehen habe? Sonst nichts? Na gut, ich habe sie gesehen, ja. Die sind vorhin zusammen raus. Wahrscheinlich, um irgendwo miteinander rumzumachen.

Sie dreht sich um und geht die Treppe hoch. Jemand macht das Licht aus. Ich kann erst wieder was sehen, als oben die Kellertür aufgeht und das Licht der Gartenlaterne ins Haus fällt.

– Weiß doch jeder, dass zwischen denen was läuft, ruft Tonne und knallt die Tür hinter sich zu.

Tonne hat doch keine Ahnung. Juri hat gesagt, er will nichts von Josie. Ich habe genau im Ohr, wie er das gesagt hat. Wir haben auf der Tischtennisplatte gelegen und in den Himmel geguckt und er hat gesagt, *Josie ist nicht mein Typ.* Warum hätte er mich anlügen sollen? Vielleicht haben sie mir geschrieben. Die wissen ja nicht, dass mein Handy endgültig den Geist aufgegeben hat und sich nicht mehr anschalten lässt. Im Garten sind sie nicht, ich habe überall nachgeschaut. Auf der Hollywoodschaukel hockt Friese neben der heulenden Nele und macht auf verständnisvoll. Dabei will der doch nur mit ihr rumknutschen, das weiß ich genau, dem ist es egal, dass sie nach Kotze schmeckt. Vor dem Haus ist auch niemand. Ein Windstoß schaukelt die Lichterkette und die Lampen trommeln gegen das Balkongeländer. Ich schaue in den Geräteschuppen. Da sind nur Werkzeuge und ein paar alte Tennisschläger mit gerissenen Saiten.

Im Keller ist die Musik wieder voll aufgedreht. *Deine Augen machen blingbling und alles ist vergessen.* Göbel hat Nessa im Arm. Die lacht und tut so, als ob nichts gewesen wäre. Jetzt tippelt sie zum Biertisch, wo Schneider steht und Whiskey Cola mixt. Die beiden gucken sich nicht an, reden keinen Ton miteinander, was hundertmal auffälliger ist, als wenn sie sich unterhalten würden. Außer mir merkt trotzdem keiner was. Juri und Josie sind immer noch weg. Soll ich noch mal oben nachsehen?

– Hey Krisser, sagt Göbel.

Er haut mir schon wieder auf die Schulter. Mann, geht mir das auf den Senkel.

– Da habe ich mir was ins Haus geholt, meine Fresse. Hast du das gesehen? Dieser Typ, Tonnes Bruder. Wenn ich dem noch mal begegne, ich sag dir …

– Weißt du, wo Juri ist?

Göbel macht einen Schritt zurück und guckt mich ungläubig an.

– Haste nicht mitgekriegt? Der hat sich mit Josie verdrückt. Die sind irgendwo draußen, weißt schon …

Er macht mit der Faust eine Blowjob-Geste vor dem Mund und grinst sein dämlichstes Grinsen. Ein Schweißtropfen rinnt über seine Schläfe den fetten Hals herunter, wo er diese kleinen, hässlichen Hautknubbel hat. Er will überhaupt nicht mehr aufhören zu grinsen und so zu tun, als ob er sich einen unsichtbaren Penis in den Mund schieben würde. Ich packe seinen Arm und drücke ihn nach unten.

– Und du, sage ich. – Hast du eigentlich mitgekriegt, dass Nessa mit Schneider rumgemacht hat?

Sein Grinsen gefriert.

– Kris, was laberst du für einen Scheiß?

– Ich habe sie vorhin in deinem Zimmer gesehen. In deinem Bett hat er es ihr besorgt, Alter, in deinem Bett. Nessa hat gestöhnt, das hast du bis auf den Gang gehört.

Göbel kneift die Augen zusammen und sieht mich an.

– Du willst mich doch verarschen.

Ich klopfe ihm auf die Schulter, so wie er es immer bei mir macht. Dann gehe ich.

16 +++ Samstag, der 2. Mai, nachts +++

Es ist keine Wolke am Himmel. Der Mond, die Sterne scheinen klar und hell. Ich gehe durch den Garten auf die Straße und weiter zur Kreuzung. An der Bushaltestelle ist ein Wartehäuschen. Ich setze mich rein, nehme eine Luckys aus der Packung und zünde sie an. Der Boden ist voll mit Zigarettenstummeln. Weiße sind nicht dabei. *Josie wasn't here.* Die Zigarette schmeckt zum Kotzen. Ich werfe sie auf den Asphalt und sehe zu, wie die Glut langsam erlischt. Ich stecke mir noch eine an und dann eine zweite. Ich ziehe an beiden gleichzeitig, so fest ich kann, bis ich husten muss, dann werfe ich sie weg. Wo könnten sie hin sein? Zu Juri? Das ist schon noch ein ganzes Stück. Ich nehme drei Zigaretten aus der Packung und stecke sie mir alle auf einmal in den Mund.

Eine Katze spaziert über den Bordstein und interessiert sich nicht für mich. Vor mir liegt ein Haufen rauchender Kippen. Ich trete so lange darauf herum, bis kein Funken Glut mehr zu sehen ist. Die Katze flüchtet ins Gebüsch. Ich zerbrösele die restlichen Zigaretten auf dem Schalensitz neben mir. Dann versuche ich den Tabakhaufen anzuzünden. Er brennt aber nicht, er glimmt nur. Ich betrachte den Tabak eine Weile, dann fege ich ihn mit der Hand auf den Boden. Auf dem Sitz bleibt eine Brandmarke. Die Ponderosa ist relativ nah. Luftlinie jedenfalls. Man kann aber nicht Luftlinie gehen, weil der Autobahnzubringer dazwischenliegt. Also, theoretisch könnte man schon. Ich stehe auf und schiebe den Tabak und die Filter mit dem Fuß über die Bordsteinkante. Ich stelle mich mitten auf die Straße. Kein Auto weit und breit. Nur auf der Autobahn ist Verkehr. Zwischen hier und dem Zubringer liegen etwa dreißig Meter. Ein Schutzwall aus Büschen, Bäumen und Gestrüpp. Mein Mund ist staubtrocken vom Rauchen und mein Hals brennt wie Hölle.

Ich hebe die Arme vor mein Gesicht wie ein Boxer und schlage mich ins Gebüsch. Blätter streifen meinen Körper, irgendwas bleibt an meinem Ohr hängen. Fühlt sich an wie Spinnweben. Ich wische mit der Hand drüber, aber das klebrige Gefühl geht nicht weg. Bald lichten sich die Büsche. Ich nehme die Arme runter und schiebe Zweige aus dem Weg, die wie Peitschen zurückknallen, wenn ich sie loslasse.

Auf dem Zubringer ist nicht viel los heute Nacht. Ich steige über die doppelte Leitplanke und schaue die Straße runter. Vorne macht sie einen Knick, man kann nicht genau sehen, wann ein Auto kommt. Egal, ich muss mich halt beeilen. Ich warte, bis ein roter Mazda und ein VW Polo vorbeigerauscht sind, dann renne ich zum Mittelstreifen. Auf der Gegenspur hat man freie Sicht. Ich laufe los und springe auf der anderen Seite über die Leitplanke.

In der Ponderosa ist Licht. Ich sehe es schon vom Aussichtspunkt. Könnte Münze sein, rede ich mir ein, vielleicht ist er zurückgekommen. Geduckt laufe ich den Hang hinunter und verstecke mich hinter dem Brombeerbusch. Es ist nichts zu hören. Keine Geräusche, außer meinem Atem. Ich schleiche um die Hütte, nach hinten zum Fenster. Ein Zweig knackt unter meinen Füßen. Ich bleibe stehen und warte, dass sich die Tür öffnet und jemand aus der Hütte kommt. Unter den alten

Pressspanplatten bewegt sich etwas, eine Maus oder eine Ratte. Vielleicht ein Fuchs? Es kommt niemand. Die Tür bleibt zu.

Ich gehe weiter zum Fenster.

Ich hole tief Luft.

Ich schaue hinein.

Die Petroleumlampe steht auf dem Tisch, mit dem Docht auf kleinster Stufe. Überall brennende Kerzen und Teelichter, neben der Lampe, auf dem Fenstersims, auf dem Boden. Sie liegen auf der Matratze. Juri hat sein Hemd ausgezogen und drückt Josie an sich, die auch nur noch ihren Jeansrock trägt. Ihre Hände streichen über Juris Rücken, wandern zu seinem Hintern, gleiten unter seine Hose. Die Decke rutscht immer weiter an ihren Beinen herunter. Eine rote Fleecedecke, die ich noch nie gesehen habe, sie müssen sie extra mitgebracht haben. Ich kneife mir ein paarmal in die Hand, aber es bringt nichts. Das ist wie ein Stich ins Herz. Wie eine superscharfe Klinge, die mit voller Wucht in meine Brust gestoßen wird.

Ich weiß nicht, was bei mir endgültig die Sicherungen durchknallen lässt. Das Schmatzen ihrer Küsse? Josies nackte Brüste? Oder Juris Anhänger an ihrer Halskette, das silberne J auf ihrem Schlüsselbein? Ich renne um die Hütte. Achte nicht mehr drauf, keinen Lärm zu machen. Im Gegenteil. Ich trete mit voller Kraft gegen die Tür. Sie fliegt auf und knallt gegen den Tisch. Die Lampe kippt runter und zerscheppert auf dem Boden. Die Kerzen flackern. Die beiden schrecken hoch. Josie hält sich die Fleecedecke vor die Brust wie in einem schlechten Film. Juri zieht sich schnell sein Hemd über und fährt sich verlegen durch die Haare.

– Mensch, Kris. Was machst du denn hier?

– Du willst mich verarschen, oder? Du hast gesagt, du willst nichts von ihr!

– Hör mal, Kris, sagt er ruhig und knöpft sich die Hose zu. –

Am besten, du gehst jetzt wieder und wir reden morgen über alles. Okay?

– Du hast gesagt, du willst nichts von ihr. Das hast du gesagt, du Lügner. Und du Josie …

– Kris, sagt sie. – Kris-Kris … Bitte.

– Du, schreie ich. – Du bist genauso eine Nutte wie deine Mutter.

Josie starrt mich mit offenem Mund an. In ihren Augen blitzen Wut und Entsetzen. Passiert nicht oft, dass ihr die Worte fehlen.

Juri springt auf und stößt mich aus der Tür.

– Du entschuldigst dich sofort bei Josie.

– Du kannst mich mal.

Juri schubst mich mit beiden Händen, noch fester als vorher. Beinahe wäre ich hingeflogen. Der hat sie doch nicht mehr alle. Der hat kein Recht, sich so aufzuregen, der nicht. Er will mich wieder wegstoßen, aber diesmal weiche ich aus und stürze mich auf ihn. Juri schlägt mit den Armen um sich und knallt mir seinen Ellenbogen auf die Nase. Es knirscht. Ein kurzer, heftiger Schmerz. Dann kommt das Blut. Es läuft über meinen Mund, über mein Kinn, den Hals hinunter. Das kriegt er zurück, das kriegt er zehnfach zurück. Plötzlich wälzen wir uns im Laub. Steine bohren sich in meinen Rücken, in meine Seite. Ich spüre Juris Atem. Seine Haare in meinem Gesicht. Ich rieche Josies Geruch an seinem Hals, das Pfirsichshampoo. *Du bist mir wirklich wichtig, Kris-Kris. Weißt du das?* Ich merke, wie ich Juri in die Rippen boxe. Links, rechts und in den Bauch. Jetzt bekommt er meine Hände zu fassen und drückt mich auf den Rücken. Er setzt sich auf mich und hält mich an den Handgelenken fest, so wie früher mein Bruder, als wir noch Kinder waren.

– Hör jetzt auf, keucht er. – Hör verdammt noch mal auf.

– Fick dich, Juri.

Hinter seinem Kopf leuchtet der Mond am Himmel und sieht aus wie ein Heiligenschein. Das Blut läuft mir in die Augen, ich sehe Juri nur noch verschwommen. Da ist noch ein Mond, der aus dem ersten heraustritt, zwei Monde, zwei Heiligenscheine. Ich will Juri von mir stoßen, aber er ist stärker als ich. Er drückt meine Arme zurück in die Erde, ich habe keine Chance, ich komme nicht los. Ich kann Juris Gesicht kaum noch erkennen, sehe nur seinen Schatten vor dem Doppelmond. Jetzt kommt noch ein Schatten, ein anderer, größerer, der Juri packt und von mir reißt.

Die Blätter an den Bäumen heben und senken sich im Wind, in meinem Ohr echot die Autobahn und irgendwo heult eine Sirene. Ich wische mir das Blut und den Rotz und die Tränen aus dem Gesicht. Die Sirene wird leiser, wird zu einem monotonen Rauschen in meinem Ohr. Ich höre ein Wimmern. Vorsichtig setze ich mich auf. Josie hat sich wieder angezogen und steht vor der Ponderosa. Juri sitzt neben ihr auf dem Boden, mit dem Rücken gegen die Wand.

Sie starren auf Münze. Und auf die Waffe in seiner Hand. Eine Pistole, die er auf Juri richtet.

– Bitte ..., flüstert Josie. – Bitte nicht.

– Bleib, wo du bist, Janie, bleib da stehen, dir passiert nichts.

Münze atmet kurz und hastig. Schweiß steht auf seiner Stirn und glänzt im Mondschein wie flüssiges Wachs. Die Hand, in der er die Pistole hält, zittert.

– Warum hast du ihn geschlagen? Sag schon, warum hast du den Jungen blutig geschlagen?

Er deutet mit der Pistole auf mich und schwenkt wieder zurück zu Juri. Seine Hand zittert immer schlimmer. Wenn er so weitermacht, löst sich gleich ein Schuss. Juri hebt die Arme schützend vors Gesicht.

– Ich weiß, was für einer du bist, sagt Münze krächzend. – Ich weiß, dass du bei mir eingebrochen bist und mich bestohlen hast, ich weiß es. Ich habe gehört, was ihr in der Hütte besprochen habt.

Juri rutscht langsam die Wand entlang und versucht aus der Schussrichtung zu kommen. Münze folgt ihm mit dem Pistolenlauf. Die Tür zur Ponderosa ist zugefallen. Es riecht verbrannt, irgendwas kokelt da drin.

– Bitte, fleht Josie. – Nehmen Sie die Waffe weg. Wir haben das Foto zurückgebracht, gestern früh, ich schwöre es, wir haben es nicht mehr. Wir haben uns doch nur Sorgen gemacht. Bitte, lassen Sie Juri gehen.

– Schon gut, Janie, schon gut, sagt Münze und wischt sich mit dem Ärmel den Schweiß von der Stirn. – Ich tu dem schon nichts. Solange er den Jungen da in Ruhe lässt.

Juri nickt, den Kopf immer noch hinter seinen Armen versteckt.

Münze dreht sich zu mir und lässt die Pistole sinken.

– Das Foto ist mir egal. Ihr hättet es behalten können, ich kann sowieso nichts mehr damit anfangen. Da, wo ich hingehe, kann man nichts mitnehmen.

Er wiegt die Pistole in seiner Hand. Ich glaube, er lächelt. Schwer zu sagen im Halbdunkel, aber doch, ich glaube, er lächelt. Dann hebt er den Kopf und sieht uns nacheinander an.

– Verschwindet jetzt. Alle drei. Haut ab.

Juri rappelt sich hoch. Er muss sich am Fuß verletzt haben, als wir hingefallen sind. Er humpelt ein paar Schritte und klammert sich dann an Josie. Die beiden sehen zu mir. Ich sollte aufstehen und Juri an der anderen Seite stützen, damit wir so schnell wie möglich hier wegkommen. Bevor Münze völlig durchdreht und um sich schießt. Aber ich bleibe sitzen. Ich weiche ihren Blicken aus und bewege mich kein Stück. Juri schüttelt ungläubig den Kopf. Dann drehen sie sich weg und laufen den Hügel hinauf. Juri kann nicht schnell. Ich höre ihn stöhnen. Münze lässt sie nicht aus den Augen, bis sie über den Kamm sind.

Über der Ponderosa flimmert die Luft. Dunkler Rauch steigt auf. Keine Ahnung, warum ich nicht wegrenne. Ich kann einfach nicht. Münze kommt auf mich zu und fuchtelt mit der Pistole.

– Junge, das gilt auch für dich. Geh nach Hause.

– Sie dürfen sich nicht umbringen, sage ich und rappele mich auf.

Münze bleibt stehen. Uns trennt nicht mehr als ein Meter, vielleicht sind es anderthalb. Ich kann seine Pupillen zucken sehen, links, rechts, links, rechts.

– Was weißt du schon, Junge? Was weißt du schon vom Leben? Nichts weißt du. Es ist vorbei. Die Moni hat mich reingelegt. Das Treffen war eine Falle. Überall Polizisten in Zivil. Aber ich bin nicht dumm. Ich lasse mich nicht ins Gefängnis stecken. Oder in die Klapse. Niemals. Dann bin ich lieber tot.

– Und was, wenn Janie doch noch lebt?

– Ich weiß, dass sie noch lebt. Auch wenn sie mich für verrückt halten, ich weiß es. So was spürst du als Vater. Aber ohne Monis Hilfe werde ich sie niemals finden. Und schon gar nicht, wenn sie mich wegsperren.

– Aber vielleicht kommen Sie ja gar nicht ins Gefängnis. Es muss doch erst mal einen Prozess geben …

– Es ist zu spät, Junge. Es ist zu spät. Kapier das endlich.

Für einen Moment fürchte ich, dass er sich vor meinen Augen in den Kopf schießt. Dass er sich den Pistolenlauf in den Mund schiebt und abdrückt, dass ihm die Schädeldecke wegfliegt und das Gehirn und er tot zusammensackt. Aber er lässt die Pistole unten. Er stützt sich mit den Händen auf die Oberschenkel, krümmt sich, als ob er Schmerzen hätte, und sinkt auf den Boden. Regungslos bleibt er sitzen und starrt ins Nichts. Er legt die Pistole vor sich ins Gras und vergräbt das Gesicht in beiden Händen. Er weint lautlos. Ich weiß nicht, was ich sagen soll. Ich habe es nie weniger gewusst.

Dann sehe ich die Flamme im Fenster. Sie verschwindet und flackert wieder auf, größer als vorher. Ich laufe zur Hütte und stoße die Tür auf. Hitze und Rauch treiben mir Tränen in die Augen. Die Matratze brennt. Auch der Stuhl und der Tisch haben Feuer gefangen, genau wie die Comics, die zu einem schwarzen Rußfetzen zusammenschmelzen. Jetzt greifen die Flammen auf den Karton mit den Flyern und auf das Radio über.

– Ruf die Feuerwehr, sagt Münze hinter meinem Rücken.

Er schluckt, seine Stimme ist belegt, aber ruhiger als eben. Eine Sekunde lang zögert er, dann zieht er die Jacke aus, hält sich den Stoff vor Mund und Nase und drängt sich an mir vorbei in die Hütte. Er hebt die Decke auf und schlägt damit auf das Feuer ein.

– Mein Handy ist kaputt, rufe ich.

– Dann lauf zu deinen Freunden und hol Hilfe.

Die Fleecedecke fängt Feuer. Münze wirft sie in die Ecke und macht mit seiner Jacke weiter. Ich gehe rückwärts von der Hütte weg. Er hat Recht, ich muss Hilfe holen, bevor die Hütte abbrennt und den Wald in Flammen setzt. Wann hat es das letzte Mal geregnet? Schon zu lange her. Ich muss zu den anderen. Sie können noch nicht weit sein, so wie Juri gehumpelt ist. Vor meinen Füßen im Gras liegt die Pistole. Ich schaue mich um. Münze ist in der Ponderosa und versucht das Feuer in Zaum zu halten. Ich habe keine Zeit, lange zu überlegen. Ich hebe sie auf und renne los.

Auf der Lichtung bekomme ich Seitenstechen und muss stehen bleiben, Luft holen. Das Stechen geht nicht weg, aber ich zwinge mich weiterzulaufen. Die Pistole liegt schwer in meiner Hand. Egal, Hauptsache, Münze kann sich damit nichts antun. Ich klemme den Zeigefinger hinter den Abzug, damit sie nicht aus Versehen losgeht. Ist die überhaupt entsichert? An der Seite gibt es einen Hebel, aber ich habe keine Ahnung, wie man den einstellen muss. Wo sind die anderen bloß? So groß war ihr Vorsprung doch gar nicht, fünf Minuten vielleicht? Die werden sich wundern, wie ich Münze die Waffe abgenommen habe. Keine Zeit für Erklärungen, werde ich sagen, wir müssen die Feuerwehr rufen, die Ponderosa brennt. Ich muss daran denken, wie sie auf der Matratze gelegen und sich angefasst haben. Wie Josie mit der Hand unter Juris Jeans … Da vorne auf dem Waldweg sind sie. Kurz vor dem Zubringer, knapp hundert Meter entfernt. Die Nacht ist immer noch hell, ich kann sie genau erkennen. Juri humpelnd, Josie daneben, einen Kopf kleiner. Er hat seinen Arm um ihre Schulter gelegt, so wie ich letzte Woche meinen Arm um sie legen wollte, als wir nachts auf dem Heimweg waren, damit sie nicht friert und keine Angst haben muss. *Manchmal kannst du wirklich ganz schön süß sein, Kris-Kris.* Gleich haben sie die Straße erreicht. Ich muss mich beeilen.

– Juri, rufe ich. – Josie!

Sie drehen sich um, ich winke ihnen zu. Kopfschüttelnd wendet sich Josie ab und zieht Juri mit sich. Dann sieht sie doch noch mal über ihre Schulter und zuckt zusammen. Sie sagt etwas zu Juri. Er bleibt stehen, schaut zu mir und erstarrt. Josie nimmt ihn an der Hand und sie hasten zum Zubringer.

– Jetzt wartet doch, rufe ich. – Wir müssen Hilfe rufen. Die Ponderosa …

Aber sie warten nicht. Sie klettern über die Leitplanke und laufen auf die Straße. Was ist denn los mit denen, spinnen die?

Ich renne jetzt querfeldein. Laub raschelt unter meinen Füßen, ich stolpere über eine Wurzel, falle aber nicht. Ich komme an der Leitplanke an und steige drüber. Ein Motorrad rast vorbei, ich spüre den Luftzug am ganzen Körper. Josie ist schon drüben auf der anderen Seite, Juri steht noch auf dem Mittelstreifen.

–Juri! Warte doch, verdammt noch mal.

Er sieht mich entsetzt an. Guckt an mir herunter, auf die Pistole in meiner Hand. Ich folge seinem Blick. Verstehe nicht. Verstehe zu langsam. Dann fährt es mir wie ein Elektroschock durch den Magen. Als ob ich … so ein Schwachsinn. Ich öffne meine Hand und lasse die Pistole fallen. Aber Juri hört nicht mehr, wie sie krachend auf dem Asphalt landet. Er ist schon losgerannt.

17 +++ Danach +++

In den ersten Nächten *danach* habe ich oft den gleichen Traum. Also fast den gleichen. Er variiert immer ein bisschen, aber das Prinzip bleibt gleich: Juri und ich sind bei der Ponderosa, oben auf dem Aussichtspunkt. Es ist Sommer, die Sonne scheint, wir liegen auf der Matratze und essen Chips und Fruchtgummis. Juri macht mit einem zusammengerollten Comicheft Jagd auf Fliegen und Käfer, auf seiner Hand drei dicke blaue Punkte. Wir schauen in den wolkenlosen Himmel und diskutieren über alles Mögliche: Hat Marvel oder DC die besseren Comichelden? Welche Superkräfte würdest du dir aussuchen, wenn du könntest? Wer hat den besseren Hintern, Nele oder Vanessa? Welche Drogen würdest du ausprobieren und welche auf keinen Fall? Welche Serie ist besser, *Game of Thrones* oder *Breaking Bad*? An wen denkst du, wenn du dir einen runterholst?

Die Autobahn gibt es in meinem Traum nicht. Du hörst nur den Wald, das Rauschen der Baumkronen im Wind, das Summen der Fliegen. Ab und zu trällert ein Vogel oder klopft ein Specht, das war's.

Wenn ich aufwache, bin ich fix und fertig. Ich weiß nicht, was die Leute an Albträumen so schlimm finden. Da wachst du auf und denkst: Cool, war nur ein Traum, Glück gehabt. Wenn du was Schönes träumst, ist es genau andersrum. Dann denkst du: Scheiße, warum bin ich bloß schon aufgewacht?

18 +++ Montag, 1. Juni. Vier Wochen später +++

Siebte Stunde, Spanisch fakultativ. Die anderen gucken immer noch weg, wenn ich reinkomme. Göbel, Schneider, Friese, der Preußler, die halten mich alle für einen Psychopathen. Die denken, ich bin Amok gelaufen. Die denken, dass ich Juri und Josie abknallen wollte. Oder dass ich Juri mit Absicht auf die Straße gejagt habe, damit der Honda ihn umnietet. Das lassen die sich auch nicht ausreden. Ich habe es versucht, aber die hören mir nicht mal richtig zu. Es hilft auch nicht, dass die Polizei die Ermittlungen gegen mich eingestellt hat. Wenn so ein Gerücht einmal in der Welt ist, kannst du nichts mehr dagegen machen.

Göbel und der Preußler hören abrupt auf zu reden, als ich an ihnen vorbeigehe. Das machen die jetzt immer so. Ich habe mich dran gewöhnt, wäre zu viel gesagt. Aber es ist nicht mehr ganz so schlimm wie am Anfang. Ich setze mich auf meinen Platz und hole mein neues Handy aus der Tasche. Keine Nachrichten. Die beiden Stühle neben mir bleiben leer. Auf Juris Platz steht seit dem Unfall eine Kerze. Jeden Morgen darf sie jemand anderes anzünden. Es gibt da irgendein Protokoll, auf dem festgelegt ist, wer wann dran ist. Nele führt die Liste, glaube ich, genau weiß ich es nicht. Ich stehe ja nicht drauf. Ab und zu legt jemand eine Blume neben die Kerze. Meistens rote Rosen. Wenn sie getrocknet sind, hängen die Mädchen sie hinten vorm Fenster an einem Faden an die Decke. Finde ich megakitschig, aber ich sage natürlich nichts.

Der hatte richtig Schaum vorm Mund, als er ihnen hinterher ist. Wie ein tollwütiger Hund. Das hat Nele heute Morgen beim Pausenbäcker zu Hannah gesagt. Entweder die beiden haben nicht bemerkt, dass ich hinter ihnen stehe, oder es war ihnen egal. Dabei war Nele überhaupt nicht dabei. Woher soll die denn wissen, ob ich Schaum vor dem Mund hatte? Vielleicht hat Josie das rumerzählt. Oder jemand anderes hat es dazugedichtet. Es ging ja auch schon das Gerücht um, ich hätte in die Luft geschossen, um Juri und Josie Angst einzujagen.

Schule ist brutal. Vor allem auf dem Flur, in den Pausen. Es wissen ja alle Bescheid. Alle, von der Fünften bis zur Zwölften. Die meisten denken, ich würde ihre verstohlenen Blicke nicht sehen. Oder nicht hören, wie sie hinter meinem Rücken tuscheln, *das ist er, oder?* Die Lehrer sind auch nicht besser. Der Garlich hat in der ersten Französischstunde *danach* laut für Juri gebetet und sich dabei die Tränen aus den Augen wischen müssen. Ausgerechnet der Garlich. Die anderen haben die Hände gefaltet und die Köpfe gesenkt, aber ich habe da nicht mitgemacht. Ich habe die Hände in die Hosentaschen gesteckt und aus dem Fenster geguckt und den Kopf in den Nacken gelegt, bis der Garlich das Gebet unterbrochen und mich rausgeschmissen hat.

Herr Rodríguez kommt rein, ein kleiner Mann mit glänzendem schwarzem Seitenscheitel, die Textbücher unterm Arm. Nur noch eine Stunde, dann habe ich es für heute geschafft. Ich sehe mich um. Tonne ist nicht da. Die verbringt keine Sekunde länger in der Schule, als sie unbedingt muss. Am Anfang hat nicht mal sie mit mir geredet. Am Anfang haben nur meine Eltern und mein Bruder zu mir gehalten. Ausgerechnet mein Vater und mein Bruder. Mit denen habe ich ja sonst nur Stress.

Ich hätte gedacht, mein Vater tickt aus und schickt mich auf ein Internat für schwer erziehbare Jugendliche oder so. War aber nicht so. Im Gegenteil. Seit neustem sagt er sogar *Kris* zu mir. *Ist nicht deine Schuld, Kris. Das war ein Unfall, da konntest du nichts für.*

Und dann mein Bruder. Der hat mich letzte Woche mit zum Bolzplatz genommen. Das hätte der früher nie gemacht. Ich habe zwar nur zugeguckt, aber egal. Hauptsache, ich bin zu Hause rausgekommen. Und jetzt habe ich ihn endlich mal spielen sehen. *Ist nicht deine Schuld*, das sagen sie immer wieder, er und meine Mutter und mein Vater, und manchmal bin ich kurz davor, ihnen zu glauben.

Aber ich weiß auch, dass es ohne mich nie so weit gekommen wäre. Ohne mich wären Juri und Josie zu Göbel in den Keller gegangen und hätten die Polizei gerufen, wegen Münze und der Pistole. Dann hätten sie auf den Schreck einen Sambuca getrunken oder zwei und keinem wäre was passiert. Ich hätte wissen müssen, dass die Schiss kriegen, wenn ich wie blöd mit einer Waffe hinter ihnen herrenne. Mit dem ganzen Blut im Gesicht und auf dem T-Shirt und überall, nachdem Juri und ich uns kurz vorher fast die Köpfe eingeschlagen haben. Ohne mich wäre Juri jedenfalls nicht über die Straße, ohne richtig zu gucken, und dann wäre er auch nicht von dem Honda erwischt worden, der mit knapp achtzig um die Ecke gekommen ist.

Der Typ am Steuer hat kaum was abgekriegt. Neunzehn Jahre alt, hat den Führerschein erst seit ein paar Monaten. Der hat ein Schädel-Hirn-Trauma und eine Brustkorbprellung, das war's. Und einen Schock hat er erlitten, aber hallo, den hatten wir alle. Ich weiß nicht, was mit dem passiert, ob der vor Gericht muss oder nicht. Betrunken war er nicht, nur zu schnell. Keine Ahnung, ob es einen Unterschied gemacht hätte, wenn der sechzig gefahren wäre, so wie es erlaubt ist. Keinen großen, schätze ich. Nein, der kann nichts dafür. Wer rechnet schon damit, dass einem auf dem Zubringer jemand vors Auto rennt? Und das mitten in der Nacht?

Wenn jemand Schuld hat außer mir, dann Münze. Okay, er wollte mir helfen, das weiß ich. Aber Juri mit der Pistole zu bedrohen, damit ist er echt zu weit gegangen. Klar, er war völlig verzweifelt. Vielleicht hat er den Lauf schon im Mund gehabt, als er Juri und mich hat schreien hören. Ich will es mir gar nicht vorstellen. Trotz allem, wäre die Waffe nicht im Spiel gewesen, wäre der Unfall nicht passiert. Letzte Woche haben sie Münze festgenommen. Irgendwo nördlich von Freiburg, in einer Schrebergartensiedlung. Was ihn letztendlich davon abgehalten hat, sich umzubringen, keine Ahnung. Dass ich ihm die Pistole weggenommen habe, daran hat es bestimmt nicht gelegen. Es gibt andere Mittel und Wege. Vielleicht hat er es einfach nicht über sich gebracht? Weit ist er mit seiner Flucht jedenfalls nicht gekommen. Ich weiß natürlich nicht, wohin er wollte. Nach Andalusien, vielleicht? Weil er die Hoffnung hatte, Janie doch noch zu finden? Weil er sich ins Meer stürzen wollte, dort, wo seine Tochter – wahrscheinlich – ertrunken ist? *Sometimes they never come back*. Ich habe den Zettel aufgehoben, er steckt in meinem Portemonnaie.

Der Streit mit seiner Exfrau geht jetzt vor Gericht. Frau Münzenthal will für sich einen Schlussstrich ziehen und die Tochter für tot erklären lassen. Wenn jemand zehn Jahre verschollen ist, geht so was. Es soll eine richtige Beerdigung geben, mit Trauerfeier und Sarg und allem, auch wenn in dem Sarg nichts drin ist, aber der ist ja auch nur ein Symbol. Aber Münze weigert sich nach wie vor zuzustimmen. Der ist total besessen von der Idee, dass Janie noch lebt. Deswegen ist er komplett ausgetickt und auf seine Exfrau losgegangen, als sie ihn dazu bringen wollte, die Todeserklärung zu unterschreiben. Das behauptet sie jedenfalls. Was in der *Kill Bill*-Nacht wirklich in Münzes Wohnung passiert ist, ob er sie angegriffen oder ob sie sich selbst was getan hat, das werden wir wahrscheinlich nie erfahren, sagt mein Vater. Es steht Aussage gegen Aussage. Mein Vater ist jetzt der Anwalt von Frau Münzenthal. Was heißt jetzt, seit einigen Wochen schon, aber ich habe es erst vor kurzem erfahren. Schon krass, dass die Antworten auf unsere Fragen die ganze Zeit in einem Aktenordner auf dem Schreibtisch meines Vaters gesteckt haben.

Vor mir hängt Göbel tief in seinem Stuhl und lässt einen Kuli über seine Fingerknöchel tanzen. Zwischen ihm und Schneider ist alles wie immer. Mit Nessa ist seit der Party allerdings Schluss. Ich glaube, ich bin der Einzige, der den wahren Grund dafür kennt. Göbel erzählt allen, sie sei ihm zu langweilig geworden. *Mal ganz ehrlich, die hat einfach nix in der Birne, mit der kannste dich nicht unterhalten, und immer nur rummachen, das geht ja auch nicht.* Er hat schon wieder eine Neue. Ava aus der C-Klasse. Die sieht nicht ganz so gut aus wie Nessa, aber trotzdem krass, wie schnell der wieder eine abbekommen hat.

Die Schulglocke läutet, endlich. Ich packe meine Sachen und warte, bis die anderen weg sind. Keine Lust auf die schiefen Blicke. Herr Rodríguez steht an der Tür und klimpert genervt mit dem Schlüssel. Ich schiebe mich an ihm vorbei und mache mich auf den Weg.

– Du kommst genau richtig, sagt Juri und zieht sich am Bettgalgen hoch. – Mach die Tür zu und bring mir die Pinkelflasche aus dem Bad, schnell.

– Die Pinkelflasche?

– Ja, jetzt mach schon. Die Schwester hat das Teil auf dem Klo vergessen. Und jetzt kommt die Alte nicht, obwohl ich schon zweimal geklingelt habe. Los, Kris, sonst mach ich mir in die Hose.

Juri fuchtelt mit dem Arm, der nicht im Gips steckt, und presst die Lippen aufeinander.

– Was ist mit der Bettpfanne, brauchst du die auch? Oder hältst du das aus, bis ich weg bin?

– Nicht witzig, Kris. Hol die Flasche, bitte.

Ich gehe ins Bad, finde die Bettflasche neben der Toilette und bringe sie ins Zimmer. Gestern ist Juris Bettnachbar entlassen worden, seitdem liegt er allein. Sein Nachttisch ist wie immer voll mit Blumen, Orangensaftflaschen, leeren Gläsern, Zeitschriften und Comics. Oben auf dem Stapel liegt eine Bleistiftzeichnung von Josie. Es ist ein Selbstporträt und richtig gut. Du erkennst sie sofort, nicht nur wegen den Augenbrauen und den Spock-Ohren, die unter den Haaren hervorschauen. *Für Juri. Von deiner Josie* steht drunter. Ich habe nur diesen bescheuerten Peanuts-Cartoon von ihr gekriegt, schießt es mir durch den Kopf. Ich versuche den Gedanken gleich wieder zu verdrängen.

– Du musst mir die Hose runterziehen, sagt Juri. – Und mein Ding da reinstecken.

– Ich glaub, du hast sie nicht mehr alle.

– Mann, jetzt stell dich nicht so an, nur weil du mein Teil anfassen musst. Ich darf mein Becken nicht bewegen.

– Das ist jetzt nicht dein Ernst.

– Doch. Außerdem ist mein Penis so groß und so schwer, ich kann den nicht alleine heben.

Juri grinst. Ich werfe die Flasche auf sein Bett. Er schiebt sie unter die Decke, zwischen seine Beine.

– Dreh dich um. Ich kann nicht, wenn du mir zuguckst.

– Das wäre ja was ganz Neues.

– Kein Witz. Seit ich den Katheter da drin hatte, brennt es wie Hölle. Und ich kann nicht mehr unter Druck.

– Meinetwegen.

Ich gehe zum Fenster und schaue nach unten. Der Parkplatz ist bis auf den letzten Platz belegt. Ein Krankenwagen fährt mit Blaulicht, aber ohne Sirene zwischen den Reihen durch. Wenn ich einen Krankenwagen sehe, muss ich immer an die Unfallnacht denken, an den Sanitäter, der mich verarztet hat, und an den Polizisten mit der Zahnlücke, wie hieß der noch gleich? Ich kann mich nicht erinnern.

Juri hat wahnsinniges Glück gehabt. Der Honda hat ihn nicht voll erwischt, sondern nur gestreift. Ich hätte trotzdem nicht gedacht, dass er überlebt. So wie das geknallt hat, so wie er durch die Luft geflogen und auf der Straße gelandet ist. Sein rechter Oberschenkel ist gebrochen, sein rechter Arm gleich mehrfach, außerdem ein paar Rippen, aber die Organe, der Kopf, da ist alles okay, und das ist wirklich ein kleines Wunder, sagen die Ärzte.

Im Gegensatz zu Göbel und den anderen glaubt mir Juri, dass ich nicht auf ihn schießen wollte. Hat er von Anfang an, seit wir das erste Mal gesprochen haben, nachdem er aufgewacht ist. Erst wollten seine Eltern mich gar nicht zu ihm lassen. Aber Juri hat drauf bestanden. Er weiß, dass ich kein Psycho bin. Er weiß, dass ich niemanden umbringen wollte. In der Unfallnacht hätte er unter Schock gestanden, wegen der Sache mit Münze. Man kriegt ja nicht jeden Tag eine Waffe vor die Nase gehalten. Er hätte völlig überreagiert, als er mich mit der Pistole gesehen hat. Das hat er auch der Polizei gesagt. Schätze, dass die deswegen nicht mehr gegen mich ermitteln.

Dass er mir glaubt, ist das eine. Er könnte trotzdem sauer sein und mir Vorwürfe machen. Weil ich so dumm war die Ceska in der Hand zu halten, anstatt sie in die Hose zu stecken oder wegzuwerfen. Aber er macht mir keine Vorwürfe. Vielleicht, weil er ein schlechtes Gewissen hat, wegen Josie. Zwischen denen läuft ja schon seit den Osterferien was. Sie haben es geheim gehalten, weil Josie sich nicht sicher war, weil sie sich nicht entscheiden konnte, ob sie mit Juri zusammen sein will. Er hat mir das kurz nach dem Unfall erzählt. Total ehrlich, ohne viel Drumherum. So offen haben wir selten geredet. Das lag bestimmt an den Drogen. Er hat ja Schmerzmittel gekriegt, die waren echt hardcore.

Mir gehen immer wieder die Momente durch den Kopf, als ich hätte checken müssen, dass da was ist zwischen den beiden. Vieles war so offensichtlich. Zum Beispiel, dass Juri schlechte Laune gekriegt hat und abgehauen ist, als Josie in der Ponderosa mit mir rumgealbert hat. Oder dass er so vehement abgestritten hat, Josie gut zu finden. Oder der 1. Mai. Dass er schon da war, als ich zu Josie gekommen bin, und die Stimmung so angespannt war auf dem Balkon. Das hätte mich stutzig machen müssen. Ob er bei Josie übernachtet hat? Ist er sauer auf mich gewesen, weil ich gerade in was reingeplatzt bin? Das wollte ich ihn dann doch nicht fragen. Eigentlich kann ich es mir nicht vorstellen, Frau May hätte nie zugelassen, dass er bei Josie schläft. Oder doch? Vielleicht war sie gar nicht zu Hause, vielleicht hat sie schon wieder einen Typen.

– Was gibt's Neues in der Schule? Nein, nicht umdrehen, ich hab noch nicht.

– Schon gut, schon gut. In der Schule gibt's nichts Neues. Die anderen behandeln mich immer noch, als hätte ich die Pest. Und deine Kerze wird auch noch jeden Tag angezündet. Ich glaube, das machen die inzwischen hauptsächlich, um mir auf den Zeiger zu gehen.

– Hab gehört, sie nennen dich den Schizo.

– Ja, stimmt. Ich will gar nicht wissen, was die noch alles über mich sagen.

– Wird Zeit, dass ich zurückkomme und ein paar Sachen klarstelle.

– Was willst du denn klarstellen?

– Na ja, wie es wirklich war. Dass ich die Hosen voll hatte und vor so ziemlich allem und jedem davongelaufen wäre.

– Meinst du, dass das die anderen interessiert? Glaube ich nicht. Und selbst wenn, für die bleibe ich trotzdem der Schizo, den Ruf hab ich weg, daran kannst du auch nichts mehr ändern.

Juri lässt den Kopf nach hinten in sein Kissen fallen.

– Und? Kommst du klar damit?

– Weiß nicht. Schön ist es nicht. Ich habe schon mit meinen Eltern überlegt, ob ich die Schule wechseln soll …

– Wart doch erst mal ab, bis ich wieder da bin, sagt Juri und zieht die Nase hoch. – Aber klar, ich kann dich verstehen. Ich wollte nicht mit dir tauschen. Obwohl, wenn ich an die Metallplatte in meinem Oberschenkel denke und an die sieben Schrauben im Knochen, dann vielleicht schon.

Ein Pfleger kommt ins Zimmer, schnappt sich Juris Essenstablett und verschwindet grußlos. Ich schaue auf die Uhr. Um vier muss ich weg sein. Um vier kommt Josie. Die will nichts mehr mit mir zu tun haben, wegen der *Nutte* und allem. Was ich wirklich mit der Pistole vorhatte, da ist sie sich im Gegensatz zu Juri auch nicht so sicher. Ich glaube, es passt ihr ganz gut in den Kram, dass ich jetzt die Arschkarte habe. So fällt nämlich unter den Tisch, wie mies sie sich verhalten hat. Dass sie mir Hoffnungen gemacht hat und gleichzeitig mit Juri … Der war übrigens genauso überrascht wie ich, als wir rausgefunden haben, dass Josie mit uns beiden auf dem Dach gewesen war. Ich habe ihm erzählt, dass wir uns da oben sehr nahegekommen sind. Er hätte das gewusst, behauptet er. Im Gegensatz zu mir hätte er sowieso längst gecheckt, dass ich was von Josie will.

Jetzt sind sie zusammen und es kümmert ihn nicht mehr, dass sich Josie eine Zeit lang abwechselnd mit ihm und mit mir getroffen hat. Ginge mir wahrscheinlich genauso, wenn Josie sich für mich entschieden hätte. Ihm kann ich es jedenfalls nicht übel nehmen, dass er nichts gesagt hat. Nicht mehr. Das hat auch mit dem Unfall zu tun, auch wenn das vielleicht komisch klingt. Ich weiß nicht, ob wir uns sonst so schnell wieder vertragen hätten. Wenn überhaupt. Dass er beinahe draufgegangen wäre, hat alles irgendwie relativiert. Mir ist dadurch einiges klar geworden. Dass Juri mein bester Freund ist, zum Beispiel. Auch wenn er manchmal brutal nervt.

– Schwester, könnten Sie?

Er streckt mir die halb volle Urinflasche entgegen. Ich seufze und nehme sie ihm ab.

– Hast du News von Münze?, ruft er, während ich die Flasche im Klo ausleere.

– Nein. Mein Vater sagt, der bleibt in U-Haft, bis der Prozess losgeht. Wegen Fluchtgefahr.

Ich komme zurück ins Zimmer und setze mich an den Besuchertisch.

– Zum Glück, sagt Juri. – Hoffentlich lassen sie den so schnell nicht mehr raus. Brauchst gar nicht so zu gucken. Wenn der mit der Knarre auf dich gezielt hätte, würdest du auch so denken.

– Ich hab doch gar nichts gesagt.

– Aber gedacht.

– Münze tut mir halt leid. Der ist einfach ein armes Schwein.

– Das arme Schwein hätte mich beinahe über den Haufen geschossen.

– Ich weiß. Der braucht Hilfe, der muss in Behandlung oder so.

– Was willst du denn da behandeln? Der wird nie drüber

wegkommen, dass seine Tochter tot ist. Klar ist das traurig. Aber so einen darf man einfach nicht frei rumlaufen lassen.

– Also wegsperren und fertig? Das finde ich ein bisschen hart.

Juri guckt nachdenklich aus dem Fenster.

– Ich weiß nicht, ob ich es schon mal gesagt habe. Ich finde es echt krass, dass du nicht mit uns abgehauen bist. Dass du bei Münze geblieben bist, obwohl der eine Waffe hatte. Das hätte ich mich niemals getraut.

– Ach, ich wusste doch, dass Münze mir nichts tut.

– Wusstest du überhaupt nicht. Niemand hat wissen können, was passiert, wenn der die Nerven verliert.

– Du übertreibst.

– Tu ich nicht. Du bist anscheinend doch nicht so ein Schisser, wie ich immer gedacht habe. Was ist eigentlich mit Schellack?

– Der und die Rother-Brüder haben richtig Ärger an der Backe. Mein Vater sagt, wenn du einem illegal eine Waffe verkaufst, ohne Genehmigung und Waffenschein und alles, gehst du ins Gefängnis. Da gibt's keine Bewährungsstrafe. Außerdem haben sie ja noch diesen ganzen anderen Kram in seinem Schrebergarten gefunden. Springmesser, Teleskopschlagstöcke, Schlagringe und sogar eine Pumpgun.

– Ein Pumpgun? Und woher hatte Schellack den ganzen Kram?

– Weiß man nicht. Wahrscheinlich von früher, als er bei der Bundespolizei war. Was ist? Was guckst du so?

Ich drehe mich um. Josie steht in der Tür. Sie ist zu früh, zehn Minuten. Ihr Gesicht gefriert, als sie mich sieht. Sie hält die Klinke in der Hand und schaut auf die Uhr. Seit der Unfallnacht haben wir uns nicht mehr gesehen. Nur von weitem auf dem Pausenhof, und einmal vor Bio, aber da ist sie sofort auf Toilette geflüchtet. Ich habe hundertmal darüber nachgedacht, wie es sein wird, sie zu treffen. Ich habe mir hundertmal überlegt, was ich sagen soll. Entschuldigen werde ich mich nicht. Also nicht als Erster. Nur wenn sie den Anfang macht. Aber jetzt, als sie in ihrem blauen Sommerkleid vor mir steht, möchte ich sie am liebsten in den Arm nehmen und alles vergessen, was war.

– Ich gehe runter und hole mir einen Kaffee, sagt sie zögernd.

– Nein, warte, sage ich und springe auf. – Ich gehe. Ich wollte sowieso gleich weg.

Josie bleibt unentschlossen in der Tür stehen und spielt mit Juris Anhänger an ihrer Halskette.

– Kommst du morgen, Kris?, fragt er.

– Klar. Wahrscheinlich bisschen früher als heute. Hab nach der Sechsten Schluss.

– Okay. Grüß den Garlich von mir. Sag ihm, dass ich zwar bald wieder in die Schule komme, aber noch eine Weile an Krücken gehen muss. Vokabeltests an der Tafel sind für mich also leider nicht drin.

– Ich werde es ihm ausrichten. Aber pass lieber auf. Garlich bringt es fertig und besorgt dir einen Rollstuhl.

Josie lässt die Klinke los und macht einen Schritt zur Seite, damit ich an ihr vorbeikann. Sie schlingt die Arme um sich und starrt auf den Boden.

– Tschüss, Josie, sage ich.

– Tschüss, Kris-Kris, entgegnet sie, ohne hochzuschauen.

Ich höre noch, wie sie zu Juri ans Bett geht und ihm einen Kuss gibt, dann fällt die Tür zu. *Kris-Kris* hat sie gesagt. Wie früher, als wir noch beste Freunde waren. Als die Ponderosa noch nicht in Schutt und Asche lag. Ich war letzte Woche da, zum ersten Mal seit *der Nacht*. Ein trauriger Anblick. Vom Aussichtspunkt aus sind nur noch vier rußschwarze Steinwände zu sehen. Das Dach ist eingestürzt, drinnen ist alles verkohlt und zu nichts mehr zu gebrauchen. Ich habe gelbe Filzreste vom Fußball in der Asche gefunden und überlegt, ob ich sie Juri mitbringen soll. Als Andenken an die Ponderosa, sozusagen. Aber er hätte das bestimmt albern gefunden, also habe ich es gelassen. *Rambo was here*, das kannst du immer noch an der Außenwand lesen. Und jetzt sieht die Hütte auch so aus, als ob Rambo da gewesen wäre.

Kurz vor vier. Ein bisschen Zeit habe ich noch. Ich schlendere den Flur hinunter, zum Aufzug und fahre ins Erdgeschoss. Am Getränkeautomaten ziehe ich mir eine Cola und setze mich draußen neben die Raucher auf eine Parkbank in die Sonne. Um Viertel nach kommt Tonne. Die besucht heute ihren Bruder in der Uni und wir haben ausgemacht, dass wir zusammen mit der S-Bahn zurück in die Siedlung fahren.

Ungefähr eine Woche nach dem Unfall hat sie sich bei mir gemeldet: *Hi Shizo. Dir geht es scheiße, OK. Kannst dich trotzdem mal bei mir entschuldigen. T.* Zu der Zeit stand schon fest, dass sich Juri *nur* ein paar Knochen gebrochen hat, aber ich war trotzdem noch ziemlich neben der Spur. Ich weiß, dass ich mich auf der Party ihr gegenüber oberscheiße verhalten habe. Und nicht nur auf der Party. Ein paar Tage später haben wir uns im Bunker getroffen und uns ausgesprochen (in der Schule redet sie immer noch nicht mit mir, aus Prinzip, weil sie da mit niemandem redet).

Ohne Tonne wären die letzten Wochen tausendmal schlimmer gewesen. Ich weiß nicht, was ich ohne sie gemacht hätte. Es versteht einfach keiner besser als sie, wie es ist, wenn dich alle für einen Psychopathen halten. Wir sollten einen Club gründen, hat sie vorgeschlagen, einen Club für Schizos, Spacken und Verlierer. Sie wäre natürlich Präsidentin und erste Vorsitzende, sorry, aber ich wäre eben noch nicht so lange im *Business* wie sie. Tonne kann wirklich lustig sein, wenn sie will. Ich mag sie inzwischen richtig gern, auch wenn sie in echt immer noch ein bisschen anstrengender ist als ihr Telefonzwilling.

Tonne findet übrigens, dass ich den ersten Schritt machen und mich bei Josie entschuldigen sollte. Was hätte die schon Schlimmes getan? Würden sich *ihre* beiden besten Freunde plötzlich in sie verknallen, wüsste sie auch nicht, was sie machen soll. Es wäre doch normal, ein bisschen hin- und hergerissen zu sein. Da bin ich zwar anderer Meinung, aber ich finde es irgendwie gut, dass sie Josie verteidigt, obwohl sie sie eigentlich nicht leiden kann.

Langsam wird es heiß in der Sonne. Hoffentlich ist Tonne pünktlich. Ich habe ihr ein neues Buch mitgebracht, *Der Herr der Fliegen*. Bin mal gespannt, wie sie das findet. Von Tonne kriege ich auch bald wieder eins. Welches, will sie mir noch nicht sagen. Nur, dass es nicht um Selbstmord geht, so viel hat sie schon verraten.

Ein Bus biegt um die Ecke und hält an der Haltestelle vorm Krankenhaus. Die Türen falten sich quietschend auseinander und Tonne kommt heraus. Fünfundzwanzig Grad, und sie hat ihre Handstulpen an, wie immer. Die sind ihr Markenzeichen, die findet sie cool, so was trägt nicht jeder. Unter den Stulpen hat sie übrigens keine Narben, sondern ganz glatte Haut. Das hat sie mir letztens gezeigt.

Ich danke:

– der Literarischen Agentur Michael Gaeb und insbesondere meiner Agentin Eva Semitzidou für den Zuspruch und die Unterstützung, die diesen Roman erst möglich gemacht haben.

– meiner Lektorin Brigitte Kälble für die großartige Zusammenarbeit.

– Meter Mütze, der vom ersten Entwurf an mitgelesen und mitgeholfen hat.

– Ricardo Giralt, Sebastián Giralt, Thomas Park, meinem Bruder Stefan Sieben und Thomas Zeimentz für wertvolle Tipps und Anregungen.

– meiner Frau und ersten Leserin Federica: für Dein Lob und Deine Kritik, und vor allem für Deine grenzenlose Geduld mit mir und der *Ponderosa*.

L'HÔTEL BLANC

D.M. Thomas est né en Cornouailles en 1935. Il fut lecteur d'Anglais au New College, *à Oxford, puis professeur et enfin directeur du Département d'Anglais au* Hereford College of Education *jusqu'à ce qu'il se consacre entièrement à l'écriture. Son premier roman,* La Joueuse de flûte *(1979) a remporté le prix de littérature fantastique* Gollancz Pan/Picador. *Il vient de publier un cinquième recueil de poèmes,* Rêver en bronze, *et il a également été remarqué pour sa traduction de deux volumes de vers de la poétesse russe Anna Akhmatova.*
L'Hôtel Blanc *est son troisième roman et il a été sélectionné pour le prix de littérature Booker McConnell. Brian Aldiss, qui faisait partie du jury, a écrit cette phrase : « Quand j'ai fini de le lire je suis sorti dans le jardin sans pouvoir parler. J'étais renversé. »*

D.M. Thomas, déjà connu comme poète et traducteur, prend place avec ce livre parmi les plus vigoureux et les plus originaux des romanciers anglais. *L'Hôtel Blanc,* qui mêle un cas clinique à l'imagination sexuelle la plus violente, la poésie à une correspondance inventée et à une reconstitution historique, traite de sujets cruciaux pour la conscience du XXᵉ siècle, la psychanalyse et l'Holocauste, mais au cœur du livre on trouve la chronique lucide et tendre d'une vie de femme. La chanteuse Lisa Erdman, d'origine russe, est une patiente de Freud à Vienne après la première guerre mondiale. Avec l'aide du célèbre médecin, qui est lui-même un « personnage » du roman, elle réussit à vaincre ses symptômes hystériques, à reprendre sa carrière musicale, et même à trouver le bonheur à l'automne de sa vie quand elle se marie et retourne dans son pays natal. Mais là, prise dans la tourmente d'une nouvelle guerre, jetée dans un ravin près de la ville de Kiev, Lisa est rattrapée par l'Histoire.
L'Hôtel Blanc est un chef-d'œuvre de virtuosité poétique. Ecrit avec humour et tendresse, sur un ton ironique et grave, avec toute la force qu'exigent les thèmes qu'il aborde, c'est un livre véritablement impressionnant, et qui ne peut manquer de toucher profondément ses lecteurs.